DER BÖSE MANN

THRILLER

CATHERINE SHEPHERD

1. Auflage 2021

Korrektorat: Mirjam Samira Volgmann / SW Korrekturen e.U.

Lektorat: Gisa Marehn

Covergestaltung: Alex Saskalidis
Covermotiv: ID 116683220 © Siam Pukkato /Dreamstime.com und Wildmedia / Freepik.com

Druck: Amazon Distribution GmbH, Amazonstraße 1, 04347 Leipzig

www.catherine-shepherd.com
kontakt@catherine-shepherd.com

ISBN 978-3-944676-31-9

TITEL VON CATHERINE SHEPHERD

Zons-Thriller:

1. Der Puzzlemörder von Zons (Kafel Verlag April 2012)
2. Erntezeit (früher: Der Sichelmörder von Zons; Kafel Verlag März 2013)
3. Kalter Zwilling (Kafel Verlag Dezember 2013)
4. Auf den Flügeln der Angst (Kafel Verlag August 2014)
5. Tiefschwarze Melodie (Kafel Verlag Mai 2015)
6. Seelenblind (Kafel Verlag April 2016)
7. Tränentod (Kafel Verlag April 2017)
8. Knochenschrei (Kafel Verlag April 2018)
9. Sündenkammer (Kafel Verlag April 2019)
10. Todgeweiht (Kafel Verlag April 2020)
11. Stummes Opfer (Kafel Verlag April 2021)

Laura Kern-Thriller:

1. Krähenmutter (Piper Verlag Oktober 2016)
2. Engelsschlaf (Kafel Verlag Juli 2017)
3. Der Flüstermann (Kafel Verlag Juli 2018)

4. Der Blütenjäger (Kafel Verlag Juli 2019)
5. Der Behüter (Kafel Verlag Juli 2020)
6. Der böse Mann (Kafel Verlag Juli 2021)

Julia Schwarz-Thriller:

1. Mooresschwärze (Kafel Verlag Oktober 2016)
2. Nachtspiel (Kafel Verlag November 2017)
3. Winterkalt (Kafel Verlag November 2018)
4. Dunkle Botschaft (Kafel Verlag November 2019)
5. Artiges Mädchen (Kafel Verlag November 2020)

Übersetzungen:

1. Fatal Puzzle - Zons Crime (Titel der deutschen Originalausgabe: Der Puzzlemörder von Zons, AmazonCrossing Januar 2015)
2. The Reaper of Zons - Zons Crime (Titel der deutschen Originalausgabe: Erntezeit, AmazonCrossing Februar 2016)

Laß dich vom Bösen nicht glauben machen, du könntest vor ihm Geheimnisse haben.

Franz Kafka

PROLOG

Ich betrachte mich im Rückspiegel meines Wagens. Große dunkelbraune Augen blicken mich aus einem blassen Gesicht an. Vielleicht sind meine Lippen ein wenig zu rot geraten, überlege ich und überprüfe das restliche Make-up. Plötzlich kommen mir auch die Wimpern zu dunkel vor. Mit Mascara hätte ich wohl besser sparen sollen. Mein Magen gefriert zu einem eisigen Klumpen. Ich bin nervös. Offen gestanden hätte ich nie damit gerechnet, überhaupt eingeladen zu werden. Die Vorstellung, meinem jetzigen Job zu entkommen und etwas Neues zu beginnen, verleiht mir geradezu Flügel. Es wäre ein echter Aufstieg, nicht nur finanziell. Und ein Neuanfang, denn früher oder später würde ich mir eine andere Wohnung suchen müssen. Eine, von der aus ich höchstens fünfzehn Minuten zum Büro bräuchte. Vielleicht mit Blick ins Grüne und nicht auf die überfüllten Straßen Berlins. Ein Zuhause inmitten der Natur und mit vielen Fenstern, die sich öffnen lassen, ohne dass sich alles mit Staub und Abgasen füllt. Ich seufze sehnsüchtig.

Der Fahrer hinter mir hupt wütend. Ich schrecke zusammen und trete aufs Gas. Ich habe gar nicht bemerkt, wie die Ampel grün wurde. Die Straße führt geradeaus an endlosen Grünflächen und Kleingärten vorüber. Kinder strampeln auf ihren Rädern. Die Sonne glitzert am Himmel. In der Ferne erscheinen Einfamilienhäuser, deren Vorgärten durch hohe Hecken geschützt sind. Gegenüber grasen Pferde auf einer Weide. Es ist im Vergleich zur Innenstadt eine völlig andere Welt. Ich lasse den Wagen, der eben gehupt hat, vorbeiziehen. Der Fahrer wirft mir einen wütenden Blick zu und rauscht mit überhöhter Geschwindigkeit davon. Ich versuche mich nicht über ihn zu ärgern und schalte das Radio ein. Noch bleibt mir etwas Zeit. Ich muss unbedingt ruhiger werden, denn ich will diesen Job auf alle Fälle bekommen. Ich hole tief Luft und lenke meinen Atem zum Bauchnabel. So zumindest hat es die Yogalehrerin vorgemacht. Ich schließe sogar kurz die Augen, doch als ich sie wieder öffne, sehe ich die Kurve. Blitzschnell drehe ich das Lenkrad. Die Ruhe, die ich eben flüchtig verspürt hatte, verpufft spurlos. Ich habe die Sache mit den Atemübungen sowieso nie richtig begriffen. Meine Finger klammern sich ans Steuer und ziehen den Wagen nach links.

Zu spät. Ich komme fast von der Straße ab. Die Reifen rutschen über Gras und Erde. Hektisch reiße ich das Steuer in die andere Richtung herum und komme mitten auf der Fahrbahn zum Stehen. Mein Herz rast wie verrückt und ich schnappe erleichtert nach Luft.

Das war knapp. Bloß gut, dass gerade niemand auf der Gegenfahrbahn unterwegs war. Gar nicht auszudenken, wenn ich ausgerechnet heute einen Unfall gebaut hätte. Zugegeben, ich habe mich nicht für einen Chefposten beworben. Es ist nur eine Stelle in der Flughafenverwaltung, aber die sind rar gesät. Seit Monaten habe ich die Stellenanzeigen im Blick. Ich weiß, wovon ich spreche.

Ich hole abermals tief Luft, nehme den Fuß von der Bremse und drücke aufs Gas. Nichts rührt sich. Der Motor ist aus. Ich starte den Wagen. Er ruckelt ein bisschen und verstummt dann abrupt. Ich versuche es erneut. Das Ruckeln ist deutlich schwächer. Ich trete das Gaspedal bis zum Anschlag durch, doch mein Auto bewegt sich keinen Millimeter vom Fleck. Verdammt! Bitte. Fahr los! Mir bleiben nur noch zwanzig Minuten bis zum Vorstellungsgespräch. Ich probiere es wieder. Dieses Mal gibt der Wagen gar keinen Laut mehr von sich. Verzweifelt schlage ich mit der Hand aufs Lenkrad. Was soll ich jetzt bloß tun? Ich darf nicht zu spät kommen. Zu Fuß ist die Strecke zu weit. Ich steige aus und öffne die Motorhaube, obwohl ich keine Ahnung habe, wonach ich suchen soll. Eine stinkende Benzinwolke steigt mir entgegen. Ich blicke mich ratlos um. Die Wohnhäuser liegen längst hinter mir. Ich bin umgeben von Feldern, Wiesen und Bäumen. Ich krame das Handy aus der Tasche. Doch wen soll ich anrufen? Einen Abschleppdienst? Der würde meinen Wagen in die Werkstatt bringen, aber was wird aus meinem Gespräch? Ich könnte meine beste Freundin um Hilfe bitten. Sie würde sich sicherlich sofort auf den Weg machen. Trotzdem wäre ich dann nicht mehr pünktlich am Flughafen. Während sich meine Gedanken überschlagen, nähert sich ein elfenbeinfarbenes Auto.

Ein Taxi!

Die Rettung. Darauf wäre ich gar nicht so schnell gekommen. Ich schließe die Motorhaube und winke. Das Taxi wird langsamer und hält an.

»Kann ich helfen?«, fragt ein Mann und steigt aus.

»Der Wagen springt nicht mehr an«, sage ich und mustere den Taxifahrer, einen großen durchtrainierten Kerl mit gütigen blauen Augen.

»Ich kann mal nachschauen«, bietet er an, setzt sich auf den Fahrersitz und versucht den Motor zu starten. Noch immer gibt er keinen Laut von sich. Er öffnet die Motorhaube und wirft einen fachkundigen Blick auf das Innere. Schließlich schüttelt er den Kopf.

»Scheint ein Defekt an der Benzinleitung zu sein. Am besten, wir schieben den Wagen an den Straßenrand und rufen den Abschleppdienst.«

»Aber ich muss zu einem Vorstellungsgespräch«, erwidere ich und schaue auf die Uhr. »Es beginnt in fünfzehn Minuten. Ich muss dringend zur Flughafenverwaltung.«

Der Mann lächelt beruhigend. »Okay. Dann fahre ich Sie jetzt dorthin. Den Abschleppdienst können Sie anschließend anrufen.« Er schiebt mein Auto mühelos an die Seite und zieht die Handbremse fest.

»Brauchen Sie noch etwas aus dem Wagen?«

Ich starre ihn eine Sekunde lang an. Er ist so nett und außerdem gefällt mir sein Äußeres.

»Meine Handtasche«, stottere ich und schlängle

mich an ihm vorbei, um die Tasche vom Beifahrersitz zu holen.

»Na, dann los«, sagt er und steigt in sein Taxi.

Ich beeile mich und nehme auf der Rückbank Platz.

Er fährt los und ich bin ihm so dankbar. Er ist mein Retter. Lächelnd blicke ich in seine Augen, die mich aus dem Rückspiegel mustern.

»Danke«, hauche ich und entspanne mich ein wenig. Ich sehe ein erstes Schild, das den Flughafen ausweist.

Wir fahren in einen Kreisverkehr, an dem wir links abbiegen müssen. Doch das Taxi steuert nach rechts.

»Zum Flughafen geht es nach links«, merke ich an und setze mein nettestes Lächeln auf.

»Die Strecke ist kurz vor dem Flughafen gesperrt. Da habe ich heute schon einmal umdrehen müssen«, erklärt der Mann und zwinkert mir im Spiegel zu. »Wir werden trotzdem pünktlich sein.«

Ich lehne mich zurück und überprüfe mit der Handykamera meine Frisur und mein Make-up. Ich bin noch blasser als zuvor und ein wenig verschwitzt. Mit einem Papiertaschentuch tupfe ich vorsichtig Nase und Stirn ab, bis sie nicht mehr glänzen. Dann blicke ich wieder nach draußen und sehe nichts als Bäume, die schnell vorbeifliegen. Wir fahren durch ein Waldgebiet. Das Taxi holpert über den unebenen Grund. Ich versuche mich zu orientieren. Habe jedoch keine Ahnung, wo genau wir sind. Verdammt! Ich werde zu spät kommen. Angestrengt recke ich den Hals und schaue durch die Frontscheibe. Vom Flughafen keine Spur. Dafür erstreckt sich der Wald endlos.

»Sind wir noch richtig?«, frage ich zweifelnd und blicke abermals in die blauen Augen des Fahrers.

»In einer Minute sind wir da«, verspricht er.

Panik steigt in mir auf. Ich glaube dem Kerl kein Wort mehr. Wir bewegen uns immer weiter ins Dickicht hinein. Das Taxi holpert über ein paar Wurzeln. Was hat der Kerl bloß vor? Ich starre aus dem Fenster und dann wieder in den Rückspiegel.

»Wo fahren wir hin?«

Die blauen Augen blitzen mich an. Auf einmal blickt der Mann überhaupt nicht mehr freundlich. Er stoppt und springt aus dem Wagen. Ehe ich begreife, was passiert, öffnet er meine Tür und zerrt mich heraus.

»Endstation«, zischt er mit einer Stimme, bei der mir das Blut in den Adern gefriert.

Schockiert starre ich ihn an und versuche den Taxifahrer wiederzuerkennen, zu dem ich ins Auto gestiegen bin. Doch vor mir scheint jemand völlig anderes zu stehen. Ein Mann mit eiskaltem Blick und versteinerter Miene. Die schmalen Lippen sind zusammengepresst, so als könne er überhaupt nicht lächeln. Erschrocken mache ich einen Schritt rückwärts und pralle gegen das Taxi. Seine Hände greifen nach mir. Ich schlage um mich, aber das ist ein Fehler. Er holt wütend aus und seine Faust landet auf meiner Schläfe.

Ich sacke zusammen, gefangen in völliger Schwärze.

1

Laura Kern rannte so schnell wie sie konnte. Die Sonne stand hoch am wolkenlosen Himmel. Es war ein heißer Sommertag. Ein Tag, ideal, um ihn an einem schattigen Plätzchen oder einem See zu verbringen. Doch Laura steckte mitten in einem Einsatz. Die Luft flirrte und der trockene Boden unter ihren Schuhen wirbelte jede Menge Staub auf. Schweiß lief ihr den Rücken und die Stirn hinunter. Sie sprang über einen mit Wasser gefüllten Graben und verschanzte sich hinter einem Felsvorsprung. Das unübersichtliche Gelände forderte ihr einiges ab. Sie befand sich weit außerhalb der Stadt auf einem ausrangierten Güterbahnhof.

»Person rechts«, drang es aus dem Knopf in ihrem Ohr. Sie griff nach der Waffe und atmete tief ein. Dann preschte sie aus der Deckung hervor und zielte. Der Schuss knallte durch die Luft und traf sein Ziel. Laura zog den Kopf ein und sprintete zu einer Hauswand, an der sie Schutz suchte. Schwer atmend presste sie sich mit dem Rücken an die glühend heiße Mauer. Der Sprecher in ihrem Ohr gab neue Anweisungen. Sie wandte sich nach links und spähte zu einem Baum hinüber, hinter dem sich ein Verdächtiger versteckte. Sie maß die Strecke ab. Zwanzig Schritte, bis sie wieder Deckung fand. Das war verdammt weit. Insbesondere, wenn der Gegner eine Schusswaffe hatte. Ihr Partner Max war in Gefahr und konnte sie nicht unterstützen. Sie musste selbst einen Ausweg finden. Also lud sie die Waffe nach und huschte über die ausgetrocknete sandige Ebene. Dabei feuerte sie mindestens fünf Kugeln in Richtung des Verdächtigen ab. Sie schaffte es, ohne getroffen zu werden.

»Ihr Partner befindet sich im dritten Gebäude hinter den Bahngleisen«, tönte es in ihrem Ohr. »Das Objekt wird von zwei schwer bewaffneten Personen bewacht. Eine ist auf dem Dach und die andere vor der Tür.«

Mist, dachte Laura und wünschte sich Verstärkung herbei. Wie sollte sie zwei Personen gleichzeitig ausschalten? Ihr blieben nicht einmal mehr sechs Schuss. Aber sie musste Max finden. Sie biss die Zähne zusammen und schoss aus ihrer Deckung hervor, um zu einem Betonpfeiler zu gelangen. Eine Kugel schlug direkt neben ihr ein. Sie schaffte es mit letzter Kraft, sich in Sicherheit zu bringen, und kroch an einer niedrigen Mauer entlang hinunter zu den Bahngleisen. Immerhin kannte sie das Gelände in- und auswendig. Ihre Muskeln waren völlig leer gepumpt. Sie spürte ein leichtes Zittern. Ihr Herz trommelte rasend schnell. Doch sie ließ sich davon nicht beeinflussen. Sie fokussierte sich auf den Wachposten, der auf dem Dach auf und ab ging. Er war durch die Schüsse vorgewarnt und blickte sich unruhig in alle Richtungen um.

»Die Zeit läuft ab«, erklärte die Stimme und beschleunigte damit Lauras Herzschlag in weitere Höhen.

Sie brauchte ein Ablenkungsmanöver. Auf einem leeren Zugwaggon stand ein Blecheimer. Laura zielte und schoss. Der Eimer fiel scheppernd zu Boden. Der Mann auf dem Dach wandte sich um. Ein Fehler. Laura traf ihn in den Rücken. Ein roter Fleck breitete sich auf seiner Jacke aus. Der Wachposten vor der Tür hatte sie entdeckt und richtete die Waffe auf sie. Doch Laura war schneller. Sie schaltete den Mann ebenfalls mühelos aus und eilte auf das Gebäude zu. Sie musste Max erreichen, bevor der Gegner Verstärkung schickte.

»Max?«, brüllte sie und streckte das Bein im Lauf vor. Sie sprang mit enormer Wucht gegen die Holztür, die krachend aus den Angeln splitterte. Keuchend spähte sie in die dunkle Öffnung.

»Ich wusste, dass du mich rettest«, erwiderte Max und kam grinsend aus dem Inneren des Gebäudes.

Die Stimme des Trainers meldete sich: »Gut gemacht, Laura Kern. Beste Zeit heute.«

Sie schnaufte und ließ sich erschöpft zu Boden fallen.

»Dieses Training ist wirklich heftig«, stöhnte sie und griff nach der Wasserflasche, die Max ihr hinhielt.

»Du warst schneller als ich. Glückwunsch.« Max setzte sich neben sie. »Meine Fitness wird von meinen Kindern aufgefressen. Ich hab es in den letzten drei

Wochen vielleicht viermal ins Fitnesscenter geschafft. Wenn das so weitergeht, werde ich für dich zum Risiko.«

Laura sah Max an und stellte verwundert fest, dass er seine Worte wirklich ernst meinte. Sie betrachtete ihren durchtrainierten Partner und schüttelte lächelnd den Kopf.

»Du bist kein Risiko für mich. Deine Leistung liegt voll in der Norm. Du musst nur ab und an den Hintern hochkriegen und deiner Frau klarmachen, dass du Zeit fürs Training brauchst.«

Max seufzte und schwieg. Auch Laura sagte nichts mehr. Die Diskussion um Hannah war nicht neu. Max' Frau forderte seine Mitarbeit als Vater ein. Das war selbstverständlich, schließlich trug Max eine Verantwortung. Er hatte die Kinder genauso gewollt wie sie. Laura hatte es mehr als einmal mitbekommen, wenn Hannah ihn abends auf dem Handy anrief und über seine langen Arbeitszeiten klagte. Der Druck zermürbte Max. Laura sah es in seinen Augen und an den dunklen Ringen darunter.

»Hast du dich heute Nacht wieder um den Kleinen kümmern müssen?«, fragte sie und biss sich gleichzeitig auf die Unterlippe. Sie hätte besser das Thema gewechselt.

Max nickte. »Er schreit immer noch viel, obwohl er inzwischen vier Jahre alt ist. Wahrscheinlich liegt das an den ersten drei Monaten, in denen er unter den schlimmen Darmkrämpfen litt.«

»Wie wäre es gleich mit einem Kaffee?«

»In Ordnung«, erwiderte Max, erhob sich und bot ihr die Hand an.

Laura griff danach und er zog sie mühelos hoch. Max wirkte trotz seiner Augenringe attraktiv. Sein markantes Gesicht und die tiefen blauen Augen machten ihn zu einem Frauenmagnet. Erst heute Morgen, als sie sich zum Training aufgemacht hatten, waren ihr die Blicke einiger Kolleginnen aufgefallen. Sie klopften sich beide den Staub ab und spazierten über das Trainingsgelände des Landeskriminalamtes Berlin. Es umfasste ein Gebiet von mehreren Quadratkilometern und lag ungefähr eine Fahrstunde von der Stadtmitte entfernt. Viele Beamte ihres Dezernats, das für besonders schwerwiegende Delikte wie Entführungen, erpresserischen Menschenraub und Mord zuständig war, absolvierten hier regelmäßige Trainingseinheiten. Die körperliche Fitness konnte in schwierigen Situationen lebenswichtig sein, und davon hatte sie mit Max bisher so einige durchstehen müssen. Sie sehnte sich nach einer ausgiebigen Dusche und steuerte zielstrebig auf ein Haus zu, das sich ein wenig versteckt hinter ein paar Kiefern befand.

»Wir sehen uns gleich«, sagte sie und wollte gerade die Tür zur Frauenumkleide öffnen, als ihr Handy klingelte.

Es war Taylor und der Klang seiner Stimme erweckte eine düstere Vorahnung in ihr.

2

Taylor Field kämpfte sich durch einen kilometerlangen Stau, ausgelöst durch den morgendlichen Berufsverkehr. Er spürte immer noch Lauras Finger auf der Haut. Sie hatten eine brennende Schneise aus Lust und Leidenschaft hinterlassen. Leider war sie bereits am frühen Morgen mit den ersten Sonnenstrahlen zu einem Training aufgebrochen, sodass ihm nur die Erinnerung blieb. Er hätte sie gerne länger neben sich gehabt und ihr einen Kaffee ans Bett gebracht. Als sie schon eine Weile weg war, hatte sein Telefon geklingelt. Die Einsatzzentrale rief ihn zu einem Leichenfundort. Immerhin hatte er unterwegs einen Kaffee ergattert, der seine Sinne halbwegs aktivierte. Taylor gehörte seit über fünf Jahren zum Ermittlerteam der Polizeidirektion 1, die für die Bezirke Reinickendorf und Pankow zuständig war. Die Kriminalitätsrate nahm stetig zu. Langsam unterschied Berlin nicht mehr viel von seiner früheren Heimat, den USA, wo er beim FBI in einer Spezialeinheit gedient hatte, die für die Aufklärung von besonders grausamen Mordfällen verantwortlich war. Er hatte in Deutschland wieder zu sich gefunden und seine Vergangenheit abgestreift. Der Tod seiner Schwester wog nach wie vor schwer, aber inzwischen konnte er mit dem Verlust etwas besser umgehen. An Tagen wie diesen wünschte er sich, er hätte einen stinknormalen, langweiligen Job, abgeschirmt von all dem Bösen, das da draußen unsichtbar in der alltäglichen Welt lauerte. Je länger er mit Laura zusammen war, desto stärker sehnte er sich nach dieser Normalität. Doch er wusste, dass er Laura nie von einem solchen Leben überzeugen könnte. Sie brauchte die Jagd auf das Böse mehr als ihn. Dies wurde ihm immer wieder schmerzlich bewusst.

Taylor seufzte und nahm einen Schluck Kaffee. Im Schneckentempo näherte er sich einer Ampel, die rot wurde, bevor er sie passieren konnte. Seine Gedanken kreisten weiter um Laura. Er sah ihre blonden Locken und die warmen, haselnussbraunen Augen vor sich. Sie war eine wunderschöne Frau, und es störte ihn nicht, dass sie wegen ihrer Narben stets lange Hosen und hochgeschlossene Blusen trug. Am meisten an ihr gefiel ihm ihre Stärke. Eine Stärke, die nur in einem wuchs, nachdem man einen tiefen Abgrund überwunden hatte. Eine Stärke, die er gern selbst besessen hätte. Es war nicht so, dass er sich für einen Schwächling hielt. Aber in Laura leuchtete eine Kraft, die unbesiegbar schien. Manchmal, wenn er kurz davor stand aufzugeben, dann dachte er an sie und schöpfte neuen Mut. Er kannte keine andere Frau wie sie, und inzwischen war er sicher, dass er sein Leben mit ihr teilen wollte.

Die Ampel wurde grün. Am liebsten hätte er das Gaspedal durchgedrückt, doch die Autoschlange vor ihm verhinderte das. Unerträglich langsam bewältigte er die nächsten Kilometer, bis er sich endlich dem Fundort näherte. Die tote Frau war abseits einer Wohnsiedlung am Ufer des Tegeler Sees gefunden worden. Eine Spaziergängerin hatte sie entdeckt und sofort die Polizei alarmiert. Als Taylor den Wagen vor dem Absperrband parkte, sah er die Zeugin blass neben einem Kollegen auf einer Bank sitzen. Er stieg aus und grüßte knapp. Zuerst wollte er das Opfer begutachten. Danach konnte er seine Fragen stellen. Christoph Althaus sprach mit einem Mitarbeiter der Spurensicherung. Taylor steuerte auf seinen Chef zu und nickte zum Gruß.

»Field. Gut, dass Sie hier sind.« Althaus gab ihm kurz die Hand und deutete auf die Tote, die auf dem Rücken lag und deren Gesicht fast vollständig von blondem Haar verdeckt wurde. »Diesen Monat ist wirklich die Hölle los und wir haben noch nicht einmal die zweite Woche beendet. Bei den vielen Gewaltdelikten gerate ich langsam in Erklärungsnöte. Wir haben Sommer. Die Menschen halten sich draußen auf. Niemand will von einem Verrückten überfallen und getötet werden. Finden Sie den Täter, und zwar schnell.«

Taylor nickte mechanisch. Alle Gedanken an Laura sowie die Worte seines Chefs flogen davon. Er konzentrierte sich auf die Tote und sog jedes Detail in sich auf. Die Haare auf ihrem Gesicht hatte jemand offenbar bewusst so drapiert, weshalb er ihr Alter schlecht schätzen konnte. Die schlanke Figur und die Kleidung ließen auf irgendetwas zwischen zwanzig und dreißig schließen. Taylor ging in die Knie und nahm einen Hauch von Haarspray wahr. Anscheinend wollte der Täter ihr Gesicht verstecken. Das war an sich nicht ungewöhnlich. Oftmals empfanden Mörder eine plötzliche Scham dem Opfer gegenüber. Manchmal wichen sie den Blicken aus oder sie versuchten, die Identität zu verschleiern. Allerdings hätte der Täter die Tote zu diesem Zweck auch anderweitig abdecken oder auf den Bauch legen können. Ein Schleier aus Haaren kam Taylor reichlich merkwürdig vor. Er betrachtete den schmalen Oberkörper, der in einem hellgrünen T-Shirt steckte. Mehrere Schmutzflecke hatten sich um die Taille gebildet. Die Frau trug kurze Jeans und lederne Sandalen. Ihre Hände waren zu Fäusten geschlossen und leicht blau angelaufen. Er inspizierte die zarten Finger und hielt inne.

»Wurden ihre Taschen schon durchsucht?«

»Nein. Wir haben auf Sie gewartet. Sie können loslegen. Der Fotograf hat bereits alles festgehalten.«

Taylor streifte sich Gummihandschuhe über und tastete die Hosentaschen an der Vorderseite ab. Sie waren bis auf ein Papiertaschentuch leer. Er wollte es gerade in eine Asservatentüte legen, als ihm eine rosafarbene Linie darauf auffiel. Vorsichtig faltete er das Taschentuch auseinander. Er fand einen kurzen handgeschriebenen Text vor und plötzlich wurde ihm eiskalt.

»Ich fürchte, wir haben es mit mehr als einem Opfer zu tun«, erklärte er und zeigte Christoph Althaus seine Entdeckung.

Die Gesichtsfarbe seines Chefs wechselte ins Weiße. »Wir müssen umgehend das Landeskriminalamt hinzuziehen.«

Taylor nickte, holte sein Handy aus der Tasche und wählte Lauras Nummer.

3

Laura fühlte sich unwohl. Sie hatte auf die Dusche verzichtet und stattdessen mehr Deodorant als üblich benutzt. Trotzdem befürchtete sie, dass ein unsichtbarer Dunst aus Schweiß sie umgab und Taylor es womöglich bemerkte. Andererseits war auch Max nach dem Training bloß in seine Klamotten geschlüpft, und er roch keineswegs. Sie saßen nebeneinander im Auto, sein herbes Parfüm wehte zu ihr herüber, ansonsten nahm sie nichts wahr. Laura hatte die Haare zu einem Zopf zusammengebunden. Ihr Nacken schien von der körperlichen Anstrengung immer noch zu dampfen. Sie drehte die Klimaanlage auf und dachte an Taylor. Er hatte tief und fest geschlafen, als sie heute Morgen aufgebrochen war. Mit völlig entspanntem Gesicht hatte er dagelegen, die Hände wie ein Kissen unter die Wange geschoben und die Knie angezogen. Sie mochte es, ihm beim Schlafen zuzusehen. Er wirkte dann so weich und verletzlich. Seine schwarzen Haare standen wirr in alle Richtungen ab. Wenn sie ihn gleich am Fundort traf, wären sie glatt gekämmt und in seinen klugen blauen Augen würde sie eine leise verhaltene Wut sehen. Die Wut auf den Mörder dieser Frau, die unweit ihres Trainingsgeländes tot aufgefunden worden war.

Taylor hatte am Telefon nicht viel erzählt, nur dass sie dringend kommen mussten, um einen Leichenfundort in Augenschein zu nehmen. Joachim Beckstein hatte bereits grünes Licht für den Einsatz gegeben. Ihre Einheit wurde immer dann in Mordermittlungen eingesetzt, wenn es sich um besonders schwerwiegende Mordfälle oder um Serientäter handelte. Laura konnte es kaum erwarten, die Nachricht zu lesen, die Taylor in der Tasche der Ermordeten gefunden hatte.

Max steuerte den Wagen durch eine schicke Wohnsiedlung mit gepflegten Vorgärten, ordentlich gestutzten Hecken und teuren Autos. Langsam wurden die Häuser weniger und ausladende Bäume säumten den Straßenrand. Sie verdichteten sich allmählich zu einem Wald. Die Tote war am nördlichsten Zipfel des Tegeler Sees entdeckt worden, eine ruhige Gegend, in der die Menschen vom Lärm der Stadt nach ein bisschen Ruhe und Erholung suchten. Max fuhr in einen Waldweg und blieb vor den rot-weißen Absperrbändern der Polizei stehen. Sie stiegen aus. Eine leichte Brise wehte ihnen vom Ufer entgegen, und obwohl die Sonne von oben brannte, fühlte es sich im Schatten der dichten Baumkronen angenehm kühl an. Laura erblickte Taylors hochgewachsene Gestalt. Als ob er ahnen würde, dass sie sich ihm näherte, drehte er sich um. Er musterte sie mit einem Blick, der auf der Stelle ihre Knie weich werden ließ, und lächelte.

»Da seid ihr ja«, sagte er und gab ihr einen flüchtigen Kuss auf die Wange. Er nickte kurz in Max' Richtung und winkte sie mit sich.

»Wir vermuten, dass es ein weiteres Opfer gibt«, erklärte er und griff in eine gelbe Box mit Beweismitteln. Er fischte eine Tüte heraus, in der ein aufgefaltetes Papiertaschentuch steckte. »Ich wollte, dass ihr euch selbst ein Bild macht. Deshalb habe ich am Telefon nicht gleich alles erzählt.« Er streckte Laura die Tüte entgegen.

Laura musterte die rosafarbene Handschrift, die sich in zittrigen Schwüngen quer über das Zellstoffpapier zog.

»Ich bin die Zweite«, las sie vor und kräuselte die Stirn. »Die Zweite«, wiederholte sie und blickte zu Max und schließlich zu Taylor. »Wo ist denn die Erste?«

Taylor hob die Schultern. »Wissen wir nicht. Die Todesfälle der letzten Wochen müssten noch analysiert werden. Die Vermisstendatenbank gibt jedenfalls nichts her. Es wurde niemand als vermisst gemeldet, bei dem die Umstände des Verschwindens auf ein Gewaltverbrechen hindeuten.«

»Und wenn etwas anderes gemeint ist?«, brummte Max und nahm Laura die Nachricht ab. »Vielleicht ist sie die Geliebte, also die zweite Geige, oder sie ist Zweite bei irgendeinem Wettbewerb geworden. Könnte auch sein, dass das erste Opfer ein Mann ist. Außerdem muss dieser Text doch gar nicht vom Täter stammen.«

»Das herauszufinden ist nun Ihre Aufgabe. Ich

hoffe, Sie können den Mörder ermitteln«, verkündete eine feste Stimme in Lauras Rücken. Taylors Vorgesetzter Christoph Althaus hatte sich unbemerkt genähert. Mit seinem nach hinten gegelten Haar und den Markenklamotten wirkte er mitten in der Natur irgendwie fehlplatziert. Laura konnte nachvollziehen, dass ihr eigener Chef, Joachim Beckstein, der mittlerweile auf die Rente zusteuerte, mit dem Leiter der Polizeidirektion 1 nicht besonders viel anzufangen wusste. Weder dessen Aufzug noch das arrogante Grinsen passten zur Situation und vor allem nicht zu den schrecklichen Dingen, die hier passiert waren. Es ging um ein Menschenleben und nicht um Kompetenzrangelei oder irgendwelche Lorbeeren. Vermutlich übertrug Althaus den Fall nur allzu gerne an das LKA, weil er die Chancen zur Aufklärung als äußerst gering einschätzte. Beckstein selbst hatte ihr gesteckt, dass Althaus großen Wert auf seine Erfolgsstatistik legte. Ein Mord, der höchstwahrscheinlich nicht durch einen Täter aus dem persönlichen Umfeld des Opfers begangen worden war, ließ sich kaum innerhalb von ein paar Tagen lösen. Zudem nahm er sehr viel mehr Ressourcen in Anspruch.

»Es gibt einen Hinweis darauf, dass diese Nachricht vom Täter stammt«, fuhr Christoph Althaus fort. »Taylor wird es Ihnen zeigen. Die Leiche liegt dort drüben. Die Spurensicherung hat sie allerdings inzwischen bewegt.«

»Danke«, erwiderte Laura knapp und würdigte Althaus keines Blickes. Sie folgte Taylor, der sich bereits in Bewegung gesetzt hatte.

Das Erste, was ihr an der toten Frau auffiel, war der

rosafarbene Nagellack auf dem Daumennagel. Sie fuhr zu Max herum.

»Hast du die Nachricht noch?«

»Klar.« Max gab ihr die Asservatentüte.

Laura hielt sie neben den Daumennagel. »Der Satz wurde mit demselben Nagellack geschrieben«, stellte sie fest. »Hatte die Frau sonst noch etwas bei sich?«

Taylor zuckte mit den Achseln. »Wie man es nimmt.« Er beugte sich zu der Frau hinunter und schob vorsichtig ihre Haare zur Seite, sodass Hals und Gesicht darunter frei wurden. »Die Spurensicherung hat alles wieder in den Ursprungszustand zurückversetzt, damit ihr euch einen eigenen Eindruck machen könnt.« Er sprach nicht weiter, sondern deutete auf einen Draht, der fest um den Hals des Opfers lag.

Laura ging in die Hocke und starrte schockiert auf den Stacheldraht, dessen verrostete Spitzen sich tief in die Haut eingegraben und ein schreckliches Muster von Verletzungen hinterlassen hatten. Unwillkürlich fuhr Laura über die Narben an ihrem Schlüsselbein. Als Elfjährige war sie entführt und tagelang in einem Pumpwerk festgehalten worden, bis sie es geschafft hatte, durch ein schmales Rohr zu entkommen. Auf der Flucht hatte ihr ein rostiges Eisengitter die Haut oberhalb der Brust aufgerissen. Trotz aller Bemühungen der Ärzte entzündeten sich die Wunden und es musste Haut von ihren Oberschenkeln transplantiert werden. Tiefe Narben zeugten bis heute von Lauras Albtraum. Taylor sah sie an. Er wartete einen Moment und drehte die Tote zur Seite.

»Himmel«, stieß Laura aus. »Der Täter hat den

Stacheldraht mit einem Zahlenschloss versehen?«

»Nicht nur das«, erwiderte Taylor. »Er hat auch einen ganz bestimmten Code festgelegt.«

Laura schluckte. Dann streckte sie die Finger aus und stellte einen Zifferncode ein.

»Null, null, zwei«, flüsterte sie, und das Schloss sprang auf.

Niemand sprach ein Wort. Jeder von ihnen ahnte, was diese Entdeckung bedeuten konnte.

»Okay«, sagte Max nach einer Weile. »Alles deutet auf ein weiteres Opfer hin. Wir sollten die Gegend absuchen. Vielleicht finden wir noch eine Leiche. Ich leite das in die Wege.« Er entfernte sich, um zu telefonieren.

Laura inspizierte die Tote gründlich von Kopf bis Fuß. Die blonden Locken wickelten sich verklebt und zerzaust um den Schädel. Das schmale Gesicht mit der langen, zierlichen Nase wirkte erstarrt. Die Angst schien sich in die Züge der Frau eingebrannt zu haben. Unter den geschlossenen Lidern zeichneten sich die verdrehten Augäpfel ab. Die Handgelenke und ebenso die Knöchel wiesen etliche Fesselmale auf, die ein Muster aus wirren Linien erzeugten. Manche wirkten älter und dunkler als andere. Vermutlich war sie mehrfach gefesselt und losgebunden worden. Und zwar mit einem sehr dünnen Strick. Die vielleicht fünfundzwanzig Jahre alte Frau hatte offenbar keinen leichten Tod gehabt. Sie war anscheinend gequält worden. Laura spürte ihr Leid beinahe körperlich. Hastig streifte sie die Gefühle ab und konzentrierte sich auf die Fakten. Auf das, was sie sah. Auf der linken Schulter des Opfers entdeckte sie ein Tattoo, einen bunten Schmetterling, der drei Flügel besaß. Die Hose saß ordentlich, der Reißverschluss war geschlossen. Nach einer Vergewaltigung sah es auf den ersten Blick zumindest nicht aus, wobei die Obduktion durchaus Gegenteiliges ergeben konnte. Laura fand kein Blut auf dem Boden, keine Kampfspuren und auch sonst nichts, was darauf hindeutete, dass die Frau am Ufer des Tegeler Sees ermordet worden war. Möglicherweise hatte der Täter hier nur die Leiche abgelegt.

Laura hob vorsichtig das T-Shirt an. Die Tote trug einen schwarzen Spitzen-BH. Die Haut des Oberkörpers wies weder Druckstellen noch Hämatome auf. Unterhalb des Stacheldrahts verlief ein zwei bis drei Zentimeter breiter dunkelvioletter Streifen. Da Laura keine anderen gravierenden Verletzungen feststellen konnte, schloss sie daraus, dass das Opfer stranguliert worden war. Für die genaue Todesursache und den Zeitpunkt würden sie die Obduktion abwarten müssen. Laura inspizierte als Nächstes die Unterschenkel und die Sandalen. Dabei trat nichts Auffälliges zutage. An den Schuhsohlen haftete keine Erde, die sie auf ihre Herkunft untersuchen konnten. Trotzdem würden alle Sachen gründlich im Labor untersucht werden. Manche Spuren wurden erst unter dem Mikroskop sichtbar. Laura richtete sich auf. Max kehrte im selben Moment von seinem Telefonat zurück.

»Ich denke, sie wurde festgehalten, erdrosselt und anschließend hier abgelegt«, erklärte Laura und machte mit dem Smartphone ein Foto von dem Schmetterlingstattoo. »Damit müssten wir sie eigentlich schnell identifizieren können.«

Laura blickte sich zu Taylor um, doch der zuckte mit den Achseln.

»Die Kollegen haben in den Vermisstenanzeigen nichts gefunden. Entweder wurde das Tattoo dort nicht aufgeführt oder das Verschwinden der Person ist bisher nicht gemeldet worden.«

Laura grübelte. »Der Stacheldraht und das Schloss, die Fesselmale an Händen und Füßen und auch die Nachricht auf dem Papiertaschentuch sprechen für ein geplantes Vorgehen. Der Täter hat viel Zeit und Mühe investiert. Ich kann mir nicht vorstellen, dass er sie gleich, nachdem er sie in seiner Gewalt hatte, getötet hat. Ich denke eher, dass er die Frau einen oder sogar mehrere Tage festhielt, bevor er sie erdrosselt hat. Unter diesen Umständen ist es allerdings merkwürdig, dass niemand sie vermisst. Wir wissen zudem nicht, ob wir es mit einem oder mehreren Tätern zu tun haben.«

Laura beschloss, Simon Fischer, einen eingefleischten IT-Experten des Landeskriminalamtes, bei der Suche nach der Identität des Opfers miteinzubeziehen. Simon Fischer hatte vor seiner Zeit beim LKA im *Chaos Computer Club* für Aufsehen gesorgt. Bereits mit fünfzehn hatte er es geschafft, Trojaner in die Hochsicherheitsnetzwerke diverser Bundesministerien einzuschleusen, allerdings ausschließlich, um auf die Missstände in den Systemen aufmerksam zu machen. Simon stöberte jede noch so unscheinbare digitale Spur auf. Er würde herausfinden, wer die Tote war. Und wenn sie erst einmal das wussten, dann konnten sie auch die Fährte zum Täter aufnehmen.

4

»Es tut mir wirklich leid.« Er sah sie bedauernd an und setzte ein schiefes Lächeln auf. »Es war keine Absicht. Ich wollte dich nicht schlagen, es war mehr ein Reflex. Ich habe früher geboxt und manchmal, da funktionieren die eingeübten Bewegungen einfach wie von selbst.«

Melli hatte sich mit angezogenen Knien auf das Bett gekauert, die Arme schützend um ihren Körper gelegt.

»Nun komm schon! Ich hab mich verfahren und bin ausgerastet. Das passiert nicht wieder. Verzeih mir«, säuselte er und verwandelte sich in den Mann zurück, zu dem sie ins Taxi gestiegen war.

Melli hätte ihm gerne geglaubt, aber die Realität sah anders aus. Verzweifelt kramte sie in ihren Erinnerungen, die verschwommen durch ihren Kopf irrten. Er hatte sie nicht zum Flughafen gefahren, sondern in die entgegengesetzte Richtung. Sie erinnerte sich daran, dass er angehalten hatte. Sie spürte noch seinen festen Griff, mit dem er sie aus dem Taxi zog, den Schlag und das stinkende Tuch, das er ihr aufs Gesicht presste. Danach war alles schwarz geworden und sie war erst auf seinem Bett zu sich gekommen. Schweigend musterte sie ihn. Er lächelte sie mit einem Hundeblick an, der ihre Ängste kurzfristig verstreute.

»Ich wollte zu einem wichtigen Vorstellungsgespräch und jetzt möchte ich sofort gehen.« Ihre Stimme überschlug sich, langsam wallte wieder Panik in ihr auf.

»Du blutest«, sagte der Mann und deutete auf das Pflaster, das er ihr über die Schläfe geklebt hatte. »So kannst du nirgendwohin.«

Melli hörte nicht auf ihn. Sie erhob sich und machte ein paar wacklige Schritte auf die Zimmertür zu. Ihr Kopf brummte fürchterlich. Der Mann blieb vor dem Bett hocken und rührte sich nicht.

»Sie haben mich geschlagen. Deshalb ist mein Gesicht ruiniert.« Melli ging auf die Tür zu, drehte sich kurz vorher aber noch einmal um. »Ich werde Sie anzeigen!«

Er verzog die Miene und senkte schuldbewusst den Blick. Dann blitzte eine Kälte in seinen Augen auf, die sie innehalten ließ. Vielleicht war es besser, ihn bei Laune zu halten. Zumindest so lange, bis sie es aus seinem Haus geschafft hatte. Der Kerl erschien ihr unberechenbar. Jetzt tat er unschuldig, trotzdem hatte er sie verletzt und entführt. Sie biss sich auf die Unterlippe und wollte aus dem Raum stürmen, als er weitersprach.

»Du warst ohnmächtig. Ich hätte dich doch nicht auf der Straße liegen lassen können.« Er zuckte hilflos mit der Schulter.

Noch immer hockte er am Boden wie ein begossener Pudel. In ihr schwankten die Gefühle von einem Extrem zum anderen. Sie wollte weg, so schnell wie möglich. Doch mit Sicherheit hätte er sie eingeholt, bevor sie auch nur einen Fuß vor die Tür setzen könnte. Sie hatte keine Ahnung, wo sie überhaupt war und wie sie aus diesem Haus kam. Aus dem Fenster konnte sie sehen, dass sie sich im Obergeschoss befand. Sie tastete ihre Hosentasche nach dem Handy ab, doch es war nicht da. Hektisch sah sie sich nach ihrer Handtasche um.

»Deine Sachen liegen im Flur.«

Er schien ihre Gedanken lesen zu können. Er lächelte sie an, und in diesem Moment kam er ihr merkwürdig bekannt vor. So als hätte sie ihn schon einmal gesehen. Unsicher drückte sie die Türklinke herunter.

Der Flur lag im Dunkeln. Sie drückte auf den Lichtschalter und entdeckte ihre Tasche auf einer Kommode. Immerhin hatte er wohl nicht vor, sie auszurauben. Ihre Nerven glichen einem Trümmerfeld. Sie erblickte die Treppe und rannte mit ihrer Tasche hinunter. Mit wenigen Schritten erreichte sie das Erdgeschoss und stürmte aus dem Haus. Weg von diesem Taxifahrer. Sie bog um die Ecke und hastete die Straße entlang. Die Gegend kam ihr überhaupt nicht bekannt vor. In einer Entfernung erkannte sie mehrere Einfamilienhäuser. Unruhig blickte sie sich um. Zumindest schien der Kerl sie nicht zu verfolgen. Sie huschte in einen schmalen Weg hinein und wandte sich an dessen Ende nach rechts. Als sie sich weit genug vom Haus des Taxifahrers entfernt hatte, atmete sie tief durch und nahm das Handy aus der Tasche. Mithilfe der Navigationsapp würde sie ganz schnell zurück nach Hause finden. Der Kalendereintrag für ihr Vorstellungsgespräch erschien auf ihrem Display. Verdammt! Sie brauchte diesen neuen Job und jetzt war alles futsch. Das Gespräch hätte vor zwei Stunden beginnen sollen. Wenn sie noch etwas retten wollte, musste sie sich wenigstens melden und eine Erklärung abliefern. Zitternd entsperrte sie das Telefon und wählte die Nummer der Flughafenverwaltung. Dabei sah sie sich erneut um und stellte erleichtert fest, dass der Taxifahrer nirgends zu sehen war. Sie stand allein auf der Straße.

Eine weibliche, ziemlich rauchige Stimme begrüßte sie freundlich.

»Guten Tag, mein Name ist Melanie Schlautmann. Ich hätte heute bei Ihnen ein Vorstellungsgespräch gehabt. Es tut mir sehr leid, aber ich hatte einen Autounfall. Dürfte ich einen neuen Termin haben? Bitte.«

Melli hörte, wie die Frau am anderen Ende der Leitung etwas in den Computer eintippte. Sie hielt vor Aufregung die Luft an.

»Tut mir leid«, ertönte die Stimme nach einer Weile, »Herr Wieland ist schon außer Haus und ich kann nicht auf seinen Terminkalender zugreifen.«

Mellis Herzschlag setzte vor Enttäuschung aus. Sie brachte keinen Ton mehr hervor. Ihre Gesprächspartnerin schien jedoch Mitleid mit ihr zu haben.

»Wissen Sie was, ich hinterlege ihm eine Notiz. Sie können ja nichts dafür.« Es herrschte eine kurze Pause, bevor die Frau fragte: »Ihnen ist doch hoffentlich nichts passiert?«

»Nein. Nein. Ich hatte Glück, nur mein Wagen ist

liegen geblieben und ich war eine Zeit lang ausgeknockt. Aber es geht mir gut. Danke.«

»Wir melden uns bei Ihnen«, erwiderte die Stimme, und Melli legte halbwegs erleichtert auf. Sie hätte lieber gleich einen neuen Termin gehabt. Immerhin schien sie noch eine Chance zu bekommen. Sie öffnete die Navigations-App und wartete, bis sich die Karte aufbaute. Sie brauchte jetzt dringend eine Kopfschmerztablette und eine heiße Dusche. Sie betrachtete ihren Standort und überlegte, ein Taxi zu rufen, auch wenn ihr der Gedanke unheimlich erschien. Die nächste Bahnhaltestelle war zu weit weg.

Plötzlich nahm sie hinter sich eine Bewegung wahr. Sie fuhr herum und erblickte ein bekanntes Gesicht. Vor ihr stand der Taxifahrer. Panik überfiel sie.

»Wir waren noch nicht fertig«, sagte er und lächelte sie an.

»Du glaubst doch nicht, dass du so einfach gehen kannst?« Sein Lächeln wurde hart wie Stein, genau wie der Blick aus seinen blauen Augen.

5

Simon Fischer rieb sich nachdenklich das Kinn und klimperte dann wieder auf der Tastatur seines Computers herum.

»Diese Frau ist ein Geist«, murmelte er und drückte verärgert auf die Entertaste.

Laura hockte neben ihm. Draußen war es stockdunkel. Max hatte längst Feierabend gemacht und Taylor wartete vermutlich bei sich zu Hause auf sie. Laura hatte einen Schlüssel, und wann immer sie seine Nähe brauchte, fuhr sie zu ihm. Aber im Augenblick war daran noch nicht zu denken. Sie hatten den Tag damit zugebracht, die Identität der Toten herauszufinden. Doch egal, was sie versuchten, es schien aussichtslos. Simon Fischer hatte sämtliche Datenbanken durchforstet. Außerdem hatte er ihr Foto durch ein eigens entwickeltes Programm laufen lassen und sie in den sozialen Medien gesucht. Entweder hatte der Tod ihre Gesichtszüge so massiv verändert, dass seine Software sie nicht herausfiltern konnte, oder die Frau hatte sich auf keiner der bekannten Internetplattformen angemeldet.

»Ist sie das?«, fragte er und vergrößerte ein Profilbild auf Facebook.

Laura kroch näher an den Bildschirm. Die blonden Locken passten, auch die schlanke Figur kam hin. Die Nase erschien ihr jedoch etwas zu breit. Es war zum Verzweifeln. Wahrscheinlich mussten sie die Obduktion abwarten und dann auf einen Treffer in der DNS-Datenbank hoffen. Schlimmstenfalls dauerte das Prozedere Wochen. Denn wenn die DNS-Analyse keine Ergebnisse lieferte, blieb ihnen nur noch der Zahnabgleich. Da hierfür keine zentrale Erfassung existierte, müssten die Zahnärzte einzeln abgeklappert werden, und ob es vom Zahnstatus der jungen Frau überhaupt Aufnahmen gab, stand in den Sternen. Laura durfte nicht daran denken. Ungeduldig tippte sie mit den Fingern auf Simons Schreibtischplatte und starrte den Bildschirm an.

»Was ist mit dem Tattoo?«, fragte sie und deutete auf ein paar Urlaubsfotos, die auf der Seite hochgeladen waren.

Simon verzog das Gesicht. »Kein Schmetterling«, brummte er missmutig und vergrößerte ein Bikini-Bild, auf dem die Schultern der Person zu sehen waren. »Allerdings sind diese Fotos älter als sechs Monate. Womöglich hat sie das Tattoo erst seit Kurzem und deshalb finden wir es nicht.«

»Und wenn wir die größten Tattoostudios abklappern? Der Schmetterling ist außergewöhnlich bunt und außerdem hat er drei Flügel. Wer lässt sich so etwas schon tätowieren? Vielleicht würde sich jemand daran erinnern«, überlegte Laura.

Simon seufzte. Offenbar wusste er wie sie, dass es ein beinahe hoffnungsloses Unterfangen wäre. Zumal sie derzeit keinen Anhaltspunkt hatten, wie alt die Tätowierung wirklich war.

»In Ordnung. Ich lasse diesen Schmetterling durch mein Programm laufen. Möglicherweise wurde das Tattoo irgendwo gepostet. Wir probieren es.« Seine Finger flogen über die Tastatur. In Windeseile lud er den Schmetterling in seine Software, die sofort mit dem Vergleich begann. Im Sekundentakt poppten Bilder auf, die kurz darauf verworfen und von anderen Fotografien abgelöst wurden.

»Das kann dauern«, bemerkte Simon und öffnete einen Energydrink, den er in wenigen Zügen leerte.

Laura erwiderte nichts. Gedankenverloren scrollte sie durch die Seiten auf ihrem Laptop und arbeitete sich inzwischen zum dritten Mal durch die Vermisstenanzeigen. Manchmal trugen die Kollegen neue Fälle erst am Abend ein, wenn ein wenig Ruhe in den hektischen Polizeialltag eingekehrt war. Und das System brauchte sehr oft ziemlich lange, bis die Daten endlich abgerufen werden konnten. Laura aktualisierte ihren Sucheintrag und schob den Rechner enttäuscht ein Stückchen von sich, als es keine passenden Einträge gab. Wohl oder übel würde sie abwarten müssen.

»Lass uns in der Zwischenzeit nach dem ersten Opfer suchen«, sagte sie und sichtete die neuesten Polizeimeldungen. Eine Prügelei am Hauptbahnhof. Eine Schießerei im Drogenmilieu. Eine Messerstecherei unter Jugendlichen. Ein Fall von häuslicher Gewalt. Ein Einbruch mit Körperverletzung. Die Liste setzte sich endlos fort.

»Ich habe schon alles nach einer weiblichen Toten durchforstet«, entgegnete Simon und öffnete eine weitere Dose. »Es war keine Blondine darunter, nur eine Brünette, und die war fünfundfünfzig Jahre alt. Ihr Mann hat sie im Suff umgebracht. Das Arschloch sitzt in Untersuchungshaft.« Simon legte ihr ein paar ausgedruckte Seiten hin, die ein Foto sowie eine kurze Fallbeschreibung enthielten. »Ich bin sogar drei Wochen zurückgegangen und habe noch zwei Prostituierte ausfindig gemacht. Eine von denen war blond. Aber ich glaube nicht, dass unser Täter auf diese Art von Frauen aus ist. Die Tote vom See sieht jedenfalls nicht danach aus, oder was meinst du?« Er drückte Laura ein weiteres Blatt in die Hand.

Sie warf einen Blick darauf. Beide Täter saßen in Haft, und das bereits seit knapp zwei Wochen.

»Du hast recht. Das passt schon zeitlich nicht zusammen. Es sei denn, ein Komplize hätte das Opfer von heute ermordet.« Sie sah sich die Fotos der Prostituierten an. Die Frauen wirkten verbraucht und nicht sonderlich attraktiv. Ihr Bauchgefühl verwarf einen Zusammenhang mit dem aktuellen Fall, trotzdem legte sie die Ausdrucke zu ihren Unterlagen. Sie durfte gerade am Anfang einer Ermittlung keine Spur leichtfertig abtun. Max konnte sich das am nächsten Tag noch einmal ansehen. Vielleicht erkannte er eine Verbindung. Sie seufzte und widmete sich wieder den polizeilichen Meldungen. Inzwischen war sie bei Berichten angekommen, die mehr als eine Woche zurücklagen. Erneut las sie von Fällen häuslicher Gewalt, Drogendelikten, Kindesmisshandlungen und Einbrüchen. Nur ein sehr kurzer und unscheinbarer Eintrag erregte ihre Aufmerksamkeit. Er musste nichts mit ihren Ermittlungen zu tun haben, aber irgendetwas machte sie stutzig. Zunächst begriff sie gar nicht, was genau es war. Bis sie die Daten abglich.

Das Grab einer bereits mit fünfundzwanzig Jahren verstorbenen Frau war geschändet worden. Ihr junges Alter war der eine Punkt. Doch die Art der Zerstörung ließ Laura endgültig aufhorchen.

»Die Geburts- und Sterbedaten einer gewissen Anna Mehring wurden fast vollständig von ihrem Grabstein entfernt. Es wurde Anzeige gegen unbekannt erstattet.«

Simon sah Laura fragend an. Sie drehte ihren Laptop zu ihm und zeigte auf ein Foto des verunstalteten Grabsteins.

»Es ist nur eine Ziffer übrig geblieben, der Tag, an dem sie gestorben ist. Hier steht eine Eins.«

»Okay«, antwortete Simon, wobei er das Wort unnatürlich in die Länge zog und sie mit einem kritischen Blick bedachte.

Laura wusste selbst, dass sie im Augenblick nach jedem Strohhalm griff und dass sie sehr wohl völlig danebenliegen konnte. Es war mehr ein Instinkt tief in ihrem Innersten, der eine düstere Vorahnung zum Schwingen brachte. Wer immer der oder die Täter waren, sie hatten die Polizei wissen lassen, dass es nicht nur eine tote Frau gab, sondern ein zweites Opfer. Sie legten es also darauf an, dass diese Tote ebenfalls gefunden wurde. Ansonsten ergab die Nachricht auf dem Papiertaschentuch keinen Sinn.

»Ich fahr da hin«, sagte Laura und sprang auf.

»Was ist denn mit dem Tattoo? Wollten wir nicht die Identität der Leiche herausfinden?«, fragte Simon verwirrt.

»Ruf mich an, sobald du etwas entdeckst.« Laura schnappte die Autoschlüssel und machte sich auf den Weg.

Der Friedhof lag weit draußen im Nordwesten Berlins. Laura kam gut voran. Es war kurz vor Mitternacht und die Straßen der Hauptstadt waren beinahe leer. Sie fuhr eine schmale Allee entlang. Die riesigen, alten Bäume schluckten mit ihren dichten Kronen das spärliche Licht von Mond und Sternen. Die Scheinwerfer ihres Wagens wirkten wie Eindringlinge in eine verborgene Welt. Sie bog auf den Friedhofsparkplatz ein und stieg aus. Hoch oben rauschten die Blätter leise im Wind, fast so, als würden sie miteinander flüstern. Laura zog den Sommermantel enger und knöpfte ihn zu. Mit einer Taschenlampe bewaffnet bewegte sie sich über den Parkplatz, auf dem noch zwei andere Fahrzeuge standen, und näherte sich der Hecke, die den Friedhof umgab. Vor dem Eingang zögerte sie. Würde es sich lohnen, sich die Nacht um die Ohren zu schlagen wegen einer Polizeimeldung, die vermutlich rein gar nichts mit ihrem neuen Fall zu tun hatte? Andererseits konnte sie anschließend in dem Wissen einschlafen, für heute alles getan zu haben. Sie beschloss, Taylor auf der Rückfahrt anzurufen und bei ihm vorbeizuschauen.

Fröstelnd lief sie den Hauptweg entlang. Das Grab von Anna Mehring befand sich auf der linken Seite, sehr weit außen. Mit dem Lichtstrahl leuchtete sie die Gräber ab. Auf den Gedenksteinen las sie die Namen der Verstorbenen. Wenigstens drang das Mondlicht auf dem Friedhof bis zum Boden, sodass sie auch entferntere Grabstätten zumindest schemenhaft sehen konnte. Sie hatte das Ende des Friedhofs fast erreicht. Laura beschleunigte ihre Schritte und blieb an Anna Mehrings letzter Ruhestätte stehen. Der ramponierte Grabstein war nicht zu übersehen. Aus dem ursprünglich schwarzen und lackierten Marmor waren größere Stücke herausgebrochen. Die einzige Ziffer, die übrig geblieben war, erkannte sie erst, als sie ganz dicht davor stand. Die schmale Eins wirkte verschmutzt. Ebenso der kaum sichtbare Punkt daneben, der ebenfalls nicht herausgemeißelt worden war. Laura fuhr mit der Fingerkuppe darüber. Dann sah sie sich das Grab näher an. Jemand hatte immergrüne Bodendecker gepflanzt, die nicht allzu häufig gepflegt werden mussten. Frische Blumen gab es keine und auch sonst nichts, was auf einen kürzlichen Besuch von Angehörigen hindeutete.

Laura leuchtete abermals über die grüngelben Blätter, die wie ein Teppich auf der Erde wuchsen. Etwas Metallisches blitzte für den Bruchteil einer Sekunde auf, gerade lang genug, um von Laura wahrgenommen zu werden. Sie schob vorsichtig ein paar Pflanzen beiseite und beförderte einen kleinen Metallkasten von vielleicht zehn mal zehn Zentimetern hervor. Die

Ränder hatten ein wenig Rost angesetzt. Laura fragte sich, ob ein Verwandter das Kästchen auf das Grab gelegt hatte. Neugierig öffnete sie es. Noch bevor sie den Text auf dem in Folie eingeschweißten Zettel lesen konnte, vernahm sie ein Geräusch hinter sich.

6

Ein paar Stunden zuvor

Alexandra Schiefer arrangierte einen kunterbunten Blumenstrauß vor dem hellen Stein, auf dem der Name ihrer kleinen Schwester prangte. Mareike lag hier seit zwanzig Jahren begraben. Obwohl es hieß, dass die Zeit alle Wunden heilte, spürte Alexandra noch immer einen tiefen Schmerz in ihrem Inneren, der genauso stark brannte wie damals, als es geschehen war. Spaziergänger hatten Mareikes Leiche in einem Waldstück nahe ihrem Elternhaus gefunden. Jemand hatte sie entführt, tagelang festgehalten und schließlich getötet. Nach wie vor vermochte Alexandra es nicht, sich die letzten Tage ihrer kleinen Schwester nur annähernd vorzustellen. Mareike war kaltblütig erdrosselt worden. Sie hatte sich zur Wehr gesetzt, so viel hatte Alexandra Jahre später aus den zahlreichen Dokumenten herausgefunden, die sich im Schrank ihrer Eltern türmten. Sämtliche Fingernägel hatte sich Mareike abgebrochen. Die Arme und Knie aufgeschürft. Ihr Körper war übersät von blauen Flecken und Hämatomen. Ein Schneidezahn fehlte ihr.

Alexandra schluckte. Sie hätte nie in den Unterlagen ihrer Eltern stöbern sollen. Dann wären diese schrecklichen Bilder jetzt nicht in ihrem Kopf. Sie schüttelte die Gedanken ab. Sie war schließlich nicht hergekommen, um sich selbst zu bemitleiden und Mareikes Schicksal zum millionsten Mal nachzuempfinden. Doch etwas in ihr fühlte sich immer noch schuldig, denn eigentlich hätte sie anstelle ihrer Schwester sterben müssen.

Ja, das war die bittere Wahrheit. Sie sollte hier unter der Erde liegen und nicht Mareike. Niemand hatte ihr je einen Vorwurf gemacht. Ihre Eltern nicht und genauso wenig die Polizei. Aber Alexandra wusste, was sie getan hatte. Auch wenn keiner je eine Anschuldigung laut aussprach, trug sie trotzdem eine erhebliche Verantwortung. Sicher, Schuldzuweisungen hätten Mareike nicht zurückgebracht. Doch die Schuld klebte an ihr wie eine unsichtbare Hülle, die sie zu ersticken drohte. Wie oft hatte sie sich die letzten Minuten ihres Zusammenseins ins Gedächtnis gerufen und es wiedergutgemacht. So oft war sie anstelle von Mareike gestorben. Sie fühlte sich wie ein leeres menschliches Gefäß, das nur deshalb existierte, weil ihr Herz nicht aufhörte zu schlagen. Dieses verdammte Ding pochte in ihrer Brust, obwohl sie das Leben längst aufgegeben hatte. Sie wollte vergessen. Manchmal sehnte sie sich den Tod herbei, der ihren Schmerz mitnahm und ihre Schuld. Eine Schuld, die sie niemals würde sühnen können.

Alexandra seufzte und zupfte den Blumenstrauß zurecht. Jede Woche brachte sie Mareike frische Blumen. Jedes Mal starrte sie das Foto ihrer damals zwölf Jahre alten Schwester an, das auf dem Grabstein klebte. Und dann lief die immer gleiche Szene in ihrem Kopf ab. Alexandra hatte sich in einen Jungen aus ihrer Klasse verliebt. An jenem verhängnisvollen Tag hatte ihr Karsten im Unterricht einen Zettel zugeschoben:

Triff mich um fünf vor der Schule.

Alexandra war vor Glück beinahe geplatzt. Nichts in der Welt konnte sie davon abhalten sich mit Karsten zu treffen. Auch nicht das Versprechen, dass sie für ihre Großmutter einkaufen wollte. Sie hatte Mareike aufgeregt von ihrer Verabredung berichtet, und ihre kleine Schwester hatte sich sofort angeboten, die Aufgabe für sie zu übernehmen. Sie hatte das schon öfter getan. Sie versorgten ihre Großmutter jede Woche.

Während sie ihren ersten Kuss bekam, wurde ihre kleine Schwester entführt. Alexandra kehrte überschwemmt von Glückshormonen zurück nach Hause. Mareike war nicht da. Irgendwann, als es langsam spät wurde, ging Alexandra zu ihrer Großmutter. Doch Mareike war überhaupt nicht bei ihr gewesen. Alexandra eilte zum Supermarkt, aber auch dort war sie nicht. Verzweifelt lief sie durch die Straßen und hielt nach Mareike Ausschau. Gegen zehn Uhr abends gab sie auf. Ihre Mutter hatte gerade die Schicht beendet. Ihr Vater befand sich auf einer Dienstreise. Mareike war immer noch nicht da. Nach einer halben Stunde informierten sie die Polizei. Und eine Woche später wurde die Leiche ihrer kleinen Schwester gefunden.

Alexandra erhob sich und wischte eine Träne aus dem Augenwinkel.

»Es tut mir leid«, murmelte sie erstickt. »So wahnsinnig leid.« Sie wandte sich vom Grabstein ab und rannte beinahe zu ihrem Fahrrad. Sie wusste selbst nicht, warum sie der Besuch auf dem Friedhof heute derartig mitnahm. Vielleicht lag es daran, dass sich Mareikes Geburtstag näherte. Unweigerlich würde die Familie zusammenkommen. Ihre Mutter würde sie in den Arm nehmen und unerträglich lange festhalten. Manchmal glaubte Alexandra, an dieser Umarmung zu ersticken. Ihr Vater würde sie mit diesem traurigen Blick bedenken. Jedes Mal suchte sie den Vorwurf in seinen Augen. Sie konnte ihn nicht entdecken, aber sie fühlte ihn. Es war auch ihre Schuld.

Tränen liefen ihr über die Wangen. Sie trat kräftig in die Pedale. Sie musste sich beruhigen. Luna durfte auf keinen Fall etwas davon mitbekommen. Sie war gerade einmal acht. Ihre Tochter sollte nichts von dem schrecklichen Schicksal ihrer Tante erfahren, jedenfalls jetzt noch nicht. Vielleicht später, wenn sie alt genug war und damit umgehen konnte. Nichts sollte ihre Kindheit trüben. Schon gar kein Mordfall in der Familie. Alexandra fuhr so schnell, bis ihre Lunge brannte. Erst vor der nächsten Ampel wurde sie langsamer und tupfte die Tränen ab. Luna hatte in einer halben Stunde Schulschluss. Ausreichend Zeit, um die Fassung zurückzuerlangen.

7

Laura ließ das Metallkästchen fallen und wirbelte herum. Sie stürzte sich auf die schwarze Gestalt, die sich hinter ihr aufgebaut hatte, und riss sie zu Boden. Mit geübten Handgriffen drückte sie den Kopf des Mannes auf die feuchte Erde des Friedhofs und drehte ihm den rechten Arm auf den Rücken, sodass er völlig bewegungsunfähig unter ihr lag.

»Lass mich los«, winselte eine bekannte Stimme, und Laura stutzte.

»Simon?«, fragte sie überrascht und lockerte ihren Griff.

»Ja, verdammt. Wer denn sonst?«, fluchte Simon Fischer und rappelte sich auf. »Ich konnte dich schließlich nicht mitten in der Nacht alleine auf einem Friedhof herumlaufen lassen!« Er klopfte seine Hose ab und schaltete die Taschenlampe seines Handys ein. »Ich wollte meinen Akku schonen. Hätte ich bloß gleich das Licht eingeschaltet, dann wärst du vermutlich nicht sofort über mich hergefallen.« Er grinste schief und schüttelte den Kopf. »Himmel! Mit dir möchte ich mich wirklich nicht anlegen.«

»Tut mir leid«, murmelte Laura. »Ich hab dir hoffentlich nicht wehgetan.«

»Nichts passiert.« Simon winkte ab.

»Wie bist du überhaupt hierhergekommen?«, wollte Laura wissen und sah sich um.

»Mit dem Taxi«, erklärte Simon und schnaufte theatralisch. »Hat mich ein Vermögen gekostet. Vielleicht sollte ich mir mal einen E-Roller zulegen, für künftige Fälle.«

Laura lächelte gerührt. Sie wusste, dass Simon kein Auto hatte. »Danke, dass du meinetwegen hergekommen bist.«

Simon rieb sich den rechten Arm. »Wie ich sehe, kommst du auch gut alleine zurecht. Hast du etwas gefunden?«

Laura nickte und deutete auf das Kästchen. Sie bückte sich danach und zog die in Folie eingeschweißte Nachricht heraus.

»Schließ mich auf!«, las sie vor. »Was soll das denn heißen?« Sie sah sich das Kästchen näher an und fand einen Schlüssel, der mit Klebeband auf dem Boden befestigt war. Vorsichtig löste sie ihn ab und drehte ihn zwischen den Fingern.

»Das ist ein Autoschlüssel«, stellte sie fest.

Simon seufzte. »Na prima. Dann sind wir jetzt genauso schlau wie vorher. In Berlin gibt es ja nur Abertausende Wagen, zu denen er passen könnte.«

Laura suchte das Metallkästchen nach weiteren

Hinweisen ab. Aber da war nichts. Plötzlich fielen ihr die beiden Autos ein, die auf dem Parkplatz vor dem Friedhof standen.

»Komm mit«, sagte sie zu Simon und lief zurück zur Friedhofspforte. Auf dem Parkplatz blieb sie an einem schwarzen Golf stehen und versuchte ihn zu öffnen. Es funktionierte nicht. Weder mit der Fernbedienung noch mit dem Schlüssel im Schloss. Laura fluchte leise und leuchtete durch die Fenster. Das Innere des Wagens war leer. Auch auf den Polstern und im Fußraum lagen keine Sachen herum. Sie probierte es mit dem anderen Auto, einem weißen Skoda. Dieser ließ sich ebenfalls nicht entriegeln. Auf den hinteren Sitzen bemerkte sie die zerknautschte Tüte eines Fast-Food-Restaurants und auf dem Boden darunter ein paar alte Pommes. Nichts deutete auf ein weiteres Opfer hin.

»Vielleicht ist die Nachricht gar nicht vom Täter«, warf Simon ein, doch Laura schüttelte den Kopf und zeigte auf das Papier aus dem Metallkasten.

»Das ist dieselbe rosa Farbe wie auf dem Taschentuch der Toten. Ich bin mir ganz sicher, dass diese Botschaft vom Täter stammt.« Laura dachte nach. Der oder die Täter wollten, dass sie auch das andere Opfer fanden. Womöglich hatte sie an der Grabstätte etwas übersehen. Sie eilte den schmalen Friedhofspfad zurück und starrte den Grabstein von Anna Mehring an. Ob der Schlüssel zu ihr gehörte? Allerdings war die Frau seit mehr als zwei Jahren tot. Falls sie je ein Auto besessen hatte, war es wahrscheinlich längst verkauft.

»Kannst du herausfinden, welcher Wagen auf sie

zugelassen war?«, fragte sie Simon, der ihr gefolgt war, und leuchtete die Rückseite des Grabsteins ab.

»Dazu brauche ich meinen Laptop. Sobald wir hier fertig sind, kann ich das machen.«

Laura untersuchte die Seiten des Steins. Nirgendwo fand sie eine Spur, noch nicht mal einen tieferen Kratzer so wie auf der Vorderseite.

»Verdammt, dieser Schlüssel muss doch irgendwo hinführen!«

Einem plötzlichen Impuls folgend drückte sie auf den Knopf des Autoschlüssels. Ein lautes Knacken ertönte in der Nähe. Laura und Simon sahen sich überrascht an. Simon wandte sich um und rannte los.

»Das kam von hier hinten«, rief er und kämpfte sich mitten durch die Friedhofshecke.

Laura folgte ihm. Zweige zerkratzten ihr das Gesicht und verfingen sich im Stoff ihrer Hose. Ungeduldig bog sie ein paar Äste beiseite und trat auf eine Wiese, die an den Friedhof grenzte. Simon leuchtete in das Fenster auf der Fahrerseite eines kleinen roten Polos.

»Das Auto scheint auch leer zu sein«, erklärte er und wollte die Tür öffnen.

»Nicht aufmachen«, rief Laura und zog ein paar Gummihandschuhe aus der Tasche. »Die Spurensicherung macht uns die Hölle heiß, wenn wir den ganzen Fundort kontaminieren.«

»Okay, mach den Kofferraum auf«, erwiderte Simon und wanderte um das Auto.

Laura war mit zwei, drei Schritten bei ihm und öffnete vorsichtig die Klappe. Sofort stieg ihr ein unangenehmer Geruch in die Nase. Simon wandte sich entsetzt ab. Laura hielt die Luft an und leuchtete mit der Taschenlampe ins Innere. Zwei stumpfe, eingefallene Augen starrten sie an. Eine tote Frau lag eingezwängt mit angezogenen Knien in dem engen Kofferraum. Ihre Arme umschlangen den Oberkörper, als wolle sie sich selbst beruhigen. Ihr Mund wirkte verzerrt. Die Zungenspitze lugte zwischen den blassen Lippen hervor, blau und angeschwollen. Die langen blonden Haare klebten zerzaust an der Kopfhaut, bedeckten jedoch nicht das Gesicht. Laura schob vorsichtig ein paar Strähnen beiseite und stieß auf einen Stacheldraht, der ihr den Hals zuschnürte und der ein grausames Muster aus blutunterlaufenen Punkten in die Haut gepresst hatte.

Simon Fischer hatte sich wieder umgedreht und starrte mit schreckgeweiteten Augen auf die Tote.

»Sie sieht der anderen Frau ähnlich«, nuschelte er kaum hörbar. »Ich glaube, Außeneinsätze sind wirklich nichts für mich. Soll ich die Spurensicherung herrufen?«

Laura nickte, ohne den Blick von dem Stacheldraht zu nehmen. Sie tastete den Nacken der Toten ab und stieß auf ein Vorhängeschloss. Laura wollte die Tote nicht drehen, bevor die Spurensicherung Fotos machen konnte. Also verzichtete sie darauf, es zu öffnen. Sie glaubte, den Code ohnehin zu kennen: null, null, eins. Simon telefonierte ein paar Schritte entfernt. Sie konzentrierte sich wieder auf die höchstens dreißig Jahre alte Frau. Sie trug ein Shirt mit Spagettiträgern und eine helle Stoffhose. An ihren Handgelenken und auch an den Knöcheln verliefen ringsum tiefe Fesselmale. Die Fingernägel waren mit einem kräftigen Rot lackiert. Laura tastete behutsam die Hosentaschen ab und fand ein zusammengefaltetes Papiertaschentuch. Sie brauchte es eigentlich gar nicht auseinanderzufalten. Sie ahnte, was darauf stand. Trotzdem öffnete sie das Taschentuch.

»Ich bin die Erste«, flüsterte sie und betrachtete das Rot der Schrift, das genau der Farbe des Nagellacks entsprach. Sie hatten es mit einem organisierten Täter zu tun. Mit jemandem, der gerne spielte und sich höchstwahrscheinlich für unfehlbar hielt. Bestimmt glaubte er, dass sie ihn niemals erwischen würden. Doch da irrte er sich gewaltig. Laura würde alles daransetzen, ihn zu kriegen.

»Die Spurensicherung ist in dreißig Minuten hier«, erklärte Simon und behielt seinen Abstand zum Kofferraum bei.

»Hat sie ein Tattoo?«, fragte er und nickte in Richtung des Opfers.

»Weiß ich nicht. Ich möchte sie nicht anfassen, bevor die Kollegen Fotos gemacht haben.«

Simon brummte und rührte sich weiterhin nicht vom Fleck. Laura leuchtete den Kofferraum aus und auch das Wageninnere. Alles war leer geräumt. Selbst die Betriebsanleitung lag nicht im Handschuhfach. Sie musste unbedingt wissen, wer die Tote war.

»Kannst du bitte schnell herausfinden, auf wen dieser Wagen zugelassen ist?«, fragte sie und richtete sich innerlich auf eine schlaflose Nacht ein.

8

»Du bist wunderschön«, flüsterte er und jagte ihr damit einen Schauer über den Rücken. Melli presste die Lippen zusammen und blinzelte die Tränen weg, die unaufhörlich in ihr hochstiegen. Warum nur war sie so dämlich gewesen und zu diesem Mann ins Taxi gestiegen? Sie hätte das Monster in ihm doch sehen müssen. Diese eiskalten Augen und den fiesen, ja beinahe dämonischen Zug um seine Mundwinkel. Wie zum Teufel hatte ihr das bloß entgehen können?

»Lassen Sie mich gehen«, kreischte sie und zerrte an ihren Fesseln. Allerdings waren ihre Handgelenke so fest mit Kabelbindern an einen Tisch fixiert, dass sie sich keinen Zentimeter bewegen konnte. Der Fremde lächelte und tauchte einen Pinsel in ein Fläschchen mit lila Nagellack. Vorsichtig nahm er ihren Daumen und malte den Nagel an. Melli rüttelte abermals an den Fesseln. Doch es war völlig zwecklos.

»Halt still«, sagte er leise und warf ihr dabei einen Blick zu, der sie auf der Stelle gehorchen ließ.

Ängstlich betrachtete sie die kleinen Farbkleckse auf der Tischplatte. Rosa, rot, blau ... Plötzlich wurde ihr übel. Sie war nicht die erste Frau, der er die Fingernägel lackierte. Die Erkenntnis saugte jegliche Hoffnung aus ihr heraus. Melli sank in sich zusammen. Sie würde dieses Haus nicht lebend verlassen. Das fühlte sie mit jedem einzelnen Atemzug. Dieser Mann würde sie umbringen. Es war nur eine Frage der Zeit.

»Warum tun Sie das?«, fragte sie und versuchte, sich die Verzweiflung nicht anmerken zu lassen.

»Du bist wunderschön«, wiederholte er verträumt und pinselte das grässliche Lila auf den Nagel ihres Zeigefingers. »Und damit du noch schöner wirst, schminke ich dich ein wenig. Dir gefällt doch die Farbe, oder?«

Sein durchdringender Blick nahm ihr die Luft zum Atmen. *Er wird mich töten*, fuhr es ihr durch den Kopf. Sie nickte hastig und schlug die Augen nieder.

»Das freut mich«, murmelte er und machte mit dem nächsten Nagel weiter.

»Bitte tun Sie mir nichts«, hauchte sie kraftlos und schaffte es nicht länger, ihre Tränen zurückzuhalten.

»Nun weine doch nicht«, erwiderte er beinahe zärtlich und streichelte ihr die Wange. »Wir haben es gleich geschafft.« Er deutete auf ihre Hand. »Sieh mal, wie hübsch du jetzt aussiehst.« Er schnappte sich den kleinen Finger und strich eifrig mit dem Pinsel über den Nagel. Als er fertig war, schraubte er das Fläschchen zu und betrachtete sein Werk sichtlich zufrieden. Sein Blick wanderte von ihren Händen hoch zu ihrem Gesicht und plötzlich veränderte sich der Ausdruck in seinen Augen.

»Hör auf zu flennen!«, brüllte er unvermittelt und donnerte mit den Fäusten auf den Tisch.

Melli zuckte zusammen. Der Mann kam so dicht an sie heran, dass sie seinen Atem riechen konnte. Seine blauen Augen durchbohrten sie.

»Hör sofort auf«, knurrte er.

Irgendetwas in seiner Stimme brachte ihre Tränen tatsächlich zum Versiegen. Völlig regungslos starrte sie ihn an und wartete darauf, dass er ihr die Hände um den Hals legte, um sie zu erwürgen. Vielleicht würde er auch ein Messer hervorholen und es ihr ins Herz stechen. Sie hatte keine Ahnung, wie er sie töten wollte. Sie wusste nur, dass er es tun würde.

»Solange du dich benimmst, passiert dir nichts«, schnurrte er auf einmal. Er setzte ein Lächeln auf, das so echt wirkte, dass sie ihm glauben wollte.

»Du bist doch mein Mädchen«, fügte er sanft hinzu und nahm ihr Kinn in die Hand.

Melli brachte wie durch ein Wunder ein Nicken zustande. Er ließ sie los und räumte den Nagellack weg. Unmerklich atmete sie auf. Der Kerl benutzte ein aufdringliches Aftershave. Es kratzte ihr in der Nase. Sie beobachtete ihn. Er war nicht so jung, wie sie anfangs geschätzt hatte. Auf alle Fälle hatte er die vierzig bereits überschritten. An seinem Haaransatz schimmerten ein paar graue Strähnen. Er ging hinaus, und sie konnte hören, wie eine Schublade geschlossen wurde. Melli blickte sich in dem schäbigen Keller um, in den er sie gesteckt hatte. Es gab keine Fenster. An der Decke baumelte eine Glühbirne. In der Ecke lag eine fleckige Matratze. Dort war sie vorhin aufgewacht. Er hatte ihr auf der Straße ein Tuch auf die Nase gedrückt, wie sie sich undeutlich entsann, und sie abermals betäubt. Sie hatte noch jetzt einen schalen Geschmack im Mund. Schranktüren klapperten. Was er wohl vorhatte? Vor Angst schnürte sich ihr die Kehle zu. Sie starrte auf die offene Tür, konnte jedoch nichts sehen. Die Größe des Kellerraums erinnerte sie an das Schlafzimmer. Vermutlich befand es sich über ihr. Melli suchte nach einem Ausweg. Keine Fenster, nur eine Tür, und keine Möglichkeit, die Kabelbinder durchzuschneiden. Das waren nicht gerade die besten Aussichten.

Als wenn er ihre Gedanken gehört hätte, kam er zurück, mit einer Schere in der Hand. Wollte er sie damit umbringen? Er kam so schnell näher, dass ihr Puls zu rasen begann. Er öffnete die Schere und schob eine Spitze unter den Kabelbinder an ihrem rechten Handgelenk. Es knirschte ein wenig und dann war ihre Hand frei.

Ungläubig bewegte sie die Finger. Das Handgelenk schmerzte, weil die Fessel einen Teil der Blutzufuhr unterbrochen hatte. Ob er sie doch gehen lassen würde? Er schien jetzt gute Laune zu haben und durchtrennte auch den linken Kabelbinder. Er setzte sich wieder ihr gegenüber an den Tisch und holte eine Packung Papiertaschentücher hervor. Langsam faltete er eins davon auseinander und legte es vor sie hin. Er stellte eine kleine Schale mit kräftiger lila Farbe daneben und gab ihr einen Federstift.

»Schreib!«, befahl er streng.

Melli hatte keine Ahnung, was sie schreiben sollte. Ängstlich nahm sie den Stift und tauchte ihn in die Farbe.

»Schreib: Ich bin die Dritte«, sagte er, als sie bereit war.

Mellis Blick wanderte sofort zu den kleinen Farbklecksen auf dem Tisch. Es überlief sie eiskalt. Sie hatte recht. Sie war nicht die erste Frau, die dieser Verrückte in seinen Keller verschleppt hatte.

9

Es war ein angenehm sommerlicher Tag. Laura saß mit Taylor auf einer Parkbank. Er lächelte und sein Gesicht kam immer näher. Ganz langsam küsste er sie und löste damit ein unwiderstehliches Kribbeln in ihrem Bauch aus. Sie wollte sich gerade fallen lassen, als ein nerviges Klingeln in ihrem Kopf schrillte. Laura versuchte es auszublenden, doch es ging nicht weg. Das Geräusch bohrte sich tiefer und tiefer in ihren Gehörgang hinein, bis sie die Augen aufschlug und feststellte, dass sie im Bett lag und geträumt hatte. Taylor atmete gleichmäßig und ruhig neben ihr. Plötzlich hellwach griff sie zum Handy. Simons Name leuchtete im Display auf. Es war erst kurz nach sechs. Sie hatte kaum mehr als drei Stunden geschlafen.

»Was gibt es?«, fragte sie und sprang dabei aus dem Bett.

»Ich habe einen Treffer bei unserem Tattoo«, verkündete Simon. »Es wurde vor zwei Monaten auf einer Social-Media-Plattform gepostet. Man kann zwar die Person mit dem Schmetterling nicht sehen, aber dafür habe ich den Namen des Studios. Es ist ein kleiner Laden nördlich vom Alexanderplatz.«

»Super.« Laura freute sich und ging ins Badezimmer. »Hast du auch die Halterin des roten Polos ermittelt?«

»Das ist der zweite Grund, warum ich dich so früh anrufe. Der Wagen wurde vor zwei Wochen als gestohlen gemeldet. Ich hatte die Sache schon abgehakt. Fast hätte ich gar nicht mehr nachgeschaut, wem er entwendet wurde. Jetzt halt dich fest ...« Simon machte eine bedeutungsvolle Pause. »Das Auto gehört der Frau, die wir tot im Kofferraum gefunden haben. Jana Lubitz, neunundzwanzig Jahre alt. Ich konnte sie auf dem Führerscheinfoto eindeutig erkennen.«

Laura ließ die Worte auf sich wirken. »Willst du damit sagen, dass der Täter erst den Wagen geklaut und später seine Besitzerin entführt hat?«

»Sieht so aus. Jana Lubitz höchstpersönlich hat Anzeige bei der Polizei erstattet.«

Laura schwieg. Das Vorgehen des Täters strotzte nur so vor Arroganz und Durchtriebenheit. Offenbar beobachtete er seine Opfer längere Zeit, bevor er sie in seine Gewalt brachte. Dass er nichts dem Zufall überließ, hatten auch die ersten Ergebnisse der Spurensicherung gezeigt. Im ganzen Wagen fand sich nicht eine Spur von ihm. Kein Härchen, kein Fingerabdruck, ja nicht mal eine Hautschuppe hatte sichergestellt werden können.

»Warum haben wir die Tote nicht in der Vermisstendatenbank gefunden?«, fragte Laura.

»Das weiß ich noch nicht. Ich habe dich gleich angerufen, nachdem ich ihren Namen herausgefunden hatte. Ich mache mich sofort an die Arbeit. In zwei Stunden wissen wir mehr über Jana Lubitz. Du kannst dich in der Zwischenzeit in dem Tattoostudio umhören. Vielleicht erkennt jemand die Tote vom See.« Simon gab Laura Namen und Adresse und legte auf.

Laura stand reglos vor dem Spiegel im Bad. Ein ungutes Gefühl erfasste sie in der Magengegend. Sie hatten noch nicht sonderlich viele Informationen über den oder die Täter sammeln können. Doch eines schien sich immer mehr herauszukristallisieren. Sie hatten es mit jemandem zu tun, der wusste, was er tat. Der nicht unüberlegt oder spontan handelte und der nicht einfach aufhören würde zu morden.

»Alles klar bei dir?«

Laura fuhr herum. Taylor stand schlaftrunken in der Tür. Sie hob triumphierend das Handy hoch.

»Wir wissen, wer die Tote aus dem Kofferraum ist. Simon Fischer hat ganze Arbeit geleistet.«

»Schläft der Kerl denn nie?«, brummte Taylor und zog sie an sich. »Jetzt sag nicht, dass du schon wieder losmusst.« Er hauchte ihr einen Kuss auf die Wange, während seine Hände unter ihr Pyjamaoberteil wanderten.

»Ich muss herausfinden, wer die Tote vom Tegeler See ist und ob es eine Verbindung zwischen den beiden Opfern gibt. So könnten wir dem Täter am schnellsten auf die Spur kommen.« Sie löste sich aus Taylors Umarmung und griff zur Zahnbürste, obwohl sie gern länger seine Berührungen genossen hätte.

»Ich habe meinen Chef gefragt, ob ich eure Ermittlungen unterstützen kann. Aber er hat mir einen anderen Fall aufgedrückt.« Taylor seufzte enttäuscht. »Ich muss einen Drogendealer jagen. Dabei wäre ich viel lieber mit dir unterwegs.«

Laura lächelte und lehnte sich gegen seine breite Brust. »Du würdest mich ohnehin zu sehr ablenken.« Sie zwinkerte ihm zu und begann sich die Zähne zu putzen.

»Ich mache Kaffee.« Taylor drückte ihr noch einen Kuss auf die Stirn und verschwand aus dem Bad.

Laura beeilte sich. Sie würde Max abholen und mit ihm direkt zu dem Tattoostudio fahren. Die Besitzerin wohnte gleich darüber. So hatten sie eine Chance, sie zu erwischen, falls das Studio erst später aufmachte. Sie schlüpfte in eine lange dunkle Hose und eine weiße Bluse, die sie bis oben schloss.

Taylor erschien mit zwei Tassen in der Hand und blickte sie enttäuscht an.

»Du hast dich viel zu schnell angezogen«, seufzte er und reichte ihr einen dampfenden Kaffee.

Laura nahm einen Schluck und betrachtete Taylor, der nur in einer Schlafanzughose bekleidet vor ihr stand. Sein durchtrainierter Oberkörper ließ sie an alles Mögliche denken. Sie riss ihren Blick mit Mühe von ihm los und rief sich das Bild von Jana Lubitz ins Gedächtnis. Das half. Sie musste einen Mörder fassen.

»Bis heute Abend«, sagte sie und stellte sich auf die Zehenspitzen, um Taylor zum Abschied zu küssen. »Ich melde mich zwischendurch«, versprach sie und verließ im Laufschritt seine Wohnung.

Dreißig Minuten später klingelte sie an Max'

Haustür und bemerkte erstaunt, dass er bereits auf sie gewartet hatte. Er öffnete die Tür im Bruchteil einer Sekunde und stürzte zu ihr heraus.

»Hoffentlich zieht mir Beckstein nicht wieder die Ohren lang, weil ich heute Nacht nicht dabei war«, brummte er unzufrieden und nahm Laura die Autoschlüssel ab. »Lass mich wenigstens fahren.« Er stieg auf der Fahrerseite ein und wartete, bis sie im Auto saß. »Ich wette, es wird ein langer Tag. Hannah macht mir die Hölle heiß«, fuhr er fort. »Sie ist heute Abend mit einer Freundin verabredet, die extra aus Hamburg anreist. Aber was soll ich machen? Ich kann doch deshalb nicht den Stift um halb fünf fallen lassen. Schließlich hab ich keinen Schreibtischjob.«

Laura biss sich auf die Unterlippe. Sie kannte diese Situationen. Offensichtlich hatte Max sich gerade mit seiner Frau gestritten.

»Könnt ihr kein Kindermädchen bestellen?«, fragte sie vorsichtig.

»Hab ich probiert. Ausgerechnet heute kann sie nicht«, brummte Max. »Hannah versucht noch jemand anderes zu erreichen.« Er trat aufs Gaspedal und fuhr schwungvoll aus der Parklücke.

»Um mal das Thema zu wechseln. Wie sieht es denn bei dir und Taylor aus?« Max musterte sie von der Seite und bremste vor einer roten Ampel.

»Es läuft gut. Ich habe wieder bei ihm übernachtet.« Laura lächelte. »Ich denke, zwischen uns könnte tatsächlich etwas Festes entstehen.«

Max pfiff durch die Zähne. »Wow! Das aus deinem

Mund zu hören, ist Wahnsinn. Ich gönne es dir von Herzen, auch wenn ich manchmal an Taylor zweifle.«

Laura wusste, worauf Max hinauswollte. Taylor hatte nicht den besten Ruf. Bevor er mit ihr zusammengekommen war, hatte er die Frauen sehr häufig gewechselt. Anfangs hatte sie diese Tatsache nicht gestört. Sie war nicht darauf aus gewesen, sich an einen Mann zu binden. Mittlerweile sah die Sache ein wenig anders aus. Trotzdem schwang in ihren Gefühlen weiterhin eine gewisse Unsicherheit mit. Eine Unsicherheit, die sie normalerweise Reißaus nehmen ließ. So wie seinerzeit vor Max. Es war lange her, dass sie eine kurze Affäre miteinander hatten. Hannah war ausgerechnet mit Ben Schumacher, dem Leiter des Kriminallabors, durchgebrannt. In dieser Zeit waren Laura und Max sich nähergekommen. Gleich nachdem Laura die Reißleine gezogen hatte, kehrte Hannah zurück, und Max verzieh ihr. Laura war nicht unglücklich darüber, denn sie hätte Max nie die Familie und Geborgenheit bieten können, die er mit Hannah hatte. Obwohl Max anfangs sehr traurig über Lauras Rückzug gewesen war, blieb dieses Gefühl nicht lange. Inzwischen verband sie seit Jahren eine innige Freundschaft und ein tiefes Vertrauen. Nur wenn es um andere Männer ging, kochte in Max ab und an die Eifersucht hoch.

»Es gibt keinen Grund zu zweifeln«, sagte Laura. »Die Sache mit Taylor ist mir ernst. Ich bin glücklich.«

Max sah sie an. Ein Schatten huschte über sein Gesicht. Obwohl die Ampel längst auf Grün umgesprungen war, trat er nicht sofort aufs Gas. Erst als jemand hupte, fuhr er los. Für eine Weile sprachen sie kein Wort. Sie kurvten durch die immer voller werdenden Straßen Berlins und suchten in einer kleinen Seitenstraße nach einem Parkplatz. Das Studio befand sich in einem größeren Häuserblock, der im Erdgeschoss mit unzähligen bunten Graffitis überzogen war. Die vergitterten Fenster des Ladens wirkten nicht sonderlich einladend. Immerhin war die Tür einen Spaltbreit geöffnet.

»Hallo, Frau Nina Kartal, sind Sie hier?«, rief Laura und betrat den recht kleinen und nur schwach beleuchteten Raum. Sie zählte drei Liegen, die jeweils mit einer Lampe und Instrumenten ausgestattet waren. Die Kaffeemaschine auf dem Tisch in einer Ecke verteilte zischend Dampf. Überall an den Wänden hingen Fotos von Tattoos. Laura ließ ihren Blick schweifen, konnte den dreiflügligen Schmetterling allerdings nirgendwo entdecken.

Hinter einem Vorhang kam eine junge Frau mit rot gefärbten Haaren und Piercings in Nase und Unterlippe hervor.

»Wir haben noch gar nicht geöffnet«, erklärte sie und lächelte freundlich. »Könnt ihr vielleicht in einer halben Stunde wieder reinschauen? Ich …« Sie neigte den Kopf und betrachtete Laura und Max näher.

»Wir möchten kein Tattoo«, erwiderte Laura schnell. »Mein Name ist Laura Kern und das ist mein Kollege Max Hartung vom Landeskriminalamt Berlin. Wir sind auf der Suche nach einer Person, die vermutlich hier ein Tattoo erhalten hat. Es handelt sich um einen Schmetterling, den Sie auf einer Ihrer Seiten gepostet haben.«

»Landeskriminalamt?«, wiederholte Nina Kartal

entgeistert und machte einen Schritt rückwärts. »Wir haben hier aber gar nichts ausgefressen.«

»Keine Sorge«, sagte Max und hob beschwichtigend die Hände. »Wir sind ausschließlich wegen eines bestimmten Tattoos hier.«

Laura holte das Foto von dem dreiflügligen Schmetterling aus der Tasche und hielt es Nina Kartal hin. »Haben Sie vielleicht dieses Tattoo gestochen? Es wurde auf einer Ihrer Seiten gepostet.«

Die junge Frau kam zögernd näher. Laura fragte sich, ob sie etwas zu verbergen hatte. Kartal nahm ihr das Foto aus der Hand und betrachtete es ausgiebig.

»Das habe ich auf keinen Fall selbst gemacht. Ein Schmetterling mit drei Flügeln? Das hätte ich mir bestimmt gemerkt.« Sie blickte Laura überzeugt an. »Allerdings, auch wenn ich mich erinnern würde, wir führen keine Kundendatei und außerdem nehmen wir nur Bargeld an.« Sie drehte sich zur Kasse um und deutete auf ein Schild, auf dem »Keine Karten« stand. »Ist uns zu teuer, dafür Gebühren abzudrücken. Wir kommen eh kaum über die Runden.«

»Wer könnte dieses Tattoo denn gestochen haben?«, hakte Laura nach und registrierte, wie der Blick von Nina Kartal unsicher umherirrte.

»Ich habe zwei Mitarbeiter«, erwiderte Kartal zögerlich. »Im Internet postet eigentlich immer nur mein Bruder. Hören Sie, er ist momentan ziemlich down. Seine Freundin hat ihn verlassen. Es wäre mir lieb, wenn Sie ihn in Ruhe lassen würden. Ich zeige ihm den Schmetterling und melde mich dann bei Ihnen.«

Laura wollte gerade widersprechen, als sich der

Vorhang erneut lüftete und ein großer Mann in schwarzen Hosen und ebenso schwarzem T-Shirt erschien. In seiner Aufmachung wirkte er auf den ersten Blick wie Ende zwanzig, doch als er näher kam, nahm Laura tiefere Fältchen in seinen Augenwinkeln wahr.

»Was geht ab?«, fragte er und eilte zur Kaffeemaschine. Er goss sich eine Tasse ein und trank. »Das tut gut«, seufzte er anschließend, blickte in die Runde und hielt verdutzt inne.

»Stimmt was nicht, Schwesterherz?« Er stellte den Kaffee ab und musterte Max misstrauisch. »Macht der Kerl Ärger?« Sein Blick glitt weiter zu Laura und durchbohrte sie. »Du willst doch kein Tattoo, oder?« Er fuhr sich durch die dunklen Haare und zog sie dabei beinahe aus. »Also, nicht falsch verstehen. Ich steche dir gerne eines, aber ehrlich gesagt passt das nicht zu deinem Style.« Ein Grinsen huschte über sein Gesicht. »Du müsstest ein bisschen mehr Haut zeigen. Das kannst du dir echt leisten, und krieg das jetzt bloß nicht in den falschen Hals.« Er zwinkerte ihr zu.

Laura registrierte im Augenwinkel, wie Max sich anspannte. Noch bevor er oder Nina Kartal etwas sagen konnte, zückte sie ihren Dienstausweis und hielt ihn Kartals Bruder unter die Nase.

»Wie heißen Sie?«, fragte sie, ohne eine Miene zu verziehen. Das Grinsen gefror auf seinen Lippen.

»Ich bin Steven Kartal«, brachte er verhalten hervor. »Ich habe nichts verbrochen. Was wollen Sie von mir?«

Laura deutete auf seine Schwester, die noch das Foto von dem dreiflügligen Schmetterling in der Hand hielt.

»Sie haben dieses Tattoo angefertigt, und wir

möchten den Namen der Frau erfahren, die es bekommen hat.«

Steven Kartal kniff die Augen zusammen und kratzte sich hinterm Ohr. Er griff zur Kaffeetasse und nahm einen Schluck.

»Ich erinnere mich«, murmelte er nachdenklich. »Es war eine Blondine. Wie hieß sie bloß? Ich weiß es nicht mehr.«

»War sie denn nur einmal hier oder vielleicht öfter?«

»Ich habe eine Mappe. Da drin notiere ich oft Kundenwünsche, und wenn ich da durchblättere, fällt es mir bestimmt wieder ein. Ich glaube, sie war zwei- oder dreimal hier. Ich bin gleich zurück.« Er verschwand mitsamt seiner Kaffeetasse hinter dem Vorhang.

»Und Sie können sich wirklich nicht an die Frau erinnern? Immerhin war sie ja mehrfach hier«, fragte Max an Nina Kartal gewandt.

Steven Kartals Schwester zuckte mit den Achseln. »In guten Monaten ist hier echt viel los. Die Kunden kommen und gehen. Wir sind zu dritt und haben alle Hände voll zu tun. Tut mir leid.«

»Aber Sie kassieren, richtig?«, hakte Max nach. »Sie sehen doch jeden Kunden, egal, bei wem er war.«

Nina Kartal nickte. »Ich kann mich trotzdem nicht an sie erinnern. Vielleicht, wenn Steven gleich mit seiner Mappe kommt.«

Laura überlegte kurz, ihr ein Foto der Toten zu zeigen, verwarf den Gedanken allerdings schnell wieder. Nina Kartal reagierte sehr zögerlich auf ihre Fragen. Womöglich hielt sie wichtige Informationen zurück.

Sobald sie wüsste, dass die Frau mit dem Tattoo ermordet worden war, würde sie vermutlich gar nichts mehr sagen. Laura blickte zum Vorhang und fragte sich, wie lange Steven Kartal eigentlich brauchte, um diesen Ordner zu holen.

Im selben Augenblick rief Nina Kartal seinen Namen: »Steven?«

Es kam keine Antwort.

»Steven?« Nina Kartal biss sich auf die Unterlippe und ging nach hinten. Laura und Max folgten ihr.

»Steven?«, schrie Nina Kartal abermals und rannte die Treppe zur Wohnung hinauf. »Verdammt noch mal, wo steckst du?«

Laura nickte Max zu. »Geh du hoch. Ich nehme den Hinterausgang.«

Laura stürmte zur Hintertür hinaus in einen düsteren Hof. An der rechten Seite reihten sich zahlreiche Mülltonnen aneinander. Links standen Fahrräder. In der Mitte streckte eine mickrige Birke ihre dürren Äste in die Höhe. Laura rannte durch einen Torbogen zur nächsten Straße und schaute sich um. Von Steven Kartal war nichts zu sehen. Sie lief den Bürgersteig ein Stück hinauf und sah hinter jedes parkende Auto. Sie kehrte um und suchte in der entgegengesetzten Richtung, jedoch ohne Erfolg. Kartal war längst über alle Berge. Als sie wieder im Tattoostudio ankam, genügte ein Blick auf Max, um zu wissen, dass auch er Steven Kartal nicht erwischt hatte.

10

»Mama, Mama! Sieh mal, was ich gebastelt habe«, rief Luna schon von Weitem und kam auf Alexandra zugerannt. Sie hielt einen rosafarbenen Vogel aus Papier mit bunten Federn in die Luft.

»Den haben wir heute in der Schule gemacht.« Sie strahlte übers ganze Gesicht.

Alexandra stockte der Atem. Luna sah unglaublich hübsch aus mit ihren langen blonden Locken und den klugen braunen Augen. Sie erinnerte sie so sehr an ihre verstorbene Schwester Mareike, dass sie Mühe hatte, nicht in Tränen auszubrechen.

»Der sieht ja schön aus«, lobte sie ihre Tochter, breitete die Arme aus und wirbelte sie durch die Luft.

»Ich schenke ihn dir«, sagte Luna, als sie wieder auf den Füßen stand.

»Danke, mein Schatz.« Alexandra drückte ihr einen Kuss auf die Stirn und wartete, bis Luna auf ihr Fahrrad gestiegen war. Sie stieg selbst auf und dann traten sie in die Pedale. Luna ging in die zweite Klasse und kannte den Weg bereits in- und auswendig. Sie fuhren ihn jeden Tag gemeinsam. Die Grundschule lag in einem viel befahrenen Wohnviertel mit mehrspurigen Straßen. Alexandra wollte ihre Tochter deshalb noch nicht allein zur Schule fahren lassen. Ihre Angst, dass Luna auf dem Schulweg nicht richtig aufpasste und mit einem Auto zusammenstieß, war einfach zu groß. Sie könnte es sich nie verzeihen, wenn Luna etwas zustoßen würde.

Luna fuhr voraus, sodass Alexandra sie im Blick hatte. Sie kurvte um eine Ecke und erhöhte ihr Tempo. Kein Wunder, dachte Alexandra, schließlich brauchte sie nach dem langen Sitzen in der Schule Bewegung. Die Sonne stand hoch am blauen Himmel. Es war heiß, und Alexandra plante, mit Luna einen kurzen Zwischenstopp an der Eisdiele zu machen. Noch wusste Luna nichts von ihrem Glück, aber an der nächsten Ampel würde Alexandra es ihr verraten. Vielleicht auch erst an der übernächsten. Luna hatte sich mittlerweile ein ganzes Stück entfernt. Alexandra beeilte sich. Ihre Tochter näherte sich einer großen Kreuzung. Auf keinen Fall durfte sie allein hinüberfahren.

»Luna, fahr bitte langsamer!«, rief Alexandra atemlos und versuchte aufzuholen. Ausgerechnet in diesem Moment scherte eine ältere Frau mit dem Rad genau vor ihr ein und bremste sie aus. Alexandra fluchte leise. Sie stoppte und verhinderte gerade noch so einen Zusammenprall. Die Frau hatte davon überhaupt nichts mitbekommen. Sie fuhr in aller Seelenruhe einen fürchterlichen Zickzackkurs. Alexandra pendelte ein paarmal nach links und rechts, kam jedoch nicht vorbei.

Luna steuerte geradewegs auf die Kreuzung zu. Alexandra reichte es. Sie klingelte ungeduldig, bis die Radfahrerin sie registrierte und Platz machte.

»Jetzt hören Sie gefälligst auf zu drängeln. Unverschämtheit!«, schimpfte die Frau, aber Alexandra ignorierte sie und beschleunigte. Sie musste Luna einholen.

Erleichtert stellte sie fest, dass Luna an der Ampel stehen geblieben war. Sie keuchte und trat so heftig in die Pedale, dass ihre Oberschenkel brannten. Noch knapp hundert Meter und sie wäre bei Luna. Die Ampel wurde grün. Luna setzte sich in den Sattel.

»Luna, warte!«, rief sie. Doch ihre Tochter hörte nicht. Sie radelte einfach weiter.

Alexandra preschte hinterher. Sie sah, wie Luna unversehrt auf der anderen Straßenseite ankam. Kurz bevor sie die Kreuzung erreichte, schaltete die Ampel wieder auf Rot. Alexandra bremste. Ein riesiger Lkw fuhr ruckelnd an und blieb dann mitten auf der Straße stehen. Er versperrte ihr die Sicht. Der Fahrer kletterte fluchend aus dem Fahrerhaus und öffnete die Motorhaube. Dampf stieg auf. Er begann am Motor zu hantieren. Alexandra stand eine Weile unschlüssig da und schaute zu. Doch schließlich dauerte es ihr zu lange. Als die Ampel grün wurde, schob sie ihr Rad um den Lkw herum und überquerte die Kreuzung.

Auf der anderen Straßenseite hielt sie irritiert inne. Sie konnte Luna nirgendwo sehen. Sie war weg. Alexandra sah sich um. Ob Luna weiter nach Hause gefahren war? Alexandra stieg wieder aufs Rad und folgte ihr. Ihre Wohnung lag gleich um die nächste Ecke. Aber als sie dort ankam, war Luna nicht da. Sie suchte die gesamten Fahrradständer ab. Lunas Rad fehlte. Unruhig blickte Alexandra sich um. Vielleicht hatte Luna ihr Fahrrad irgendwo anders stehen lassen. Doch es war nicht da. Besorgt schwang sie sich aufs Rad und raste zurück zur Kreuzung. Unterwegs hielt sie aufmerksam Ausschau in alle Richtungen. An der Ampel sah sie ein kleines Mädchen. Aber es war nicht Luna. Alexandra sprang ab und drehte sich einmal im Kreis. Sie schirmte die Augen mit der Hand ab, um besser zu sehen. Verdammt! Wo war Luna?

Völlig aufgelöst fuhr sie zurück nach Hause. Lunas Kinderrad war nicht da. Verzweifelt klingelte Alexandra bei Herrn Herrmann. Der Rentner wohnte unter ihnen im Erdgeschoss. Er saß häufig am Fenster und bekam alles mit. Vielleicht hatte er Luna gesehen. Doch Herr Herrmann schüttelte nur den Kopf. Er hatte sie nicht bemerkt. Alexandra spürte, wie ein Zittern ihren ganzen Körper ergriff. Plötzlich konnte sie keinen klaren Gedanken mehr fassen. Mit Tränen in den Augen brauste sie abermals zurück zur Kreuzung.

11

»Warum rücken Sie nicht endlich mit der Sprache raus?« Laura hatte Mühe, sich zu beherrschen. Nina Kartal wusste etwas. Das sah sie ihr an der Nasenspitze an. Sie hatten die Inhaberin des Tätowierladens nach der Flucht ihres Bruders mit ins LKA genommen und in einen Verhörraum gebracht.

Die rothaarige Frau hatte den Kopf gesenkt und starrte auf ihre Hände, die sie auf dem Tisch verschränkt hielt. Max saß neben Laura und seufzte. Er beugte sich ein wenig zu Nina Kartal vor.

»Hören Sie, Frau Kartal. Ich vermute jetzt einfach mal, dass Sie Ihren Bruder schützen wollen. Das kann ich sehr gut nachvollziehen und Sie müssen ihn natürlich auch nicht belasten.« Er machte eine kurze Pause und blickte Nina Kartal freundlich an.

Es dauerte eine Weile, schließlich schaute die Frau auf und nickte. Laura sah ihr an, dass sie reden würde. Sie bewunderte Max für sein Talent in der Gesprächsführung. Darin war er wirklich unschlagbar. Mit seiner tiefen, ruhigen Stimme brachte er sogar die härtesten Knochen zum Sprechen.

»Helfen Sie uns bitte, den Namen der Kundin herauszufinden. Sie dürfen dann auch sofort gehen.« Max' Tonfall senkte sich zu einem verschwörerischen Flüstern. »Versprochen.«

Nina Kartal musterte ihn. In ihren Augen stand Besorgnis.

»Steven ist momentan echt nicht gut drauf«, erklärte sie tonlos und knetete die Finger. »Ich habe wirklich Angst, dass er sich etwas antut.« Sie richtete ihren Blick an die Decke, als ob sie von dort Hilfe erwarten würde. Dann sah sie wieder zu Max und fuhr fort: »Das, was ich über seine Freundin erzählt habe, stimmt. Sie hat sich von ihm getrennt. Das war kurz nachdem er ihr das Tattoo gestochen hat.«

In Lauras Kopf ratterte es. Plötzlich ging ihr ein Licht auf.

»Heißt das, seine Ex-Freundin ist die Frau, die wir suchen? Die mit dem dreiflügligen Schmetterling?«

Nina Kartal nickte. Laura öffnete den Mund. Sie wollte fragen, warum Kartal nicht gleich mit der Wahrheit rausgerückt war. Doch Max berührte flüchtig ihren Fuß, sodass sie sich auf die Zunge biss und schwieg.

»Können Sie uns den Namen dieser Ex-Freundin nennen?«, fragte Max ohne jeglichen Vorwurf in der Stimme.

Nina Kartal zögerte einen Moment. Dann stieß sie einen tiefen Seufzer aus und antwortete: »Sie heißt Svenja Pfeiffer. Hören Sie, egal was diese Frau behauptet. Steven hat ihr nichts getan. Er ist manchmal ein wenig aufbrausend, aber er könnte keiner Fliege etwas zuleide tun. Wirklich nicht.«

»Ich verstehe, dass Sie sich Sorgen um Ihren Bruder machen. So eine Trennung kann einen ganz schön mitnehmen. Ist mir vor ein paar Jahren auch passiert«, erwiderte Max und erntete damit Nina Kartals volle Aufmerksamkeit. »Wie lange waren die beiden denn zusammen?«

»Fast ein Jahr. Die haben sich auf einer Demo gegen die Klimapolitik kennengelernt und es hat sofort gefunkt. Leider bei ihm stärker als bei ihr. Ehrlich gesagt mochte ich sie nicht besonders. Hab es wahrscheinlich geahnt, dass daraus nichts Festes wird. Steven sucht sich ständig die falschen Frauen aus. Das war schon immer so.«

»Hatten die beiden Streit?«, wollte Max wissen.

Nina Kartal zuckte mit den Schultern. »Nicht mehr als andere auch, würde ich sagen. Er ist sehr schnell bei ihr eingezogen. Hat keine drei Wochen gedauert und dabei hat er mich und das Tattoostudio im Stich gelassen.« Sie machte eine wegwerfende Handbewegung. »Ich war froh, dass sie ihm den Laufpass gegeben hat. Jetzt hilft er wenigstens wieder richtig mit. Wir müssen schließlich von irgendwas leben.«

Laura betrachtete Nina Kartal nachdenklich. Ihren Worten nach zu urteilen, müsste sie eigentlich die Ältere von beiden sein. Aber sie war neun Jahre jünger als ihr Bruder.

»Sind Sie mit jemandem liiert?«, fragte Laura geradeheraus.

Nina Kartal schüttelte den Kopf. »Nein. Ich hab zu viel zu tun. In dem Studio steckt alles, was ich habe.«

Laura wunderte sich, dass eine attraktive Frau wie Nina Kartal alleinstehend war. Sie schien außergewöhnlich stark auf ihren Bruder fixiert zu sein. Sie überlegte, wie groß ihr Hass auf seine Ex-Freundin war und ob es für ein Mordmotiv ausreichen könnte. Andererseits hatte Nina Kartal offenbar keine Ahnung, dass Svenja Pfeiffer nicht mehr lebte.

»Wann haben Sie die Ex-Freundin Ihres Bruders zuletzt gesehen?«

»Wie gesagt, sie hat sich, kurz nachdem Steven ihr das Tattoo gestochen hat, von ihm getrennt. Danach war sie vielleicht noch ein- oder zweimal hier und hat Sachen von ihm vorbeigebracht. Das muss um meinen Geburtstag herum gewesen sein. Also vor vier Wochen.«

»Erinnern Sie sich an den Wochentag?«

Nina Kartal presste die Lippen zusammen, während sie nachdachte. Dann erhellte sich ihr Gesicht. »Es war ein Montag. Mir fällt es gerade wieder ein. Sie kam gleich am Morgen und stellte eine Tasche von Steven auf den Tisch. Sie hat mir verkündet, dass sie ihre ganze Wohnung auf den Kopf gestellt hat und sie keine weiteren Sachen mehr von ihm habe.« Kartal zuckte mit den Achseln. »Es war klar, dass wir uns vermutlich nie wiedersehen würden. Mir war es recht.«

»Und was ist mit Ihrem Bruder? Hat er Svenja Pfeiffer danach noch gesehen oder gesprochen?«, fragte Max.

»Er hat sie bestimmt angerufen, wie ich ihn kenne.

Er wollte sie zurück. Warum stellen Sie mir all diese Fragen? Hat sie behauptet, dass Steven sie belästigt?«

Max schob seine Visitenkarte über den Tisch und deutete auf den Namen ihrer Abteilung. »Ich will Ihnen nichts vormachen. Wir ermitteln hier in einem Mordfall.«

Nina Kartal schlug erschrocken die Hand vors Gesicht.

»Was? Svenja ist tot?«, rief sie entsetzt und schüttelte heftig den Kopf. »Nein. Das war Steven nicht. Das müssen Sie glauben. Bitte. Er ist doch kein Mörder.« Ihre Augen wurden groß wie Scheunentore. Laura konnte sehen, wie es hinter ihrer Stirn arbeitete.

»Er war jeden Abend bei mir«, fügte Nina Kartal aufgeregt hinzu. »Deshalb reden wir hier, nicht wahr? Sie wollen wissen, ob Steven ein Alibi hat. Ich kann das bezeugen. Er hat nichts mit dieser Sache zu schaffen.«

Laura wusste nicht, ob es so klug von Max gewesen war, jetzt schon von Svenja Pfeiffers Tod zu berichten. Nina Kartal würde alles tun, um ihren Bruder zu schützen. Die Vorstellung, dass er lebenslang ins Gefängnis wanderte, war vermutlich die Hölle für sie. Bisher lagen die Ergebnisse der Obduktion noch nicht vor, sodass sie den Todeszeitpunkt nicht kannten und auch nicht den Zeitpunkt der Entführung.

»Steven ist vor uns weggelaufen.« Max' Worte schwebten in der Luft wie ein Damoklesschwert.

Nina Kartal wurde kreidebleich. Allmählich begriff sie, in welchen Schwierigkeiten ihr Bruder steckte.

»Sobald er wieder zu Hause auftaucht, bringe ich ihn persönlich zu Ihnen«, beteuerte sie und nickte dabei unaufhörlich, so als müsste sie sich selbst Mut zusprechen. »Hauptsache, Sie glauben mir, dass er unschuldig ist.«

»Wenn er in den letzten Tagen permanent mit Ihnen zusammen war, ist es für ihn ja kein Problem. Natürlich wäre er dann unschuldig«, erwiderte Max ruhig. »Wie gesagt, Sie wissen jetzt, dass es um einen Mord geht. Die Sache ist ernst, und es war von Ihrem Bruder nicht sonderlich klug, einfach zu türmen, gerade falls er mit dem Tod von Svenja Pfeiffer nichts zu tun hat.«

»Ich weiß«, stöhnte Nina Kartal. »Warum bringt er sich bloß immer wieder in Schwierigkeiten? Er zieht das Pech an wie ein Magnet. Ohne mich würde er längst unter der Brücke leben.«

»Danke, dass Sie uns den Namen seiner Ex-Freundin genannt haben. Es wäre schön, wenn Sie uns weiter dabei unterstützen könnten, Svenja Pfeiffers Mörder zu finden.« Max tippte abermals auf seine Visitenkarte. »Da steht auch meine Handynummer drauf. Rufen Sie mich an, falls Ihnen irgendetwas einfällt. Sie können jetzt gehen.«

Nina Kartal steckte die Karte ein. Max erhob sich und begleitete sie zum Ausgang. Laura blieb auf ihrem Platz sitzen und wartete, bis er zurückkam.

»Sie wird ihren Bruder höchstpersönlich vor uns verstecken«, sagte sie, als Max wieder im Raum stand. »Ihre ganze Reaktion deutet aus meiner Sicht darauf hin, dass sie ihm den Mord zutraut. Wir sollten prüfen, ob er vorbestraft ist.«

»Das übernehme ich«, erwiderte Max. »Vielleicht hat Simon Fischer ja auch schon mehr über die Tote im

Kofferraum herausgefunden. Wenn sie ebenfalls eine Verbindung zu Steven Kartal hat, dann könnten wir auf der richtigen Spur sein.«

»Das hoffe ich. Lass uns mit Simon reden und ein Team zusammenstellen.« Laura erhob sich.

Fünf Minuten später standen sie vor Simon Fischers Schreibtisch. Der IT-Experte fuhr sich angespannt durch die schütteren Haare.

»Ich verstehe das nicht«, murmelte er. »Meine Gesichtserkennungssoftware hätte Svenja Pfeiffer identifizieren müssen. Sie hat einen Facebook-Account und der ist sogar öffentlich.«

Laura beugte sich zu seinem Monitor hinüber. »Jetzt mach dich bloß nicht verrückt. Sie hat nicht ein einziges Foto von sich gepostet, das nicht bearbeitet ist. Sieh dir mal die Haare an. Sie sind auf jedem Bild glatt, dabei hat sie Locken, fast so wie ich.«

»Ich weiß. Sie hat immer irgendwelche Beautyfilter benutzt. Es gibt inzwischen etliche Apps, mit denen man das machen kann. Größere Augen, vollere Lippen, dunklerer Teint und Pickel weg. Ich vermute, dass zum Beispiel ihre Augen zu groß geraten sind, sodass meine Software nicht angeschlagen hat. Das muss ich versuchen anzupassen.«

Simon öffnete verschiedene Programmfenster, von denen Laura keine Ahnung hatte, dass sie überhaupt existierten. Er gab eine Vielzahl von Befehlen ein und drehte sich schließlich zu ihnen um.

»Sollte es eine Verbindung zwischen den beiden Opfern Jana Lubitz und Svenja Pfeiffer geben, werde ich es herausfinden.« Er gähnte und nahm die Kaffeetasse zur Hand. »Ihr seid ja vermutlich wegen Jana Lubitz hier. Ich habe das Internet nach ihr durchforstet.« Er griff in seinen Drucker und übergab Laura ein paar Blätter. »Da steht alles drauf. Ist nicht sonderlich viel. Jana Lubitz war hauptsächlich auf Facebook aktiv. Sie ist neunundzwanzig Jahre alt und offenbar Single. Sie arbeitete als Sekretärin in einer kleinen Anwaltskanzlei. Laut ihrem letzten Post hätte sie gerade zwei Wochen Urlaub. Das würde erklären, warum niemand sie sofort vermisst hat.«

Laura überflog die Informationen. Der Urlaub hatte demnach vor acht Tagen begonnen. Sie durchsuchte daraufhin weiter die vorangegangenen Posts.

»Vor sechs Wochen hat sie geschrieben, dass sie sich freinehmen möchte. Wenn der Täter ihr auf Facebook gefolgt ist, kannte er also ihre Pläne.«

»Trotzdem makaber, dass er erst ihr Auto stiehlt, um sie anschließend in den Kofferraum zu quetschen«, murmelte Max, der neben Laura stand und mitlas.

»Vielleicht hat er ihr das Auto ganz bewusst weggenommen, damit sie sich zu Fuß, mit dem Fahrrad oder öffentlichen Verkehrsmitteln fortbewegen musste. Falls er sie beobachtet hat, wäre es für ihn deutlich einfacher geworden«, sagte Laura und wandte sich an Simon. »Könntest du mal nachschauen, ob in der Nähe ihrer Wohnung eine S-Bahn oder U-Bahn fährt? Dann könnte sie von Kameras erfasst worden sein und ihr Mörder womöglich ebenfalls. Es ist nicht ausgeschlossen, dass Steven Kartal auf den Aufnahmen auftaucht.«

»Klar, ich kümmere mich darum«, erwiderte Simon.

Laura widmete sich wieder den Posts und stellte fest,

dass Jana Lubitz nicht sonderlich viele Freunde auf Facebook hatte. Kaum mehr als eine Handvoll.

»Merkwürdig, dass niemand sie zu vermissen scheint. Was ist mit ihren Eltern?«

Simon Fischer zuckte mit den Schultern. »So weit bin ich noch nicht.«

»Okay«, entgegnete Laura. »Ich stelle gleich ein Team zusammen. Martina Flemming kann sich damit befassen. Kannst du uns auch das Facebook-Profil von Svenja Pfeiffer zeigen?«

»Na klar.« Simon Fischer klickte ein paarmal mit der Maus. Das Foto einer lächelnden, attraktiven Frau prangte ihnen entgegen. Laura erkannte sie sofort. Ihr Strahlen hatte nur wenig mit dem Leichnam zu tun, den sie am Ufer des Tegeler Sees gefunden hatten. Ihr Anblick versetzte Laura einen Stich ins Herz. Warum bloß mussten diese beiden lebensfrohen Frauen ihr Leben lassen? Was hatten sie getan, dass sie ins Visier ihres Mörders geraten waren?

Laura überflog die Angaben, die Svenja Pfeiffer auf ihrem Facebook-Profil veröffentlicht hatte. Sie war zweiunddreißig Jahre alt und steckte in einer Beziehung, die sie als kompliziert bezeichnet hatte. Laura las erstaunt den Namen ihres Freundes. Svenja Pfeiffer gab an, mit Steven Kartal liiert zu sein.

Auch Max hatte den Eintrag entdeckt. »Die sind doch angeblich schon seit zwei Monaten getrennt. Warum hat Svenja Pfeiffer ihr Facebook-Profil nicht aktualisiert?«, stieß er aus.

»Gute Frage«, murmelte Simon. »Sie ist jedenfalls ziemlich aktiv gewesen, hat jeden zweiten Tag etwas gepostet.« Er scrollte durch die Beiträge und blieb beim letzten stehen. »Ich fasse es nicht. Vor sechs Tagen wollte sie sich zu einer Aussprache treffen, die ihr Leben verändern würde.«

»Was?« Laura überflog die Zeile. »Verdammt noch mal. Mit wem denn? Mit Steven Kartal?«

Simon hob die Schultern. »Steht da nicht.«

»Mit wem sonst?«, brummte Max. »Wir sollten eine Fahndung nach dem Kerl herausgeben. So viele Zufälle gibt es schließlich nicht. Offenbar war er der Letzte, mit dem sie Kontakt hatte.«

Laura schwieg und las aufmerksam die Kommentare, die Svenja Pfeiffers Facebook-Freunde unter ihren Post geschrieben hatten. Die meisten wünschten ihr Glück und schienen überhaupt nicht zu wissen, worum es inhaltlich ging. Ungefähr zwanzig Freunde hatten den Beitrag mit einem Daumen-hoch markiert.

»Kannst du nachschauen, ob sich Steven Kartal oder seine Schwester zu ihren Beiträgen schon einmal geäußert haben?«, bat sie Simon und wartete geduldig ab, bis er nach einer Weile den Kopf schüttelte.

»Nichts von Steven Kartal, und Nina Kartal ist nur über ihr Tattoostudio aktiv. Privat ist sie gar nicht angemeldet. Ich durchforste am besten gleich mal die anderen Internetplattformen, die es so gibt, und auch noch mal die Facebook-Seite von Jana Lubitz. Vielleicht entdecke ich etwas.«

»Danke.« Laura erhob sich und winkte Max mit sich. »Ich finde es merkwürdig, dass keine der beiden Frauen vermisst wird«, sagte sie zu ihm, als sie in ihr Büro gingen.

Dort angekommen fuhr Laura ihren Rechner hoch und durchsuchte die Datenbank nach Steven Kartal.

»Bingo!«, stieß sie einen Moment später aus. »Steven Kartal ist vorbestraft wegen Drogenbesitzes. Er saß zwei Jahre im Gefängnis. Kein Wunder, dass er und seine Schwester über unseren Besuch nicht sonderlich erfreut waren. Vermutlich dealt der Kerl munter weiter.«

»Körperverletzung würde allerdings besser ins Bild passen«, warf Max ein. »Ich verstehe außerdem überhaupt nicht, warum uns Kartals Schwester erzählt, dass Svenja Pfeiffer ihren Bruder verlassen hat. Wollte sie ihn vielleicht nur aus der Schusslinie nehmen?«

Laura wickelte nachdenklich eine Haarsträhne um den Zeigefinger und ließ sie wieder los. Hatte Nina Kartal sie angelogen? Laura war sich eigentlich sicher gewesen, dass diese vor ihrem Eintreffen nichts von Svenja Pfeiffers Ermordung gewusst hatte. Außerdem wäre eine Trennung durchaus auch ein Mordmotiv. Andererseits konnten sie den Leuten bloß vor den Kopf gucken. Nicht hinein. Es war nicht auszuschließen, dass Nina Kartal ihnen etwas vormachte.

»Okay. Ich telefoniere kurz mit Martina Flemming. Sie soll sich Peter Meyer und noch drei Leute dazunehmen und mit der Recherche loslegen. Ich will alles über die Opfer wissen. Kannst du Dennis Struck von der Spurensicherung anrufen? Er soll sich mit uns an Svenja Pfeiffers Wohnung treffen. Ich schlage vor, dass wir dort beginnen und uns anschließend bei Jana Lubitz umschauen.«

12

Er war von sich selbst überrascht und darüber, dass die Sache so einfach funktioniert hatte. Völlig überwältigt schaute er in den Rückspiegel. Wie lange hatte er sich nach etwas derartig Kleinem und Niedlichem gesehnt? Er konnte kaum den Blick abwenden. Erst als jemand hupte, bemerkte er, dass er zu weit links gefahren war und seine Spur verlassen hatte. Hastig steuerte er gegen und fokussierte sich wieder auf die Fahrbahn. Am liebsten hätte er sofort irgendwo angehalten und das Mädchen ausgiebig betrachtet. Die Kleine sah ziemlich verängstigt aus. Kein Wunder. Als der Lkw an der Ampel die Straße blockierte, hatte er sich regelrecht auf sie gestürzt. Sie ins Auto gezerrt und das Fahrrad in den Kofferraum geworfen. Was für ein Glück, dass er heute mit dem großen Pick-up unterwegs war. Er hätte das Mädchen gerne getröstet, doch zuerst musste er aus der Gefahrenzone verschwinden. Er kannte Alexandra Schiefer gut genug, um zu wissen, dass sie alles tun würde, um ihre

Tochter zu finden. Er beobachtete sie schließlich schon lange. Sehr lange.

Eigentlich hatte er überhaupt nicht vorgehabt, die Kleine mitzunehmen. Er wusste, dass sie jeden Tag von ihrer Mutter mit dem Fahrrad von der Schule abgeholt wurde. Manchmal brauste sie voraus, manchmal fuhren sie nebeneinanderher. Nicht zum ersten Mal hatte er kurz hinter der Kreuzung geparkt, um sie auszuspähen. Was für ein unglaublicher Zufall, dass ausgerechnet heute ein Lkw mitten auf der Straße liegen blieb und Luna direkt neben seinem Wagen anhielt. Sie hatte so angestrengt auf die Kreuzung gestarrt, dass sie gar nicht mitbekam, wie er ausgestiegen war und sich von hinten angenähert hatte. Er packte sie und verfrachtete sie blitzschnell in sein Auto. Die Kleine hatte keine Chance. Was hätte er tun sollen? Manche Gelegenheiten musste man einfach beim Schopf packen. Vielleicht würde er Alexandra zeitnah nachholen und die Familie wieder vereinen. Bei dieser Vorstellung lächelte er. Wie sich ihre Dankbarkeit wohl für ihn auszahlen würde? Alexandra würde für ihre Tochter einiges tun. Sie war alleinerziehend und Luna ihre ganze Welt. Er könnte Dinge von ihr verlangen, die sie sich vermutlich nicht vorzustellen vermochte. Und was würde die kleine Luna umgekehrt für ihre Mutter tun? Abermals sah er in den Rückspiegel und ergötzte sich an ihr. Zuerst hatte sie geschrien und gezetert. Doch nun saß sie brav und verheult auf der Rücksitzbank. Sie versuchte auch nicht mehr die Türen zu öffnen. Natürlich hatte er sie vorsorglich verriegelt. Dass sie ihr Schicksal jetzt anzunehmen schien, rührte ihn. Er mochte folgsame Mädchen.

13

Dennis Struck, ein korpulenter Mann mit ausladendem Vollbart, hatte erstaunlich geschickte Finger. Svenja Pfeiffers Wohnungstür öffnete sich innerhalb weniger Sekunden, nachdem er mit einem Dietrich Hand angelegt hatte.

»Hereinspaziert«, sagte er lächelnd und ging zur Seite, damit Laura und Max eintreten konnten. »Bis das Team eintrifft, sollten wir nicht allzu viel durcheinanderbringen.«

»Verstanden«, entgegnete Laura und streifte ihre Gummihandschuhe über. Sie blieb einen Moment im Flur stehen und versuchte sich vorzustellen, wie Svenja Pfeiffer nach einem langen Arbeitstag ihre Wohnung betrat. Mittlerweile wussten sie, dass die junge Frau als Kellnerin in einer Bar gearbeitet hatte. Laura machte ein paar Schritte auf die Kommode zu. Dort hätte Svenja Pfeiffer ihre Handtasche abgelegt. Als Nächstes kämen die Schuhe dran und zum Schluss der Mantel. Vermutlich wäre Svenja Pfeiffer anschließend auf die

Toilette gegangen. Vielleicht hätte sie sich sofort abgeschminkt und danach die Küche betreten. Laura ging hinein und öffnete den Kühlschrank. Die Lebensmittel waren ordentlich sortiert. Sie fand keine angebrochenen Packungen, sondern etliche Plastikdosen, in denen Salami- und Käsescheiben aufbewahrt wurden. Laura griff eine Milchpackung und sah nach dem Haltbarkeitsdatum. Die Milch war gestern abgelaufen. Das könnte bedeuten, dass Svenja Pfeiffer ungefähr vor einer Woche zuletzt eingekauft hatte. Der Zeitpunkt passte zu ihrem letzten Post im Internet. Ob ihr Mörder sie kurz darauf entführt hatte? Und was hatte er mit ihr in der ganzen Zeit getan? Laura seufzte und stellte die Milch zurück. Sie lief ins Wohnzimmer und blieb abrupt stehen. Irgendetwas kam ihr merkwürdig vor. Sie erkannte nur nicht, was. Grübelnd schaute sie sich um. Eine schmale Couch stand auf der rechten Seite. Gegenüber an der Wand war der Fernseher angebracht. Der Tisch wirkte aufgeräumt. Trotzdem registrierte Laura die Abdrücke von zwei Gläsern. Sie machte ein Foto davon. Vielleicht hatte Svenja Pfeiffer ihren Mörder gekannt und sogar in ihre Wohnung gelassen. Schließlich hatte sie zuletzt gepostet, dass sie sich zu einer Aussprache treffen wollte. Es wäre nicht die erste Beziehung, die im Desaster endete. Momentan fehlte ihnen bloß eine Verbindung von Steven Kartal zu Jana Lubitz, ansonsten hätte sie kaum noch Zweifel daran, dass Steven Kartal der Täter sein könnte. Laura drehte sich im Kreis und versuchte herauszufinden, was sie an diesem Raum störte.

Plötzlich wusste sie es.

Das Zimmer war so gut wie leer. Es befanden sich zwar Möbel darin, aber an der Wand hing nicht einmal ein Bild und auch im Regal stand kein einziges Foto. Laura ging weiter ins Schlafzimmer und fand die Erklärung. In einer Ecke stapelten sich Umzugskartons fast bis zur Decke. Auf einem Etikett waren das Datum des Umzugs und diese Adresse angegeben. Svenja Pfeiffer wohnte offensichtlich noch keine vier Wochen hier. Allerdings schienen die Wände nicht frisch gestrichen zu sein. Die Raufasertapete hinter dem Bett wirkte fleckig, so als hätte sie seit Jahren keine Farbe gesehen. Laura kniff die Augen zusammen, weil ihr eine Unebenheit in der Wand auffiel. Sie strich mit den Fingerspitzen darüber. Ein wenig Farbe bröckelte ab.

»Das gibt es doch nicht«, stieß sie überrascht aus und pulte ein unscheinbares schwarzes Plastikteil aus der Wand, das an einem Draht hing.

Das ist eine Wanze, fuhr es ihr durch den Kopf. Sofort biss sie sich auf die Zunge.

»Was ist los?« Max kam herein und blickte sie verwundert an. Laura legte den Finger auf die Lippen und deutete auf das winzige Abhörgerät. Max öffnete den Mund und schloss ihn gleich wieder.

»Ich hab da was im Müll gefunden«, brüllte Dennis Struck plötzlich und stürmte herein.

Laura schüttelte heftig den Kopf. Max war weniger zurückhaltend. Flugs drehte er sich zu dem Mitarbeiter der Spurensicherung herum und schob ihm seine große Hand auf den Mund.

»Die Wohnung ist verwanzt«, flüsterte er Dennis Struck zu und ließ ihn wieder los.

Der korpulente Mann taumelte einen Schritt rückwärts und starrte ungläubig auf das schwarze Gerät, das Laura immer noch in der Hand hielt. Dann wandte er sich wortlos um und marschierte wieder hinaus. Max folgte ihm und Laura rannte ebenfalls hinterher. Erst als sie die drei Treppen hinunter genommen hatten und draußen vor der Haustür standen, platzte es aus Laura heraus:

»Wir müssen sofort herausfinden, ob noch mehr Wanzen in der Wohnung versteckt sind. Ich habe diese hier nur durch Zufall entdeckt.«

»Ich hole gleich unseren Spezialisten dazu«, sagte Dennis Struck und zog sein Handy aus der Hosentasche.

»Meinst du, die Wanze stammt vom Mörder?«, fragte Max und rieb sich nachdenklich über die Glatze. »Wir sollten die Wohnung von Jana Lubitz ebenfalls überprüfen lassen.«

»Auf jeden Fall«, stimmte Laura ihm zu. »Ich könnte mir auch vorstellen, dass der Mörder die Wohnung verwanzt hat. Irgendwie muss er aber hineingekommen sein, und ich vermute, dass Svenja Pfeiffer ihm höchstpersönlich die Tür geöffnet hat.«

»Du redest von Steven Kartal? Dann sollten wir ihn zur Fahndung ausschreiben«, schlug Max vor.

»Ich fürchte, dafür haben wir im Augenblick nicht genug in der Hand. Joachim Beckstein kassiert das ohne Beweise ganz schnell wieder ein. Wir schauen uns am besten noch mal in der Wohnung um. Vielleicht finden wir etwas.« Laura machte auf dem Absatz kehrt und stieg die Treppen abermals hinauf. Max folgte ihr. Im zweiten Geschoss vibrierte Lauras Handy. Sie blieb stehen und las die Nachricht von Taylor.

Wollen wir heute Abend im Peking Garden essen gehen?

Laura tippte sofort eine Antwort: *Gern. Sagen wir um acht?*

Sie steckte das Handy weg und registrierte dabei, dass Max ihr über die Schulter schaute.

»Komm schon, Max. Hast du dich immer noch nicht daran gewöhnt, dass ich mit Taylor zusammen bin?«

Max verdrehte die Augen. »Alles gut. Ich muss dich allerdings vorwarnen. Ich habe Hannah und ihre Freundin heute Abend auch zum Essen eingeladen. Ich schätze, wir sehen uns im *Peking Garden*.«

»Wirklich?«, erwiderte Laura und lächelte. Den Chinesen hatte sie mit Max vor ein paar Jahren durch Zufall entdeckt. Seitdem besuchten sie ihn regelmäßig, mal zusammen und mal mit ihren Familien. »Ich dachte, ihr hättet kein Kindermädchen?«

»Ich habe es geschafft, meine Mutter einzuspannen.« Max grinste. »Tatsächlich musste ich sie einfach nur anrufen. Sie hat sofort zugesagt.«

»Das ist gut.« Laura freute sich für Max. »Falls es dir mit Hannah und ihrer Freundin zu langweilig werden sollte, kannst du dich ja zu uns gesellen.«

Max schüttelte den Kopf. »Keine Chance. Gegen die zwei Ladys kommst du nicht an. Ich verspreche, euch nicht zu stören. Wir verziehen uns in eine andere Ecke des Ladens.«

Oben sahen sie sich erneut in Svenja Pfeiffers Wohnung um. Während Max die Küche inspizierte, durchsuchte Laura die Schrankwand im Wohnzimmer.

Sie fand einen Laptop, der zu ihrer großen Enttäuschung mit einem Passwort geschützt war. Hoffentlich konnte Simon Fischer es knacken. Laura wühlte sich durch Zeugnisse und andere Unterlagen, die allerdings keine besonderen Hinweise lieferten. Sie überflog die Bücher, die ordentlich im obersten Regal aufgereiht waren. Svenja Pfeiffer war offenbar ein Fantasy-Fan. Die meisten Titel handelten von Elfen, Drachen und Zwergen. Laura schlug ein paar Bücher auf und suchte nach persönlichen Notizen, ohne fündig zu werden. Lautlos schlich sie ins Schlafzimmer, verzichtete aber darauf, die Kartons zu öffnen. Auf keinen Fall wollte sie den Besitzer der Wanze durch verdächtige Geräusche aufschrecken. Sie mussten sowieso hoffen, dass er sie nicht schon gehört hatte. Wenn der Mörder hinter der Wanze steckte, dann wäre ihm jetzt klar, dass Svenja Pfeiffers Leiche identifiziert worden war. Auf Zehenspitzen ging Laura zum Kleiderschrank und öffnete ihn vorsichtig. Blusen hingen glatt gebügelt nebeneinander, darunter ein paar Röcke. T-Shirts, Pullover, sogar die Socken lagen perfekt übereinandergestapelt in den Fächern. Svenja Pfeiffer war offenbar ein ordentlicher Mensch gewesen und hatte sich gerne schick angezogen. Laura bewunderte ein Kleid, das sie selbst niemals anziehen würde. Der Ausschnitt war derart tief, dass jede einzelne ihrer Narben deutlich sichtbar wäre. Automatisch glitt ihre Hand zum Schlüsselbein und strich über die wulstige Landschaft, die ihre Verletzungen hinterlassen hatten. Trotzdem stellte sie sich vor, wie sie wohl ohne ihren Makel in diesem Kleid aussehen würde. Ob Taylor sie darin noch mehr begehren würde?

Sie schob diesen Gedanken beiseite und schloss den Kleiderschrank. Sie öffnete die Schubladen des Nachttisches, die allerdings leer waren. Vermutlich lagerte ihr Inhalt in einem der Umzugskartons. Laura wandte sich ab und sah Max an, der im Flur wartete. Er zuckte mit den Schultern und deutete auf den Ausgang. Auf der Treppe kam ihnen bereits der Spezialist entgegen, den Dennis Struck wegen der Wanze gerufen hatte, und nickte ihnen kurz zu.

»Wir sollten uns die Wohnung des anderen Opfers vornehmen«, sagte Laura enttäuscht, als sie im Freien standen, doch Max hielt sie zurück.

»Sieh mal auf die Uhr. Ich weiß, dass dir der Feierabend nicht wichtig ist, aber du bist in dreißig Minuten mit Taylor verabredet. Hier können wir vorerst nichts mehr tun und die Wohnung von Jana Lubitz muss erst einmal nach Wanzen abgesucht werden, bevor wir reinkönnen. Mit Eltern und Freunden sprechen wir am besten morgen.« Sein Blick ruhte eindringlich auf ihr. »Außerdem weißt du ja, was mich erwartet, wenn ich nicht pünktlich bin.«

Laura nickte, Hannah konnte sehr kompliziert sein. Doch eigentlich brauchte sie heute noch ein Erfolgserlebnis. Irgendeine Erkenntnis, die sie näher an den Täter heranbrachte. Sie könnte Steven Kartal weiter überprüfen. Aber Max hatte recht. Sie war mit Taylor verabredet und sollte ihn nicht warten lassen. Sie hatte sich schon die letzte Nacht um die Ohren geschlagen und benötigte eine kurze Auszeit. Schließlich konnte sie nicht jeden Tag bis zum Morgengrauen schuften und dabei langsam ausbrennen.

»Okay. Ich setze dich zu Hause ab«, sagte sie und verabschiedete sich von Dennis Struck, der mit den gerade eingetroffenen Kollegen die bevorstehende Durchsuchung besprach. Die Spurensicherung würde sicherlich noch ein oder zwei Stunden vor Ort verbringen und morgen fortfahren. Mit einem merkwürdigen Gefühl in der Magengegend stieg sie ins Auto. Normalerweise gehörte sie zu denen, die das Licht im LKA ausknipsten. Zu wissen, dass andere arbeiteten, während sie sich mit Taylor traf, fühlte sich falsch an.

Als sie Max heimgefahren hatte und schließlich zu Hause vor ihrem Kleiderschrank stand, erinnerte sie sich unwillkürlich an die knapp geschnittenen Sachen von Svenja Pfeiffer. Kein einziges ihrer eigenen Kleider besaß einen tiefen Ausschnitt und sie reichten ihr allesamt bis über die Knie. Die Haut an ihren Oberschenkeln war genauso vernarbt wie die unter dem Schlüsselbein. Schon nach ihrer Flucht damals war ihr klar gewesen, dass sie nie wieder wie andere Mädchen in hübschen Kleidern herumlaufen würde. Sie griff zu einer schwarzen Bluse und schloss sie sorgfältig. Sie schlüpfte in eine ebenso schwarze, eng anliegende Hose und in Lackschuhe mit einem kleinen Absatz. Sie versuchte, ihre Locken zu bändigen, und legte ein zartes Parfum auf. Eines, von dem sie wusste, dass Taylor es mochte. Laura warf einen letzten Blick in den Spiegel. Zufrieden griff sie nach ihrer Handtasche und machte sich auf den Weg zum *Peking Garden*.

Taylor war noch nicht da, als Laura im Restaurant ankam, weshalb sie sich einen Tisch am Fenster aussuchte. Sie setzte sich und blickte erwartungsvoll hinaus.

»Darf ich Ihnen etwas zu trinken anbieten?«, fragte ein Kellner.

»Gerne. Ich nehme ein Glas Weißwein.«

Der Kellner servierte ihr den Wein innerhalb weniger Minuten. Laura probierte einen Schluck und beobachtete die Menschen, die auf der Straße vorbeispazierten und die warme Abendsonne genossen. Alles wirkte so friedlich, als ob nichts diese heile Welt zerstören könnte. Doch das Gegenteil war der Fall. Die beiden Ermordeten, Svenja Pfeiffer und Jana Lubitz, waren der Beweis dafür. Laura nippte an ihrem Glas und spürte, wie der Alkohol langsam durch ihre Blutbahnen strömte. Sie hatte schon seit längerer Zeit nichts getrunken und war es offenbar nicht mehr gewohnt. Durch die Scheibe sah sie ein junges Pärchen, das eng umschlungen die Straße entlangschlenderte. Automatisch wanderte ihr Blick zur Uhr. Es war bereits Viertel nach acht. Sie überprüfte ihre Nachrichten, doch Taylor hatte sich nicht gemeldet. Es passte nicht zu ihm, zu spät zu kommen. Sie tippte auf seine Nummer und ließ es so lange klingeln, bis die Mailbox ansprang. Dann legte sie auf. Vermutlich steckte er in einem wichtigen Gespräch und konnte nicht rangehen. Laura schob das Handy beiseite und sah wieder nach draußen. Das junge Paar war längst weitergegangen. Stattdessen schlängelte sich jetzt eine Mutter mit Kinderwagen an der einen und einem Kleinkind an der anderen Hand durch die Menschenmenge. Am Hals hatte sie rote Flecken. Kein Wunder, denn der vielleicht zweieinhalbjährige Junge, den sie mit sich zog, brüllte wie am Spieß. Ein bekanntes Gesicht tauchte hinter ihnen auf und Laura wandte sich unvermittelt ab. Plötzlich kam sie sich wie auf dem Präsentierteller vor. Hannah mit einer gleichaltrigen Frau an ihrer Seite und Max im Schlepptau stolzierte genau auf sie zu. Laura hätte sich am liebsten an den hintersten Tisch verkrochen, doch es war zu spät. Hannah hatte sie bereits entdeckt und winkte ihr überschwänglich zu. Laura lächelte verkrampft und hob zaghaft die Hand. Immerhin schien sich Max in der Situation nicht viel wohler zu fühlen. Er machte eine Miene wie sieben Tage Regenwetter und schlurfte mit erheblichem Abstand hinter Hannah und ihrer Freundin her. Vermutlich hatten sie ihn mit ihren Gesprächen längst abgehängt, und er bereute seine Idee, die beiden zum Essen eingeladen zu haben. Als sich Lauras Blick mit Max' kreuzte, huschte ein Ausdruck der Erleichterung über sein Gesicht. Er holte auf und öffnete den Frauen höflich die Tür. Hannah bedankte sich und kam sofort auf Laura zumarschiert.

»Wie schön, dich zu sehen«, rief sie schon von Weitem, sodass andere Gäste sich nach ihnen umdrehten. »Es ist ja eine Ewigkeit her.«

Sie umarmte Laura, und ihr blieb in diesem Moment gar nichts anderes übrig, als sie sympathisch zu finden. Hannahs freundliche Begrüßung kam von Herzen. Das konnte Laura ihr ansehen.

»Das ist meine Freundin Marlene. Sie ist aus Hamburg gekommen. Eigentlich wollten wir einen Frauenabend verbringen, aber Max wollte uns unbedingt zum Essen ausführen.« Sie kicherte. »Er ist manchmal ein richtiger Gentleman.«

Marlene reichte Laura die Hand. Sie wirkte gegen Hannah regelrecht farblos.

»Freut mich, Sie kennenzulernen«, sagte Laura und hielt unauffällig nach Taylor Ausschau. Langsam sollte er wirklich auftauchen.

Hannah schien ihre Gedanken zu lesen.

»Wir stören nicht lange«, erklärte sie mit einem verschwörerischen Unterton in der Stimme. »Ich weiß, du bist verabredet. Ihr könnt ja später an unserem Tisch vorbeischauen.« Sie drehte sich auf dem Absatz um und schob ihre Freundin durch das Restaurant zu einem Tisch in der hintersten Ecke.

Max stand hilflos grinsend vor Laura.

»Ist Taylor noch nicht da?«, fragte er und starrte auf Lauras halb leeres Weinglas.

»Er ist unterwegs«, log Laura, weil Max sie mit seinen Blicken durchlöcherte.

»Komm doch so lange mit an unseren Tisch«, schlug er vor. »Du musst hier nicht alleine rumsitzen.«

»Schon okay«, erwiderte Laura und war froh, dass er keinen bissigen Kommentar über Taylor abgab. »Ich warte noch ein bisschen.«

»Wie du magst.« Max entfernte sich und gesellte sich zu Hannah und Marlene.

Während Laura dasaß und vergebens auf Taylor wartete, bemerkte sie Max' Seitenblicke, die von Mal zu Mal länger auf ihr ruhten.

»Verdammt, Taylor! Wo steckst du nur?«, dachte sie und wählte erneut seine Nummer. Wieder sprang bloß die Mailbox an. Entnervt legte sie auf. Laura saß weitere dreißig Minuten an ihrem Tisch. Ihr Magen knurrte so laut, dass sie befürchtete, die Gäste am Nachbartisch könnten es hören. Sie überlegte, ernsthaft zu zahlen und zu gehen, als Max sich plötzlich erhob und zu ihr herüberkam. Sie bemerkte das Mitleid in seinen Augen, und sogleich schoss eine Mischung aus Scham und Wut in ihr hoch. Sie fühlte sich beinahe wie das Mädchen, das zum Abschlussball vor aller Augen sitzen gelassen worden war. Warum musste das ausgerechnet heute passieren, wo Max und Hannah es hautnah mitbekamen?

»Laura, nun setz dich schon zu uns. Dann bin ich nicht mehr das fünfte Rad am Wagen«, bat Max und deutete auf Hannah und Marlene. »Die beiden plappern ununterbrochen über ihre Schulzeit. Es ist ehrlich gesagt todlangweilig für mich.«

Laura gab sich geschlagen. Sie brauchte etwas zu essen, und zwar dringend. Als sie mit Max am Tisch saß, verstand sie, was er meinte. Seine Frau schien sich in ein dreizehnjähriges Mädchen zurückverwandelt zu haben. Sie unterhielt sich angeregt mit ihrer Freundin, die sie zum ersten Mal seit fünf Jahren wiedersah. Max hatte Mühe, sich das ein oder andere Gähnen zu verkneifen. Laura bestellte gebratene Nudeln mit Hähnchen und verspeiste ihr Menü innerhalb weniger Minuten. Sofort ging es ihr besser. Sie schaffte es jedoch nicht, ein längeres Gespräch mit Max in Gang zu bringen. Ihre Gedanken schweiften immer wieder zu Taylor. Sie wusste nicht, ob sie sauer sein oder sich Sorgen machen sollte.

»Er hat bestimmt eine Erklärung«, flüsterte Max irgendwann so leise, dass Hannah und ihre Freundin es nicht hören konnten.

Seine Worte vermochten nicht, Laura aufzumuntern. Etwas stach ihr wie eine spitze Nadel ins Herz. Sie hatte nach wie vor keine Nachricht von Taylor erhalten. Wäre sie allein unter fremden Leuten im Restaurant gewesen, hätte es ihr vermutlich nicht sonderlich viel ausgemacht. Max hatte recht. Irgendetwas war ihm dazwischengekommen. Es würde eine einleuchtende Erklärung geben. So aber, ohne jegliche Information, fühlte sie sich bloßgestellt. Vor allem wollte sie nicht, dass Max mit seiner Einschätzung richtiglag. Er hielt Taylor für einen Frauenhelden, für jemanden, der ihr früher oder später wehtun würde. Bislang hatte Laura diese Gerüchte einfach weggewischt. Doch inzwischen liebte sie Taylor so sehr, dass er eine gewisse Macht über sie hatte.

»Tut mir leid, Max. Ich bin müde.« Laura ertrug diese Situation keine Sekunde länger. Sie verabschiedete sich hastig und lief, ohne sich umzudrehen, hinaus.

Als sie später im Bett lag und sich unruhig hin und her wälzte, piepste ihr Handy. Sie schlug kurz die Augen auf, sah jedoch nicht nach. Sie wollte nicht enttäuscht werden, falls die Nachricht nicht von Taylor stammte.

14

Luna saß wie versteinert auf der Rücksitzbank. Sie kannte den Mann nicht, der sie vom Fahrrad gezerrt und in sein Auto gestoßen hatte. Alles war rasend schnell gegangen. Sie hatte erst begriffen, dass er sie mitnehmen wollte, als die Türen bereits verriegelt waren. Mama hatte ihr oft gesagt, sie müsse sich vor Fremden in Acht nehmen. Aber sie hatte den Mann nicht kommen sehen, bevor er sie hinterrücks überwältigte. Tränen liefen ihr über die Wangen, während Mamas Stimme in ihrem Kopf wütete. Sie hätte sich vorsehen müssen, doch jetzt war es zu spät. Durch den Tränenschleier blickte sie unauffällig zum Rückspiegel. Der Mann beobachtete sie ab und zu mit bösem Blick. Es überlief sie eiskalt, sobald er sie ansah.

Luna hätte am liebsten noch einmal an der Tür gerüttelt, obwohl sie wusste, dass sie verriegelt war. Aber der Mann würde bestimmt wieder wütend werden. Also blieb sie stocksteif sitzen. Sie wagte nicht, sich zu rühren, und jedes Mal, wenn er sie durch den

Rückspiegel betrachtete, hatte sie das Gefühl zu sterben. Seine Blicke fraßen sich in ihr Innerstes. Er würde ihr wehtun. Sie kannte diesen Ausdruck von ihrem Vater. Er sah ihre Mutter immer so an, wenn sie sich stritten. Erwachsene konnten sehr böse sein. Sie hatte mehr als einmal mitbekommen, wie ihr Vater zugeschlagen hatte und Mama zu Boden ging. Irgendwann war Mama mit ihr weggezogen, weit weg. Und seitdem hatte Luna ihren Vater nie wiedergesehen. Doch manchmal hörte sie ihre Mutter im Schlaf weinen. Sie träumte dann bestimmt von ihm.

Luna wischte sich die Tränen aus den Augen und sah aus dem Fenster. Was sollte sie bloß tun? Verzweifelt dachte sie über einen Ausweg nach. Sie konnte schnell laufen. In ihrem Jahrgang gehörte sie zu den Besten. Sie könnte warten, bis der Wagen anhielt, und dann wegrennen. Aber vermutlich würde der Mann sie einholen. Gegen ihn hätte sie keine Chance. Er war viel zu stark. Sie überlegte, an die Scheibe zu trommeln. Vielleicht würde der Fahrer eines anderen Autos sie bemerken und rief die Polizei. Ängstlich sah sie wieder nach vorn. Der eiskalte Blick des Mannes schnürte ihr die Kehle zu. Besser, sie saß ganz still. Abermals kamen ihr die Tränen. Sie zog die Beine an und verbarg den Kopf zwischen den Knien. So musste sie wenigstens nichts mehr sehen. Plötzlich rumpelte es. Luna blickte auf. Der Wagen fuhr langsamer. Sie bogen ab und stoppten an einer Tankstelle. Der Mann drehte sich zu ihr um.

»Du bleibst sitzen und gibst keinen Laut von dir!« Er hob drohend die Faust.

Luna nickte ängstlich. Sie brachte kein Wort hervor, und ohne dass sie es wollte, kullerten ihr erneut Tränen über die Wangen. Der Mann lächelte wohlwollend.

»Keine Angst«, sagte er auf einmal so sanft, als wäre er ein netter Mensch. »Dir passiert schon nichts.« Er stieg aus und schlug die Tür zu.

Kurz darauf hörte Luna das Knacken der Türverriegelung. Sie schluckte. Diese plötzlich freundliche Seite kannte sie ebenfalls von ihrem Vater. Von einer Sekunde auf die andere konnte er sich von einem gut gelaunten Menschen in ein wütendes Monster verwandeln. Das ging manchmal so schnell, dass Mama es erst begriff, wenn sie am Boden lag. Lunas Herz raste. Sie wusste, dass der Mann bald wieder böse werden würde. Sie musste raus aus diesem Auto. Vorsichtig blickte sie durch die verdunkelte Seitenscheibe. Der Mann stand an der Zapfsäule und tippte etwas auf seinem Handy. Obwohl die Türen verriegelt waren, zog sie behutsam am Griff. Als sich nichts tat, drückte sie auf den Knöpfen unterm Fenster herum. Es summte. Luna zuckte zusammen und sah sich erschrocken zu dem Fremden um. Er beschäftigte sich unverändert mit seinem Smartphone. Die Seitenscheibe war jetzt fast bis zum Anschlag in der Tür verschwunden. Ein Luftzug wehte durch die Öffnung herein, und da wusste sie, dass sie laufen musste. Sie kroch mit dem Kopf voraus durch das offene Fenster und landete mit den Händen auf dem Boden. Luna ignorierte den leichten Schmerz. Sie rappelte sich hoch und huschte blitzschnell hinter die nächste Zapfsäule. Ganz langsam ging sie in die Knie und spähte vorsichtig zu dem Mann. Er steckte die Zapfpistole in die Halterung.

Jetzt! Luna stieß sich ab und rannte los. Sie stolperte einen kleinen Hügel hinunter und lief auf einen Zaun zu. Dahinter begann eine Gartensiedlung. Sie versuchte, über den Zaun zu klettern, aber er war zu hoch. Luna hetzte an den Gärten entlang, ohne sich umzusehen. Sie hatte viel zu viel Sorge, dass der Mann sie gesehen haben könnte und ihr folgte. Irgendwo musste es doch einen Eingang geben. Sie könnte sich hinter einem Gartenhäuschen verstecken und warten, bis die Luft rein wäre. Dann könnte sie zurück zur Tankstelle und um Hilfe bitten. Sie lief verzweifelt weiter. Die Dornen eines Brombeerstrauches zerkratzten ihre Beine. Luna schossen die Tränen in die Augen. Sie probierte abermals den Zaun zu erklimmen. Sie zog sich hoch und versuchte mit den Füßen Halt zu finden. Aber die Maschen des Zaunes waren einfach zu eng. Ihre Arme begannen zu zittern und sie ließ sich erschöpft fallen. Ein Knacken in der Nähe schreckte sie auf. Sie nahm die Beine in die Hand und rannte weiter. Als sie schon fast die Hoffnung aufgegeben hatte, erreichte sie endlich den Eingang zur Gartensiedlung. Atemlos stürmte sie auf das Tor zu. Als sie die Klinke umfasste, bemerkte sie den Schatten, der sich hinter einem Strauch verbarg. Ihr blieb beinahe das Herz stehen.

15

Es klingelte. Laura tastete müde nach dem Handy. Bevor sie es in der Hand hatte, klingelte es abermals. Sie schlug schlaftrunken die Lider auf und begriff, dass jemand an der Wohnungstür war. Schlagartig war sie hellwach und sprang aus dem Bett. Sie eilte zur Tür und spähte durch den Spion.

Draußen stand Taylor mit zerknirschtem Gesichtsausdruck. Laura nahm den dicken Stahlriegel beiseite, den sie aus Vorsichtsgründen vor ihrer Tür angebracht hatte, und öffnete.

»Es tut mir leid«, flüsterte Taylor, noch bevor sie die Tür ganz aufgemacht hatte, und hielt ihr eine rote Rose entgegen. »Ich habe unser Date vergessen. Wir haben gestern einen Drogendealer observiert, und nachts um drei fiel mir wieder ein, dass wir zum Essen verabredet waren.« Er zog Laura an sich. »Bitte verzeih mir.«

Laura seufzte, zog ihn herein und ließ sich in Taylors Arme sinken. Er küsste sie ausgiebig und in diesem Moment hätte sie ihm tatsächlich alles geglaubt.

»Ist schon okay«, sagte sie und löste sich allmählich von ihm. »Ich habe mir gedacht, dass du in einer wichtigen Sache feststeckst. Blöd nur, dass ausgerechnet gestern Max mit seiner Frau auch beim Chinesen war und es mitbekommen hat.«

»O nein. Das tut mir leid.« Taylor strich ihr eine Strähne aus der Stirn. »Das passiert nie wieder. Ich verspreche es dir.«

»Vergeben und vergessen. Ich mache Kaffee.« Laura lächelte und ging in die Küche.

»Habt ihr denn Erfolg gehabt?«, fragte sie und füllte Wasser in die Kaffeemaschine.

Taylor schüttelte missmutig den Kopf und lehnte sich gegen die Wand. »Nein. Überhaupt nicht. Die Drogenmafia geht immer raffinierter vor. Wir kommen an die wirklichen Drahtzieher fast gar nicht mehr ran. Die schicken ständig irgendwelche Strohmänner vor, deren Spuren sich im Sande verlaufen.«

Laura schaltete die Maschine an. »In unserem Fall sieht es auch nicht rosig aus. Zwei tote Frauen und ein Verdächtiger, der uns abgehauen ist.«

Taylor rieb sich müde über die Augen. »Wollen wir unser Essen heute Abend nachholen?«

Laura erinnerte sich an das komische Gefühl, als sie schon vor der Spurensicherung nach Hause gefahren war.

»Es wird heute bestimmt spät werden. Lieber ein anderes Mal, am besten am Wochenende«, sagte sie und goss zwei Tassen Kaffee ein. Genüsslich nippte sie an ihrer Tasse und betrachtete Taylor, der deutliche Schatten unter seinen Augen hatte. Er wirkte geschafft.

»Hast du jetzt frei?«, fragte Laura, und als Taylor nickte, bot sie ihm an: »Du kannst gerne hier schlafen und dich ausruhen. Ich muss gleich los. Die nächste Wohnungsdurchsuchung steht an. Stell dir vor, in der Wohnung der Toten vom Tegeler See war eine Wanze.«

»Sie wurde abgehört?« Taylor hob überrascht die Augenbrauen. »Könnte es der Täter gewesen sein? Dann ist es doch jemand aus ihrem Umfeld, oder?«

Laura lächelte. Sie freute sich, dass Taylor ähnlich dachte wie sie. »Tatsächlich haben wir ihren Ex-Freund im Visier. Allerdings hat dieser bisher überhaupt keine Verbindung zum anderen Opfer.« Sie stellte die leere Tasse auf dem Küchentisch ab. »Ich muss los. Fühl dich wie zu Hause.« Sie drückte Taylor einen Kuss auf den Mund und ging ins Bad, um sich rasch frisch zu machen. Anschließend schlüpfte sie in ihre Sachen, warf Taylor noch einen Luftkuss zu und beeilte sich, ins LKA zu fahren. Bis zum Platz der Luftbrücke in Tempelhof brauchte sie, wenn sie gut durchkäme, etwa fünfundzwanzig Minuten.

Sie begab sich nicht sofort ins Büro, sondern direkt zur Spurensicherung. Dennis Struck saß bereits am Schreibtisch und blickte konzentriert auf seinen Monitor. In der linken Hand hielt er eine Brezel, von der er gedankenverloren abbiss.

»Guten Morgen«, begrüßte ihn Laura, woraufhin er überrascht mit seinem Drehstuhl herumfuhr.

»Ich wollte Sie gerade anrufen«, erklärte er und fummelte ein paar Krümel aus seinem Bart. »Die Wohnung von Jana Lubitz wurde freigegeben. Es wurden keine Wanzen gefunden.«

»Damit hätte ich nicht gerechnet«, erwiderte Laura, die darauf gehofft hatte, ein Muster in der Vorgehensweise des Täters zu finden.

Dennis Struck legte die Brezel beiseite und pochte auf die Tischplatte. Er kaute hastig und schluckte. Dann begann er zu reden: »Ich fand das ebenfalls überraschend, und deshalb habe ich mir sofort die Bilder aus der Wohnung angeschaut. Ich glaube, ich habe etwas Wichtiges herausgefunden.« Er winkte sie zu sich und öffnete ein Foto. Es zeigte einen schmalen Flur, in dem sich ungefähr zwanzig große Kartons an den Wänden stapelten. Laura wusste direkt, worauf er hinauswollte.

»Das gibt es doch nicht«, stellte sie fest. »Ist Jana Lubitz auch gerade erst eingezogen?«

Laura nahm sich vor, die Umzugsfirmen der Umgebung zu überprüfen. So ein Möbelpacker hätte sicherlich die Gelegenheit, eine Wanze zu verstecken. Was natürlich nicht erklärte, warum in Jana Lubitz' Wohnung keine gefunden wurde. Trotzdem waren sie möglicherweise auf eine Verbindung zwischen den beiden Opfern gestoßen.

»Es wird noch besser.« Dennis Struck grinste. »Jana Lubitz war zuvor unter derselben Adresse wie Svenja Pfeiffer gemeldet.«

Strucks Satz verschlug Laura glatt die Sprache. Sie starrte ihn ungläubig an. Dennis Struck tippte auf das Blatt Papier vor sich, auf dem die Meldedaten ersichtlich waren.

»Zwei tote Frauen, die nacheinander in derselben Wohnung gelebt haben?« In ihrem Kopf ratterte es.

Plötzlich hatte sie eine Idee. »Können Sie herausfinden, wer der Vermieter ist?«

»Ich kümmere mich drum«, erwiderte Dennis Struck und griff zum Telefon.

Laura bedankte sich und ging nachdenklich zum Treppenhaus, sie stieg die zwei Etagen hoch und eilte ins Büro. Max war auch eingetroffen.

»Da bist du ja«, sagte er lächelnd. »Wie geht es dir?«

»Taylor stand heute Morgen vor meiner Tür und hat sich entschuldigt«, entgegnete sie knapp, denn in Max' Augen bemerkte sie eine Spur von Mitleid. Das brauchte sie nun wirklich nicht.

Max schien ihre Gedanken zu lesen. Er senkte den Blick und kramte in ein paar Dokumenten auf seinem Schreibtisch.

»Die vorläufigen Ergebnisse der Obduktion sind da«, berichtete er. »Beide Frauen wurden stranguliert, vermutlich mit einem Tuch. Svenja Pfeiffer wurde höchstwahrscheinlich am Abend vor ihrem Auffinden am Tegeler See getötet. Jana Lubitz hingegen lag ungefähr drei Tage tot im Kofferraum ihres Wagens. Sie ist demnach drei oder vielleicht vier Tage vorher ermordet worden. Im Blut der Opfer fanden sich keine auffälligen Substanzen, sie wurden also nicht ruhiggestellt oder unter Drogen gesetzt. Anhand der Fesselmale und Blutergüsse konnte die Rechtsmedizin feststellen, dass beide mindestens drei Tage von ihrem Mörder festgehalten wurden. Es könnte auch eine Woche gewesen sein, so genau lässt sich das im Nachhinein wohl nicht mehr bestimmen.«

»Er beobachtet sie, plant alles ganz sorgfältig,

entführt sie und behält sie eine Weile, bevor er sie tötet und schnellstens entsorgt«, fasste Laura zusammen. »Fremde DNS-Spuren wurden keine sichergestellt?«

Max schüttelte den Kopf. »Nein, wie zu erwarten war. Der Kerl geht sehr gründlich vor.«

»Okay, dann können wir bei Svenja Pfeiffer davon ausgehen, dass sie unmittelbar nach ihrem letzten Beitrag im Internet gekidnappt worden ist, also vor einer Woche, und für Jana Lubitz hieße es demnach vor neun Tagen.« Laura überlegte. Jana Lubitz wurde vor neun Tagen entführt und lag drei Tage im Kofferraum. Sie war also sechs Tage in der Gewalt ihres Mörders. Es gab einen Zeitraum von ungefähr drei Tagen, in dem die beiden Frauen zusammen festgehalten wurden. Ob sie sich gesehen hatten? Oder hatte der Täter sie getrennt voneinander gefangen gehalten? Es war zu schade, dass die Handys der Frauen nicht aufzufinden waren. So hätten sie viel schneller gewusst, ob sie vielleicht sogar miteinander befreundet gewesen waren. Es war denkbar, dass sie sich kannten, denn sie hatten nacheinander in derselben Wohnung gelebt. Möglicherweise waren sie sich bei der Besichtigung über den Weg gelaufen. Laura fiel ein, dass sie Max noch gar nichts davon erzählt hatte. Die Tür wurde aufgestoßen und Dennis Struck kam, ohne anzuklopfen, herein. Er blieb schnaufend stehen und sah sie abwechselnd an.

»Ich habe herausgefunden, wer der Vermieter ist. Marcus Thalmann, polizeibekannt und vorbestraft wegen Steuerhinterziehung.« Struck wedelte mit ein paar Blättern Papier in der Hand.

Max blickte Laura irritiert an.

»Dennis Struck hat herausgefunden, dass Jana Lubitz vorher in derselben Wohnung gelebt hat. Svenja Pfeiffer ist ihre Nachmieterin. Beide sind erst vor einem Monat umgezogen.«

»Das gibt es ja nicht.« Max sprang auf und nahm Dennis Struck die Unterlagen aus der Hand. »Der sieht irgendwie nicht sehr nett aus«, entfuhr es ihm, als er durch die Seiten blätterte.

Laura stellte sich neben ihn und betrachtete das Foto eines ungefähr vierzig Jahre alten Mannes mit dunklen Haaren, gerader, schmaler Nase und verkniffenem Mund. Besonders freundlich wirkte er auf diesem Bild tatsächlich nicht. Allerdings handelte es sich um ein Polizeifoto. Die wenigsten Menschen sahen darauf sonderlich glücklich aus.

»Können Sie ihn ausfindig machen? Wir müssen unbedingt mit ihm reden«, bat sie Dennis Struck. »Und ermitteln Sie doch bitte auch die vorherigen Mieter dieser Wohnung. Idealerweise mit Fotos. Notfalls horchen Sie sich einfach bei den Nachbarn um.«

Dennis Struck nickte und machte sich auf den Weg.

»Das ist ja mal eine vielversprechende Spur.« Max schnipste freudig mit den Fingern und setzte sich wieder in seinen Bürostuhl, wo er die Hände hinter dem Kopf verschränkte. Er sah Laura an und schüttelte den Kopf. »Jetzt sag bloß, du siehst das anders? Du meinst doch immer, so viele Zufälle gibt es nicht.«

»Das kann durchaus sein«, entgegnete Laura nachdenklich. »Fest steht jedenfalls, dass Marcus Thalmann eine Verbindung zu beiden Opfern hat. Damit ist er erst einmal verdächtiger als Steven Kartal. Zumindest im

Augenblick. Bisher wissen wir nicht, ob Kartal und Jana Lubitz sich kannten.« Laura fuhr sich durchs Haar und hatte plötzlich eine Eingebung. »Hat Jana Lubitz eigentlich ein Tattoo?«

Max beugte sich zu seinem Monitor vor und öffnete den Obduktionsbericht. Nach einer Weile tippte er auf den Bildschirm.

»Sie hat eines. Allerdings am Knöchel, und es sieht völlig anders aus als der Schmetterling. Es ist eine Schlange.«

Das extrem auffällige, dunkelblaue, schmale Reptil machte tatsächlich nicht den Eindruck, als stammte es vom selben Künstler. Der Schlangenkörper kam Laura viel zu dünn vor und irgendwie unförmig, während der Schmetterling auf Svenja Pfeiffers Schulter so aussah, als würde er jeden Moment davonflattern.

»Wir sollten trotzdem mit Nina Kartal sprechen. Womöglich kann sie sich dieses Mal an das Tattoo erinnern.« Laura sah auf die Uhr. »Die Wohnung von Jana Lubitz ist vom Experten für Abhörsicherheit längst freigegeben. Es wurden übrigens keine Wanzen sichergestellt. Wir sollten uns dort gleich umsehen.«

Jana Lubitz' Appartement bestand lediglich aus einer Küche und einem größeren Zimmer, in dem sich abgetrennt hinter einem deckenhohen Bücherregal ein Bett befand. Die Wohnung lag fünf Kilometer von der vorherigen entfernt in einem fünfstöckigen Häuserblock, der einen ganzen Straßenzug säumte.

»Verbessert hat sie sich nicht gerade«, stellte Laura fest und warf einen Blick in das winzige Badezimmer, wo der Spülkasten oberhalb der Toilette mehrere Jahrzehnte auf dem Buckel zu haben schien. Die stumpfen Fliesen am Boden waren an etlichen Stellen angeschlagen.

»Die neue Wohnung ist höchstens halb so groß wie die alte«, stellte sie fest und sah sich in der Küche um. Im Gegensatz zu Svenja Pfeiffer benutzte Jana Lubitz im Kühlschrank keine Plastikdosen. Es wirkte aufgeräumt, aber nicht ganz so ordentlich, auch hatte sie keine Milch vorrätig. Laura nahm eine Packung mit geschnittenem Käse heraus, der seit zwei Tagen abgelaufen war. Sie inspizierte das Gemüsefach und rümpfte die Nase, weil sich auf der Gurke und den Karotten eine dicke Schimmelschicht gebildet hatte. Sie schloss die Kühlschranktür und erblickte auf einer Pinnwand Fotos von Jana Lubitz mit einer älteren Frau, die ihr sehr ähnlich sah. Das war vermutlich ihre Mutter. Den Vater konnte Laura nirgends entdecken und auch keinen Lebenspartner. Jana Lubitz verreiste offenbar häufig mit ihrer Mutter. Die meisten Bilder zeigten sie lächelnd am Strand oder vor irgendwelchen Sehenswürdigkeiten in der Mittelmeerregion. Laura ging zu Max hinüber.

»Der Laptop ist nicht passwortgeschützt«, verkündete Max, als er sie bemerkte. »Mal sehen, ob sich in ihren E-Mails etwas findet.«

Er scrollte durch einen Haufen Werbemails und zeigte ihr ein paar Bestellungen in diversen Online-Shops sowie Newsletter zu den Themen Meditation und Schlafstörungen. Private Nachrichten gab es höchstens eine Handvoll und sie schienen nicht von einer sonderlich großen Nähe zum Absender zu zeugen. Eine Christine teilte den Termin und die Adresse eines

Klassentreffens mit. Und ein gewisser Martin wollte von Jana Lubitz wissen, ob sie immer noch Interesse an einem Nebenjob hätte.

»Mist«, fluchte Max. »Es ist ein Desaster, dass wir ihr Handy nicht haben. Vermutlich hat sie ausschließlich darüber kommuniziert.« Er öffnete Jana Lubitz' Kalender und stellte fest, dass sie ihn nicht benutzt hatte.

»Ihre Facebook-Seite kennen wir bereits. Am besten, Simon Fischer nimmt die Daten unter die Lupe. Vielleicht findet er ja irgendetwas Aufschlussreiches.«

Max klappte den Laptop enttäuscht zu. »Lass uns in ihren Schränken nachsehen.«

Laura öffnete den Kleiderschrank. Hosen, T-Shirts, Unterwäsche, Sommerkleider. Sie tastete die Fächer vorsichtig ab, konnte jedoch außer Wäsche nichts entdecken. Sie durchsuchten den Nachttisch, das Bücherregal und sahen in ein paar der Kartons, die im Flur lagerten. Darin stießen sie nur auf einen Haufen Alltagskram, der nicht die geringste Spur zum Schicksal seiner Besitzerin preisgab. In der Kommode fand Laura verschiedene Rechnungen. Offenbar hatte Jana Lubitz erst vor drei Wochen einen neuen Fernseher gekauft und Schuhe. Bei einem Beleg wurde Laura allerdings stutzig. Jana Lubitz hatte sich ein Wanzensuchgerät zugelegt.

»Sieh dir das an«, sagte sie zu Max. »Ob Lubitz wusste, dass sie belauscht wurde?«

»Ich kann mir zwar nicht vorstellen, dass dieses Gerät für nicht mal hundert Euro etwas taugt, aber vielleicht haben wir deshalb keine Wanze in dieser Wohnung gefunden«, erwiderte Max.

»Oder sie hat damit die Wanze in der alten Wohnung aufgespürt. Schau dir das Kaufdatum an. Sie hat das Gerät vor acht Wochen gekauft.«

»Du meinst, sie hat die Wanze entdeckt und ist deswegen umgezogen?« Max runzelte die Stirn. »Sie hätte das Ding doch einfach zerstören können.«

»Merkwürdig ist auch, dass wir den Detektor bisher nicht gefunden haben. Ich kann mir nicht vorstellen, dass er in den Kartons liegt. Sie wird ihre neue Wohnung vermutlich sofort abgesucht haben.«

Plötzlich hörten sie Schritte und die Wohnungstür wurde geöffnet. Herein kamen drei Mitarbeiter der Spurensicherung. Dennis Struck war nicht unter ihnen.

»Können wir loslegen?«, fragte ein dünner Mann mit Kamera in der Hand.

Laura nickte. »Halten Sie bitte auch Ausschau nach diesem Gerät«, bat sie und zeigte dem Kollegen die Rechnung des Wanzenfinders. »Wir sprechen jetzt mit den Nachbarn.«

Laura und Max verschwanden aus der Wohnung und klingelten gegenüber bei Annegret Kullnick. Die Tür sprang so schnell auf, dass Laura überrascht einen kleinen Schritt rückwärts machte.

Eine grauhaarige, runzlige Frau blickte sie durch dicke Brillengläser an.

»Sie sind von der Polizei. Stimmts?«, sagte sie ehrfürchtig und winkte sie herein. »Kommen Sie. Die Wände haben hier Ohren.«

Laura stellte sich und Max kurz vor und zeigte ihren Dienstausweis.

»Was meinen Sie damit, die Wände haben Ohren?«,

wollte sie wissen, nachdem sie sich auf ein Sofa gesetzt hatten, in dem sie fast versanken. Die uralten Federn ächzten bei der kleinsten Bewegung.

»Ein Stockwerk tiefer lebt ein Spion«, erklärte die Alte aufgeregt. »Er ist letztes Jahr hier eingezogen, und seit die junge Dame von nebenan sich eingemietet hat, läuft er jeden Tag fünfmal die Treppen hinauf. Verstehen Sie? Der Mann wohnt genau unter mir.« Sie deutete auf den Teppichboden. »Er hat auf dieser Etage und darüber nichts zu suchen. Das Dachgeschoss ist versiegelt und für Mieter nicht zugängig.« Sie schüttelte den Kopf. »Da oben wurde modernisiert. Früher konnte ich meine Wäsche dort aufhängen. Jetzt muss ich einen Trockner benutzen, der alles schrumpft, was er schluckt.« Sie winkte ab. »Na ja. Deswegen sind Sie wohl nicht hier. Also, was die junge Frau angeht … wie hieß sie bloß noch mal?« Annegret Kullnick stockte nachdenklich. »Jedenfalls ist sie sehr nett. Ich habe sie allerdings seit genau acht Tagen nicht mehr gesehen. Sie ging an dem Tag wie immer morgens aus dem Haus, kehrte aber nicht zurück.« Annegret Kullnick erhob sich und holte einen Kalender aus einer Schublade ihrer Schrankwand.

»Sehen Sie hier. Ich habe ein rotes Kreuz gemacht. Sie hat um sieben Uhr einundzwanzig die Wohnung verlassen. Es ist sehr hellhörig hier, wissen Sie? Jedes Mal, wenn sie rausging, hat sie die Tür zugeknallt. Darüber wollte ich sowieso noch ein Wörtchen mit ihr reden. Mein Schlafzimmer grenzt ans Treppenhaus und so geht das nicht weiter.« Die Alte seufzte theatralisch, dann wurden ihre Augen groß. »Ihr ist etwas zugestoßen, richtig? Jetzt fällt mir der Name wieder ein. Lubitz. Jana Lubitz heißt sie. Sie ist seit über einer Woche weg, und ich denke, Herr Martens aus der Wohnung unter mir hat etwas damit zu tun.«

»Und wie kommen Sie darauf?«, fragte Laura und notierte sich den Namen des Mannes.

Annegret Kullnick fuchtelte mit den Händen in der Luft. »Hab ich doch schon gesagt, er ist ihr hinterhergeschlichen. Sie ist ein hübsches junges Ding, wenn Sie verstehen.«

»Haben Sie mitbekommen, dass die beiden sich unterhalten haben oder Herr Martens in ihrer Wohnung war?« Max setzte sein freundlichstes Lächeln auf.

»Sie wollte mit ihm nichts zu tun haben«, erklärte Kullnick. »Wo kämen wir denn da hin? Der Martens ist über sechzig. Viel zu alt. Sie hat ihm jedes Mal die Tür vor der Nase zugeschlagen. Höflich, aber bestimmt.«

»Und das haben Sie beobachtet?«

»Durch meinen Spion. Wie gesagt, es ist sehr hellhörig hier.«

»Gab es Streit zwischen Jana Lubitz und Herrn Martens?«, fragte Max weiter.

Annegret Kullnick schüttelte energisch den Kopf. »Wo denken Sie hin. Nein. Wir sind ein anständiges Haus. Herr Martens kann sich natürlich benehmen. Doch sobald sie von der Arbeit zurückkehrte, schlich er die Treppe hinauf.«

»Und was hat er getan? Bei ihr geklingelt?«

»Nein. Er hat vor ihrer Tür gewartet und manchmal, wenn sie wieder rauskam, um die Post zu holen oder im

Keller zu waschen, hat er sie angesprochen. Er klebte regelrecht an ihr.«

»Verstehe«, erwiderte Max. »Sind Ihnen noch andere Personen aufgefallen, die Jana Lubitz besucht haben?«

Die Alte winkte ab. »Nein. Sie ist ja gerade erst eingezogen. Ihre Mutter war ein paarmal hier. Eine reizende Dame. Aber sonst niemand. Jetzt erzählen Sie mir bitte, wo Frau Lubitz steckt. Ist sie zurück zu ihrer Mutter, bis Herr Martens verhaftet wird?«

Max senkte den Blick für einen Moment. »Frau Kullnick, ich muss Ihnen leider mitteilen, dass wir hier in einem Mordfall ermitteln.«

Annegret Kullnick wurde auf der Stelle blass wie die Wand hinter ihr.

»Mord?«, stotterte sie entsetzt und starrte sie mit aufgerissenen Augen an. »Sie war doch so nett. Wer hätte sie denn umbringen wollen?«

»Wir versuchen es herauszufinden«, gab Max zurück und erhob sich. »Falls Ihnen noch etwas einfällt, dann rufen Sie mich bitte an.«

16

Alexandra Schiefer hockte verkrampft auf der Couch und starrte die Wand an. Obwohl alles bereits einen Tag her war, spürte sie immer noch die Panik. Nie im Leben hatte sie eine solche Angst gespürt. Nicht mal, als Mareike spurlos verschwunden war. Natürlich hatte sie Sorge um ihre kleine Schwester gehabt, als sie nicht nach Hause kam. Doch dieses Gefühl war ganz schnell von einer tiefen Trauer und endloser Leere aufgefressen worden. Bis sie die Gewissheit hatten, dass Mareike tot war, hatte sie gehofft, dass sie einfach wieder auftauchte.

Nicht so bei Luna. Schon als sie ihre Tochter hinter dem Lkw nicht mehr sah, war Alexandra in Panik ausgebrochen. Nachdem Herr Herrmann aus dem Erdgeschoss ihr versicherte, dass er Luna mit ihrem Fahrrad nicht gesehen hatte, war sie zurück zur Kreuzung gefahren. Unzählige Male fuhr sie hin und her. Sie wollte einfach nicht glauben, was passiert war. Wie konnte sich ihre Tochter bloß in Luft auflösen? Sie telefonierte in wilder Aufregung alle ihr bekannten Eltern ab. Niemand wusste, wo Luna war. Tief im Innern ahnte Alexandra, dass ihr etwas Schlimmes widerfahren war. Sie zögerte nicht und rief gleich die Polizei. Zwei Beamte kamen innerhalb von zwanzig Minuten. Sie versuchten, sie mit allen Mitteln zu beruhigen, doch sie fühlte nichts als Panik. Schließlich gingen sie wieder und Alexandra blieb allein und hilflos zurück. Sie hatte ihre Schwester verloren. Sie war an einen Mann geraten, der sie schlug und vor dem sie seit Monaten davonlief. Und jetzt war auch noch Luna weg. Ihr kleines Mädchen, ihr Ein und Alles, ihr ganzes Glück und der einzige Grund zu leben.

Fünf Minuten später, nachdem die Polizei gegangen war, hatte es erneut an der Tür geklingelt und sie war kaum in der Lage gewesen, vom Sofa aufzustehen und nachzusehen. Sie öffnete und sah dieselben Polizisten, die gerade noch im Wohnzimmer gesessen hatten. Beinahe hätte sie die Tür wieder zugeschlagen. Sie brauchte keine beruhigenden Worte, sondern ihre Tochter. Ein Mann tauchte hinter ihnen auf. Er schnaufte vom Treppensteigen und er hielt eine kleine Hand. Lunas Hand.

»Luna«, schrie sie und stürzte zu ihrer Tochter. Sie nahm sie in die Arme und hob sie hoch.

»Wo bist du denn gewesen?«, fragte sie außer sich vor Erleichterung. Die betretenen Blicke der Polizisten und des Mannes bemerkte sie gar nicht.

»Geht es dir gut?« Sie stellte Luna auf die Füße und umfasste ihr schmales Gesicht mit beiden Händen. »Alles okay, Liebling?«

Luna sah sie mit diesen Augen an, die plötzlich so erwachsen schienen. Sie nickte ganz langsam, doch sie sagte kein Wort.

»Luna, wo warst du? Ich habe mir solche Sorgen gemacht.« Alexandra führte ihre Tochter in ihr Zimmer, wo sie sich auf das Bett legte und sich ohne etwas zu sagen unter der Decke zusammenrollte.

»Können wir Sie kurz sprechen?«, fragte einer der Polizisten und erklärte, dass sie einen Arzt hinzuziehen müsse.

»Ihre Tochter scheint traumatisiert zu sein. Herr Walter hat sie in einer Kleingartenanlage aufgegabelt. Sie lief dort herum und rannte erst vor ihm weg. Er fand sie später unter einem Brombeerstrauch. Sie saß da, in sich zusammengesunken, und sprach kein Wort. Erst als er ihr einen Zettel und einen Stift hinhielt, schrieb sie ihren Namen und die Adresse auf. Herr Walter hat sie sofort hierhergefahren und ist uns eben am Hauseingang sozusagen in die Arme gelaufen. Luna spricht offenbar nicht. Jedenfalls weder mit uns noch mit Ihnen. Wir wissen nicht, wo sie war und ob sie eventuell Verletzungen davongetragen hat.«

Der letzte Satz kreiste unaufhörlich in ihren Gedanken. Sie erhob sich von der Couch und lief im Zimmer auf und ab. Zumindest fehlte Luna körperlich nichts. Sie war bis auf ein paar Kratzer und ein geschwollenes Handgelenk unversehrt. Vermutlich war sie gefallen, hatte die Ärztin im Krankenhaus ihr erklärt. Alles würde wieder heilen. Luna war nur wenige Stunden weg gewesen und trotzdem redete sie seit über einem Tag kein Wort mehr. Die Ärztin hatte ihr geraten, einen

Psychologen aufzusuchen. Sie hatte ihr jemanden empfohlen, der sich mit traumatisierten Kindern gut auskannte. Alexandra starrte auf die Visitenkarte, die sie erhalten hatte. Irgendetwas hielt sie davon ab, die Nummer zu wählen. Was, wenn dadurch alles bloß noch schlimmer wurde?

Sie schlich ins Kinderzimmer. Luna lag auf dem Bett, die Augen starr an die Decke gerichtet. Immerhin hatte sie sich angezogen und auch etwas gegessen. Alexandra fand, dass sie nicht mehr ganz so blass wirkte. Sie setzte sich zu ihr auf die Bettkante und strich ihr über den Kopf.

»Geht es dir gut, Süße?«

Luna nickte, ohne sie anzusehen. Alexandra streichelte sie stumm weiter. Es hatte keinen Sinn, sie unter Druck zu setzen. Sie widerstand dem Drang, die Wahrheit zu erfahren. Luna würde irgendwann reden, da war sie sich sicher. Sie blieb noch eine Weile sitzen und hielt ihre Hand. Dann erhob sie sich, um einen Termin mit dem Psychologen zu vereinbaren.

17

»Auf diesen Alfred Martens bin ich gespannt«, sagte Laura, als sie wieder im Treppenhaus standen.

»Ich auch«, erwiderte Max. »Lass uns doch gleich zu ihm gehen.«

Laura nickte und warf einen Blick aufs Handy. Taylor hatte eine SMS geschickt.

»Bist du sicher, dass wir heute Abend nicht einen neuen Versuch beim Chinesen wagen sollten? Ich habe jetzt schon Hunger.«

Laura lächelte. Warum nicht, dachte sie und hielt Max zurück, der gerade die Treppe hinabsteigen wollte.

»Ich muss nur kurz telefonieren. Dann statten wir diesem Martens einen Besuch ab.«

Max blieb stehen und Laura wählte Taylors Nummer. Sie würde sich nicht gleich um acht mit ihm treffen, sondern ein oder zwei Stunden später. Bis dahin hatte sie hoffentlich den Großteil der Arbeit erledigt. Es klingelte bereits zum fünften Male, ohne dass Taylor abhob. Laura wollte gerade wieder auflegen, als es in der Leitung knackte.

»Hallo?«, fragte eine Frauenstimme, die Laura überhaupt nicht zuordnen konnte.

Verwirrt nahm sie das Handy vom Ohr und überprüfte die Telefonnummer. Sie hatte die richtige gewählt.

»Ich möchte mit Taylor Field sprechen«, sagte sie und bemerkte Max' überraschten Blick.

»Der holt gerade Brötchen. Kann ich ihm etwas ausrichten?« Der Stimme nach zu urteilen, war die Frau noch sehr jung.

»Nein. Danke. Ich melde mich später wieder.« Laura legte auf. Sie hatte angenommen, dass Taylor in ihrer Wohnung war. Obwohl sie es nicht wollte, stieg ein Bild von Taylor mit einer anderen Frau beim Frühstück in ihr hoch. Schnell wischte sie es beiseite. Bestimmt gab es eine Erklärung dafür, warum er dieser Frau sein privates Handy überlassen hatte. Vielleicht hätte sie sich wenigstens nach ihrem Namen erkundigen können.

»Ist Taylor nicht da?«, unterbrach Max ihre Gedanken. Seine Stimme hörte sich einen Tick zu weich an. Er machte sich Sorgen, das konnte Laura regelrecht riechen.

»Er ist Brötchen holen«, erwiderte sie kurz angebunden und fegte die Treppe hinunter. Sie brauchte jetzt weder Zuspruch noch Mitleid. Offensichtlich hatte sie ein Problem damit, Taylor zu vertrauen. Es spielte doch im Grunde keine Rolle, ob eine Kollegin, oder wer auch immer diese Frau war, ans Telefon ging. Sie hatte es garantiert nett gemeint.

Laura ignorierte Max' Blick, als sie vor Alfred Martens' Wohnungstür standen. Sie drückte so heftig auf die Klingel, dass ihr anschließend der Finger wehtat. Es dauerte nicht lange und sie hörte, wie sich Schritte näherten. Die Tür öffnete sich und ein mürrisch dreinblickender Mann schaute sie an.

»Kann ich helfen?«, fragte er und musterte Laura von Kopf bis Fuß.

»Ich bin Laura Kern vom Landeskriminalamt und das ist mein Partner Max Hartung. Wir haben ein paar Fragen zu Jana Lubitz. Dürfen wir kurz reinkommen?«

Alfred Martens trat zur Seite.

»Ich kann Ihnen nicht sagen, wo sie ...«, murmelte er, bevor Laura ihm die Sachlage erklärt hatte. »Frau Kullnick von oben hat mich schon nach ihr gefragt. Die Verrückte hat mir sogar vorgeworfen, dass ich sie vertrieben hätte. Angeblich ist sie zurück zu ihrer Mutter gezogen.« Er verdrehte die Augen und deutete auf zwei Sessel, damit Laura und Max Platz nahmen.

»Sie müssen wissen, dass Frau Kullnick über alles in diesem Haus Bescheid weiß. Keine Fliege kann hier herumschwirren, ohne dass sie es mitkriegt.« Er setzte sich steif auf einen Stuhl, wobei er sich das rechte Knie rieb.

»Die alten Knochen machen nicht mehr richtig mit«, erklärte er mit schmerzverzerrter Miene. »Ich hatte vor sechs Wochen eine Knie-Operation und bisher hat sich nicht wirklich etwas verbessert. Mein Arzt hat mir geraten, täglich Treppen zu steigen. Seitdem laufe ich, sooft es geht, hoch und runter, manchmal sogar bis ganz nach oben ins Dachgeschoss. Aber die Schmerzen sind immer noch da.«

Laura stöhnte innerlich auf und fragte sich, ob Annegret Kullnick tatsächlich nichts von der Knie-Operation gewusst hatte, wo sie doch sonst alles mitbekam. Alfred Martens war in seinem Zustand sicherlich nicht in der Lage, jemanden zu überwältigen.

»Wann haben Sie Jana Lubitz zuletzt gesehen?«, wollte sie wissen und hoffte, dass dieses Gespräch nicht ganz umsonst sein würde.

»Genau kann ich das nicht mehr sagen. Es ist bestimmt schon eine Woche her. Meist kommt sie von der Arbeit, wenn ich die Treppen laufe. Wir haben uns ein paarmal unterhalten. Sie ist sehr nett. Meinetwegen kann sie wiederkommen. Sie muss doch nicht bei ihrer Mutter wohnen.«

Laura sah Alfred Martens ernst an. »Wir ermitteln in einem Mordfall. Frau Lubitz wird leider nicht zurückkehren. Aber Sie könnten uns wertvolle Hinweise geben. Ist Ihnen irgendetwas aufgefallen? Hatte sie beispielsweise mit jemandem Streit?«

Alfred Martens antwortete nicht sofort. Er starrte Laura schockiert an. Auf einmal schien er um zehn Jahre gealtert zu sein. Er verzog das Gesicht und öffnete den Mund. Mehr als ein Seufzer kam allerdings nicht heraus.

»Es tut mir leid, dass wir Sie mit dieser Nachricht so überfallen haben«, schob Laura bedauernd hinterher. Sofern dieser Mann kein brillanter Schauspieler war, hatte er mit dem Tod von Jana Lubitz jedenfalls nichts zu tun.

»Ich kann es Ihnen wirklich nicht genau sagen«, stöhnte Alfred Martens. »Ich bin schockiert.«

Laura legte ihre Visitenkarte vor ihm auf den Tisch. »Nehmen Sie sich ein wenig Zeit. Falls Ihnen etwas einfällt, egal wie unwichtig es erscheint, dann rufen Sie mich bitte an.«

Alfred Martens nickte und geleitete sie schweigend zur Wohnungstür. Als Laura mit Max wieder im Treppenhaus stand, beschlossen sie, Jana Lubitz' Mutter aufzusuchen. Es war merkwürdig, dass den Nachbarn im Haus das Verschwinden der jungen Frau aufgefallen war, aber die Angehörigen keine Vermisstenanzeige gestellt hatten.

»Was hältst du von diesem Martens?«, fragte Max, als sie im Dienstwagen saßen und sich durch die verstopften Straßen Berlins quälten.

»Er ist höchstens ein Zeuge. Ich glaube, die Nachbarin hat mächtig übertrieben. Mit dem kaputten Knie kommt er keine hundert Meter weit.«

Max steuerte den Wagen durch Pankow und sie hielten ungefähr zehn Minuten später vor einem schmalen Reihenhaus an. Ein Polo parkte auf dem Stellplatz, der Laura unwillkürlich an das Auto von Jana Lubitz erinnerte. Die Sonne näherte sich dem Zenit. Lauras Magen knurrte, und für den Bruchteil einer Sekunde musste sie an Taylor denken und daran, dass er Brötchen für diese Frau besorgt hatte. Max ging voraus und betätigte die Klingel. Eine Frau um die sechzig mit rot geweinten Augen öffnete und sah sie fragend an.

»Guten Tag, mein Name ist Max Hartung vom

Landeskriminalamt und das ist meine Partnerin Laura Kern. Wir ermitteln im Fall Ihrer Tochter.« Max stockte kurz und fuhr dann fort: »Es tut uns wirklich sehr leid, was passiert ist. Wir hoffen, Sie können uns helfen, den Mörder Ihrer Tochter so schnell wie möglich zu finden.«

Laura sah den Schmerz in den Augen von Jana Lubitz' Mutter, aber auch die Fassung, die sie inzwischen wiedererlangt hatte. Laura war heilfroh, dass die Kollegen von der Streifenpolizei ihr die schlechte Nachricht vom Tod ihrer Tochter bereits überbracht hatten. Ein Seelsorger kümmerte sich zusätzlich um die trauernde Frau.

Renate Lubitz winkte sie wortlos herein. Als sie im Wohnzimmer Platz genommen hatten, wischte sie sich eilig ein paar Tränen aus den Augenwinkeln.

»Wie kann ich Ihnen helfen?«, fragte sie mit belegter Stimme und stopfte das Taschentuch zurück in die Hosentasche.

»Zunächst möchten wir wissen, ob Ihnen vor dem Verschwinden Ihrer Tochter irgendetwas merkwürdig vorkam. Hatte sie einen Streit oder Probleme?«

Renate Lubitz schüttelte traurig den Kopf. »Mein Mädchen war beliebt. Die jungen Anwälte aus ihrer Kanzlei umschwärmten sie. Sie hatte sich in einen von ihnen verguckt. Nächste Woche wollte sie ihn mir vorstellen. Ich ...« Renate Lubitz' Stimme brach. Sie zog das Taschentuch wieder heraus und tupfte sich das Gesicht ab. »Ich habe keine Erklärung. Es gibt niemanden, dem ich das zutrauen würde. Selbst diesem Widerling Marcus Thalmann nicht.«

Laura horchte auf. »Sie meinen den ehemaligen Vermieter, richtig?«

Als Renate Lubitz nickte, fragte Laura weiter: »Hatte Ihre Tochter Schwierigkeiten mit ihm?«

»Das kann man wohl sagen. Tut mir leid, dass ich mich derartig ausdrücke, aber dieser Kerl ist penetrant und widerwärtig. Er hat Jana nur dort wohnen lassen, damit sie sich auf ihn einlässt. Ich habe es gleich geahnt, doch Jana wollte nicht auf mich hören. Wer vermietet denn eine große Wohnung in einer solchen Lage zu so einem niedrigen Preis? Sie hat bloß die Hälfte der üblichen Miete gezahlt. Es war klar, dass das nicht mit rechten Dingen zugeht.«

»Können Sie uns sagen, was genau zwischen Ihrer Tochter und Herrn Thalmann vorgefallen ist?«, wollte Max wissen.

»Jana ist vor sieben oder acht Monaten eingezogen. Wie gesagt, sie war total stolz auf die Wohnung. Herr Thalmann war anfangs sehr nett. Er hat ihr beim Einzug geholfen. Lampen und ein paar Bilder angebracht. Ein Fenster schloss nicht richtig und er hat es selbst repariert. Doch dann wollte er sie zum Essen einladen. Als sie ablehnte, rief er sie mehrfach am Tag an und versuchte sie zu überreden. Schließlich kreuzte er abends unangekündigt vor ihrer Tür auf. Irgendwann fiel ihr auf, dass Dinge in der Wohnung verändert waren. Jana hat Thalmann darauf angesprochen und gefragt, ob er einen Zweitschlüssel besäße. Er hat es abgestritten, aber sie war sich sicher, dass er in ihrer Privatsphäre herumschnüffelte.« Renate Lubitz unterdrückte ein Schluchzen. »Ich hab ihr gesagt, sie muss wieder ausziehen, weil es sonst mit dem Kerl kein gutes Ende nehmen würde. Doch sie wollte nicht. Erst als sie die Wanze entdeckt hat, ging bei ihr die Alarmglocke an. Sie hat ganz schnell eine Nachmieterin gesucht und ist vor vier Wochen ausgezogen.« Sie holte tief Luft und sah Laura durchdringend an. »Glauben Sie, dass dieser Thalmann meine Tochter auf dem Gewissen hat?«

Laura zuckte mit der Schulter. »Wir stehen noch am Anfang der Ermittlungen. Ausschließen können wir im Moment allerdings nichts. Hat Ihre Tochter denn die Wanze nicht beseitigt?«

»Doch. Natürlich. Sie war im Schlafzimmer versteckt. Sie hat das Ding sofort entsorgt.«

Laura nickte. Entweder gab es zwei Wanzen im Schlafzimmer und Jana Lubitz hatte eine davon übersehen oder irgendjemand hatte die entfernte Wanze ersetzt. Sie reichte Renate Lubitz ein Foto von Svenja Pfeiffer, der Toten vom Tegeler See.

»Kennen Sie diese Frau?«

Renate Lubitz betrachtete das Bild ausgiebig.

»Nein«, erwiderte sie nach einer Weile. »Ich habe sie noch nie gesehen.«

Laura versuchte es mit einem Foto von Steven Kartal, doch auch ihn kannte Renate Lubitz nicht.

»Ihre Tochter trägt ein Schlangentattoo am Knöchel. Wissen Sie, wo sie das anfertigen ließ?«

Abermals schüttelte Renate Lubitz den Kopf. »Ich wollte nicht, dass sie so einen Blödsinn macht. Es ist bestimmt schon ein halbes Jahr her, als sie plötzlich damit ankam.«

Max schlug eine neue Seite in seinem Notizbuch

auf. »Warum haben Sie eigentlich nicht die Polizei gerufen, als der Vermieter anfing, Ihre Tochter zu verfolgen?«

»Sie wollte es nicht. Sie liebte diese verfluchte Wohnung und hat sich eingeredet, dass sie nur ein klärendes Gespräch mit ihm führen müsste. Sie hat bis zuletzt gehofft, dass er sie in Ruhe lässt. Erst als Jana die Wanze fand, wurde ihr klar, dass der Kerl völlig krank ist.«

»Und warum hat sie ihn nicht angezeigt, nachdem sie ausgezogen war?«

Renate Lubitz dachte einen Moment nach. »Ich glaube, es war ihr nicht mehr wichtig. Er hat sie seitdem nie wieder belästigt. Damit hatte sich die Angelegenheit für sie erledigt.«

»Verstehe«, erwiderte Laura und runzelte nachdenklich die Stirn. »Ich habe noch eine Frage an Sie. Wann ist Ihnen eigentlich aufgefallen, dass Ihre Tochter verschwunden ist? Sie hatten doch eine sehr enge Beziehung zueinander. Wir haben uns gewundert, dass Sie Jana nicht als vermisst gemeldet haben.«

»Das begreife ich nicht ganz.« Renate Lubitz blickte sie unsicher an. »Was meinen Sie denn mit verschwunden? Sie hat mir, am Tag bevor sie tot gefunden wurde, noch eine Nachricht geschrieben. Es ginge ihr gut und sie wolle bald bei mir vorbeischauen. Sehen Sie hier.« Sie erhob sich, holte ihr Handy aus dem Flur und zeigte Laura die Textnachricht.

»Darf ich das abfotografieren und Ihr Telefon unserer Technikabteilung übergeben? Sie bekommen es auch rasch wieder zurück. Wenn Sie möchten, erhalten

Sie in der Zwischenzeit ein Leihgerät.« Laura wurde flau im Magen. Jetzt verstand sie, warum keine nahen Verwandten die Frauen vermisst hatten. Der Täter hatte vom Handy seiner Opfer aus Nachrichten verschickt, damit niemand ihm so schnell auf die Schliche kam. Verdammt, dieser Mistkerl war tatsächlich ungewöhnlich raffiniert. Sie hatten zwar versucht, die Handys zu orten, doch sie waren ausgeschaltet. Vielleicht konnte Simon Fischer trotzdem herausfinden, wo die Handys zuletzt ins Netz eingeloggt waren. Womöglich hätten sie dann eine Spur zu ihm. Laura scrollte durch die Nachrichten, die Jana Lubitz angeblich in der letzten Woche geschrieben hatte, als sie längst tot im Kofferraum ihres Polos lag. Fast jeden Tag hatte sich der Täter gemeldet.

»Haben Sie sich immer täglich ausgetauscht?«

Renate Lubitz nickte. Das hatte Laura sich gedacht, der Täter überließ auch wirklich nichts dem Zufall.

»Haben Sie eigentlich mitbekommen, dass das Auto Ihrer Tochter vor zwei Wochen gestohlen wurde?«

»Und ob. Das war ein großer Schock. Jana musste plötzlich mit der Bahn fahren und das mochte sie überhaupt nicht. Sie war ein wenig klaustrophobisch. Die vollen Bahnen haben ihr Angst gemacht.«

Laura warf Max einen Blick zu. Der verzog die Mundwinkel. Was für ein brutaler Sadist, dachte Laura. Bestimmt wusste der Täter von Jana Lubitz' Problemen und hatte sie deshalb in den Kofferraum gequetscht.

»Wir danken Ihnen sehr für Ihre Zeit«, sagte Laura und erhob sich. »Rufen Sie mich jederzeit an, auch wenn Sie einfach nur etwas loswerden möchten.«

18

Er konnte kaum atmen, so unglaublich wütend war er. Der Zorn schnürte ihm regelrecht den Brustkorb zu. Wie hatte dieses kleine Biest es bloß aus dem Wagen geschafft? Ihm war nicht klar gewesen, dass sie die Fensterscheibe herunterfahren konnte, obwohl die Türen kindersicher verriegelt waren. Verdammt. Das hätte nicht passieren dürfen. Die Kleine kannte sein Gesicht. Sie hatte ihn oft genug durch den Rückspiegel angesehen, um es nie wieder zu vergessen. Niemand war ihm bisher auf die Schliche gekommen und so sollte es verflucht noch mal auch bleiben. Er hatte sich jahrelang auf diesen Moment vorbereitet und nun machte eine Achtjährige ihm einen Strich durch die Rechnung. Es war schon falsch gewesen, sie an der Ampel in seinen Wagen zu zerren. Von wegen günstige Gelegenheit. Er hatte sich von seinem Jagdinstinkt leiten lassen und dabei den Verstand ausgeschaltet. Verdammt, das Mädchen hatte völlig unschuldig gewirkt und dazu noch so brav, dass er glatt darauf hereingefallen war. Er schüttelte heftig den Kopf und schlug mit der Faust auf das Lenkrad. Er hätte es besser wissen müssen, es war schließlich nicht das erste Mal, dass ihm so etwas passierte. Dieses Mal allerdings würde er es nicht auf sich beruhen lassen. Die Kleine würde dafür bezahlen. Sie und ihre dämliche Mutter. Er parkte hinter dem Haus neben dem Taxi und stellte den Motor ab. Vor seinem inneren Auge lief zum hundertsten Male dieselbe Szene ab. Er stand an der Zapfsäule, zufrieden und völlig ahnungslos. Statt auf das Mädchen zu achten, starrte er Löcher in den blauen Sommerhimmel und genoss die Vorfreude auf all die Dinge, die er mit Luna anstellen würde. Plötzlich nahm er eine Bewegung aus dem Augenwinkel wahr. Er ging – immer noch nichts ahnend – um das Auto herum. Irgendjemand rannte durch das Grün hinter der Tankstelle. Er sah kaum etwas und achtete nicht darauf, bis er das offene Fenster erblickte. Und die leere Rücksitzbank. Das Herz blieb ihm vor Schreck stehen. Er wandte sich um und starrte in das Dickicht.

Dann hetzte er los. Er musste das Mädchen einfangen. So schnell er konnte, rannte er den flachen Hügel hinab bis zu einem Zaun, der eine Kleingartenanlage umgrenzte. Sofort verbarg er sich hinter einer Hecke und folgte Luna, die höchstens fünfzig Meter entfernt vor ihm herlief. Er spürte ein überwältigendes Gefühl von Macht. Er hatte sie. Sie wusste es bloß nicht. Wie eine Katze schlich er seiner Beute hinterher. Er wollte sie noch ein bisschen in Sicherheit wiegen. Es machte ihm Spaß, ihre Angst zu riechen und die Verzweiflung in ihren kleinen hektischen Bewegungen zu sehen. Sie erinnerte ihn an ein Rehkitz, das mit tollpatschigen Schritten einem Wolf zu entkommen versuchte. Er lauerte auf den richtigen Moment und wollte sie vor dem Eingangstor der Anlage packen. Doch plötzlich tauchte ein Mann aus dem Nichts auf.

Ihm war nichts anderes übrig geblieben, als untätig mit anzusehen, wie dieser Kerl das Kind mit sich nahm. Er überlegte ernsthaft, diesem Arschloch den Garaus zu machen. Schließlich vergriff er sich an seiner Beute. Doch der Typ wirkte ziemlich durchtrainiert. Er hatte die verbeulte Nase eines Boxers und maß locker eins neunzig. Es war einfach zu riskant. Außerdem konnte er nicht mit einem blauen Auge zur Arbeit erscheinen. Das hätte Gerede gegeben. Zerknirscht hatte er beschlossen, das Weite zu suchen.

Abermals schlug er mit der Faust aufs Lenkrad und stieg aus. Die Sache war halb so schlimm, solange er nur ruhig blieb. Jetzt bloß nicht die Nerven verlieren. Er wusste schließlich, wo die Kleine mit ihrer Mutter wohnte. Er konnte seinen Fehler jederzeit korrigieren. Er atmete tief ein und aus. Das beklemmende Gefühl im Brustkorb wollte jedoch nicht weichen. Was, wenn Luna ihrer Mutter von ihm erzählte und sie die Polizei rufen würden? Die Wut schwappte in ihm hoch wie heiße Lava. Er ballte die Fäuste und ging ins Haus. Statt sich oben zu waschen, stieg er in den Keller hinab. Er musste sich abreagieren. Jetzt. Und außerdem brauchte er dringend ein Erfolgserlebnis. Was konnte da im Augenblick schöner sein als ein kleines Gespräch mit einer fügsamen Dame? Einer, nach der er eine halbe Ewigkeit gesucht hatte. Eigentlich war es noch zu früh, andererseits würde er für Luna und ihre Mutter Platz brauchen. Nichts hasste er mehr als Frauen, die sich zusammentaten und am Ende gegen ihn verbündeten. Er marschierte durch den dunklen Kellergang und stieß die Tür zum Verlies auf.

Die Frau, die er an der Wand festgebunden hatte, wimmerte. Er genoss es. Endlich hatte sie ihre Arroganz verloren. Was für eine blöde Kuh, hielt sich für was Besseres, nur weil sie zu einem Vorstellungsgespräch eingeladen worden war. Er würde ihr gleich zeigen, dass sie überhaupt nichts Besonderes war. Nicht mal für ihn, denn er hatte es sich anderes überlegt. Er würde sie nicht behalten.

»Steh auf«, befahl er und schaltete das Licht ein.

Ihr Anblick ließ ihn innehalten. Die Frau hockte auf der Matratze wie ein Häufchen Unglück. Von einem Augenblick zum anderen hatte er seine Wut vergessen.

»Du brauchst doch keine Angst zu haben«, säuselte er und ging vor ihr auf die Knie. Sanft griff er ihr Kinn und hielt ihren Kopf höher, damit sie ihm in die Augen sehen musste. Ein winziger Funke glomm darin, erlosch jedoch sofort.

»Bitte, lassen Sie mich gehen. Ich werde kein Sterbenswörtchen verraten. Wirklich nicht.«

Er konnte sich ein Lächeln nicht verkneifen. Er liebte es, wenn sie unterwürfig wurden. In diesem Augenblick meinte sie jedes Wort ernst. Er glaubte ihr. Doch er wusste auch, dass sie ihre Meinung ändern würde, sobald er sie tatsächlich laufen ließ. Er schwieg und genoss ihre Angst für den Moment.

»Bitte«, flüsterte sie abermals.

Er schüttelte ganz langsam den Kopf.

»Es geht leider nicht«, erklärte er ihr wie einem Kind, das gerade erst in die Schule gekommen war. »Du musst eine Botschaft für mich überbringen!«

19

Laura und Max blickten in die Runde, wobei Laura versuchte, sich die Müdigkeit nicht anmerken zu lassen. Sie hatte den Abend zuvor mit Taylor beim Chinesen verbracht. Es war spät geworden, sehr spät. Anschließend waren sie in ihrer Wohnung gelandet. Noch immer spürte sie Taylors Berührungen und die Zärtlichkeit, mit der er sie geliebt hatte. Es war eine unglaublich schöne Nacht gewesen. Laura wollte die Harmonie nicht zerstören, und so hatte sie Taylor nicht auf die Frau angesprochen, die an sein Handy gegangen war. Inzwischen hatte sie die Sache abgehakt. Es gab keinen Grund, sich Sorgen zu machen oder eifersüchtig zu sein. Nicht nach einer solchen Nacht.

Sie sah Dennis Struck an und winkte ihn nach vorn ans Whiteboard.

»Was haben Sie über den Vermieter der Wohnung herausgefunden?«

Dennis Struck zog den Bauch ein und kämpfte sich

durch die engen Stuhlreihen des Besprechungsraumes zu ihnen. Laura und Max hatten gleich für den Morgen eine Einsatzbesprechung einberufen. Sie mussten ihre Erkenntnisse austauschen, damit sie den Täter besser einkreisen konnten. Insgesamt waren zehn Kollegen anwesend, aufgeteilt in drei Teams. Eines davon leitete Dennis Struck.

»Wir haben sämtliche Nachbarn befragt, sogar jene, die vor ein paar Monaten ausgezogen sind. Vor Svenja Pfeiffer wohnte Jana Lubitz in derselben Wohnung und vor ihr mindestens vier weitere Frauen, die meist nach einem halben Jahr wieder weggezogen sind.« Er befestigte Fotos mit Magneten am Board und fuhr fort: »Alle Mieterinnen von Marcus Thalmann sind ungefähr im selben Alter, höchstens fünfunddreißig, blond und gut aussehend. Er scheint also grundsätzlich denselben Frauentyp vorzuziehen. Die Miete soll übrigens sehr günstig gewesen sein, und der Nachbar auf derselben Etage hat berichtet, dass Thalmann ziemlich oft dort aufgetaucht ist. Ich gehe davon aus, dass er die Frauen belästigt hat, bis sie das Weite gesucht haben.«

Laura nickte anerkennend. Dennis Strucks Ausführungen bestätigten ihre Vermutung.

»Haben Sie die bekannten Vormieterinnen überprüft? Ich meine, geht es diesen Frauen gut?«

Dennis Struck sah Laura mit großen Augen an. »Du liebe Güte, nein, noch nicht. Ich habe mich ehrlich gesagt auf Marcus Thalmann konzentriert.«

»In Ordnung. Das sollten wir nachholen. Gibt es neue Erkenntnisse, was die Wohnungen unserer Opfer angeht? Hat die Spurensicherung noch etwas gefunden?«

Dennis Struck schüttelte den Kopf. »Bisher nichts von Relevanz, keine Einbruchsspuren oder Blutspritzer, die auf Gewalt hindeuten könnten. Der Wanzendetektor lag übrigens auf dem Schrank im Schlafzimmer. Mir ist aber eine andere Sache aufgefallen. Jana Lubitz und Svenja Pfeiffer haben dasselbe Umzugsunternehmen beauftragt. Für die vorherigen Mieterinnen müsste ich das erst prüfen. Ich habe hier eine Liste der Mitarbeiter, die bei den Umzügen geholfen haben. Drei Männer waren immer dabei. Die Firma hat mir erklärt, dass sie ihre Angestellten nach dem jeweiligen Gebiet einteilt. Das hat also nichts zu heißen. Ich habe jedoch einen Mann in unserer Datenbank aufgestöbert. Er stand vor einiger Zeit wegen Körperverletzung vor Gericht und ist zu einer Bewährungsstrafe verurteilt worden. Er hat sich an einer Kneipenschlägerei beteiligt.«

»Interessant«, sagte Laura und überflog die Aufstellung von Dennis Struck. »Wir sollten Torsten Schlegel einen Besuch abstatten.«

Als Nächstes trat Martina Flemming vor. Die blasse, dünne Frau kam mühelos durch die Stuhlreihen. Sie stellte sich zwischen Laura und Max.

»Wir haben das Umfeld von Svenja Pfeiffer untersucht. Die Eltern sind vor ein paar Jahren verstorben. Ihre Schwester hat regelmäßig Nachrichten auf ihr Handy bekommen, obwohl Svenja Pfeiffer zu dieser Zeit bereits entführt beziehungsweise tot war. Ich habe unseren Kommunikationsspezialisten gebeten, sich das genauer anzuschauen. Die Mitteilungen wurden aus unmittelbarer Nähe von oder sogar aus ihrer Wohnung versendet.« Sie blickte zu Laura. »Übrigens gilt das ebenfalls für die Nachrichten an Jana Lubitz' Mutter.«

Laura drehte sich zum Whiteboard um und kreiste Marcus Thalmanns Namen ein.

»Der Vermieter hat vermutlich jederzeit Zugang zu dieser Wohnung. Die Mutter von Jana Lubitz glaubt, dass er einen Zweitschlüssel besitzt.« Lauras Blick schweifte zu Dennis Struck. »Haben wir heute einen Termin mit ihm?«

»Ja, er sollte in einer halben Stunde hier eintreffen.«

»Danke«, sagte Laura und dachte nach. »Die beiden Opfer haben in derselben Wohnung gelebt, ob es darüber hinaus eine Verbindung zwischen ihnen gibt, ist noch unbekannt. Dasselbe gilt für Steven Kartal. Wir wissen, dass er der Ex-Freund von Svenja Pfeiffer ist, jedoch nicht, ob er auch Jana Lubitz kannte. Konnten Sie hierzu etwas herausfinden?«

Martina Flemming nickte eifrig. »Ich habe mich bei sämtlichen Facebook-Freunden umgehört. Es sieht so aus, als ob die beiden Frauen nicht befreundet gewesen wären oder beruflich miteinander zu tun hätten. Jana Lubitz arbeitete als Sekretärin bei einem Anwalt und Svenja Pfeiffer war Kellnerin in einer Bar. Das sind ziemlich unterschiedliche Sphären. Was Steven Kartal angeht, wäre es allerdings gut möglich, dass er Jana Lubitz im Tattoostudio begegnet ist. Wir haben einen Kalendereintrag auf ihrem Laptop entdeckt. Sie war vor ungefähr sechs Monaten dort.«

»Das stimmt mit der Aussage der Mutter überein«, bestätigte Max und rieb sich das Kinn. »Auf Facebook hatte Svenja Pfeiffer ihren Beziehungsstatus noch nicht aktualisiert. Ist sie wirklich Steven Kartals Ex-Freundin oder waren die beiden bis zu ihrem Tod zusammen?«

Martina Flemming blätterte durch ihre Notizen. »Ihre Schwester hat von der Trennung erzählt und davon, dass Steven Kartal nicht glücklich darüber war und bis vor Kurzem noch versucht hat, Svenja Pfeiffer zur Rückkehr zu bewegen. Warum sie das auf Facebook nicht eingetragen hat, kann ich leider nicht sagen.«

»Steven Kartal ist immer noch nicht wieder aufgetaucht«, vermeldete Peter Meyer. »Die Kollegen der Streifenpolizei wissen Bescheid und achten bei sämtlichen Kontrollen auf ihn.«

»Hoffen wir, dass wir ihn rechtzeitig schnappen«, erwiderte Laura. »Er hat, was Svenja Pfeiffer angeht, ein Motiv. Außerdem ist er auf der Flucht. Konzentrieren wir uns also auf ihn und versuchen herauszufinden, ob er Jana Lubitz kennt. Sie ist schließlich derselbe Typ Frau. Es wäre nicht verwunderlich, wenn er versucht hätte, mit ihr zu flirten. Seine Schwester kann sicherlich Auskunft geben, denn auf andere Frauen scheint sie stets ein Auge zu haben.«

Laura sah Simon Fischer an. »Wie weit sind die Videoauswertungen vorangeschritten?«

Simon stieß einen lauten Seufzer aus. »Ich habe Jana Lubitz an der Bahnstation ausmachen können. Seit sie ohne Auto war, ist sie jeden Morgen pünktlich um fünf nach acht in die Bahn gestiegen und in ihre Anwaltskanzlei gefahren. Man könnte auch sagen, die Frau tickte wie ein Uhrwerk. Wenn der Täter sie beobachtet hat, war es nicht besonders schwer, ihren Tagesablauf auswendig zu lernen. Bisher konnte ich allerdings auf den Überwachungsaufnahmen niemanden erkennen, der ihr gefolgt ist. Auch bei Svenja Pfeiffer gestaltet sich die Lage schwierig, auf Aufnahmen in der Nähe ihrer Wohnung oder der Bar, wo sie gearbeitet hat, taucht sie nicht auf. Das kann natürlich daran liegen, dass sie mit dem Fahrrad unterwegs war. Ich konnte das Passwort ihres Laptops knacken, eine Kommunikation mit dem Täter hat es jedoch nicht gegeben. Dasselbe gilt für Jana Lubitz. Ich bleibe aber dran, das Material ist noch nicht vollständig ausgewertet.«

»Danke«, sagte Laura und warf einen Blick auf die Uhr. Der Vermieter Marcus Thalmann musste jeden Augenblick eintreffen. Sie beendete die Einsatzbesprechung und wartete, bis alle außer Max den Raum verlassen hatten.

»Ich bin auf Thalmann gespannt«, raunte sie ihm zu, während sie ihre Sachen zusammenpackte. »Der Kerl scheint auf alle Fälle eine Schwäche für Blondinen zu haben.«

Max starrte sie an und grinste. »Ist ja praktisch, dass du auch eine bist. Vielleicht bringst du ihn dazu, Dinge zu verraten, die er lieber für sich behalten würde.«

Laura knuffte Max in die Seite. »Der wird mich gleich kennenlernen«, scherzte sie und formte die Lippen zu einem Kussmund.

Max wurde plötzlich merkwürdig ernst. »Ich muss dir was erzählen.«

Laura stöhnte. Sie sah in seinen Augen, worum es ging: Taylor.

»Hör zu, die Zeit ist knapp. Wir sollten diesen

Vermieter nicht warten lassen«, wiegelte sie ab. Sie hatte im Moment wirklich keine Nerven für dieses Thema. Außerdem trug sie immer noch das prickelnde Gefühl der letzten Nacht in sich und sie wollte es nicht durch etwas Negatives austauschen. Max würde Taylor nie akzeptieren, selbst nicht, wenn er ein Heiliger wäre.

»Es ist wegen Taylor«, rief Max ihr hinterher, während sie schon den Flur entlang hetzte.

»Bitte. Nicht jetzt«, entgegnete sie in einem Tonfall, der Max sofort verstummen ließ.

Laura stieß die Tür zum Verhörraum auf. Zu ihrem Erstaunen saß Marcus Thalmann bereits auf einem Stuhl. Er sah genauso aus wie auf dem Polizeifoto. Obwohl er versuchte zu lächeln, als sie hineinging, umspielte ein strenger Zug seinen Mund.

»Freut mich sehr, Sie kennenzulernen, Frau Kern«, sagte er mit einer butterweichen Stimme, die nicht zu seinen kantigen Gesichtszügen und dem kalten Blick seiner Augen passte. Er musterte Laura von Kopf bis Fuß.

Für den Bruchteil einer Sekunde fühlte sie sich fast nackt. Sie streifte dieses Gefühl hastig ab und gab Thalmann die Hand. Seine Berührung war kühl und fest. Er hielt ihre Hand ein wenig länger als nötig und wandte sich dann abrupt Max zu, um ihn zu grüßen.

»Wir haben ein paar Fragen an Sie«, begann Laura, während sie auf der anderen Seite des Tisches Platz nahm. »Ihre Mieterin Svenja Pfeiffer ist tot aufgefunden worden. Wir ermitteln in diesem Mordfall.«

Laura verzichtete vorerst darauf, auch den Tod der Vormieterin Jana Lubitz zu erwähnen. Vielleicht verstrickte sich Thalmann in Widersprüche, wenn sie ihm nicht alle Fakten sofort auf dem Silbertablett präsentierte. Marcus Thalmann setzte sich wieder. Er schlug ein Bein über das andere und faltete die Hände vor sich auf dem Tisch.

»Das ist eine ganz schreckliche Geschichte«, begann er, wobei er sich anhörte, als besprächen sie irgendetwas Geschäftliches. »Svenja Pfeiffer ist gerade erst vor vier Wochen eingezogen. Ich habe ihr ein bisschen geholfen, die Lampen angebracht und ein neues Türschloss installiert. Sie war eine außergewöhnlich nette Frau. Es ist einfach grauenvoll.« Er sah Laura tief in die Augen. »Ein Nachbar hat mir erzählt, dass sie nicht in der Wohnung gestorben ist.«

»Dazu können wir derzeit nichts sagen«, erwiderte Laura. »Wann haben Sie Svenja Pfeiffer zum letzten Mal gesehen oder gesprochen?«

»Lassen Sie mich nachdenken.« Thalmann richtete sich kerzengerade auf und strich sich durch das dunkle Haar. »Das war vor zwei Wochen. Sie rief mich an, weil das Fenster im Schlafzimmer klemmte. Ich bin kurz vorbei und habe es repariert. Das ist für mich kein Problem, da ich nur ein paar Straßen entfernt wohne.«

Wie praktisch, dachte Laura und fragte sich, ob er bei dieser Gelegenheit auch die Wanze im Schlafzimmer platziert hatte.

»Kam Ihnen Frau Pfeiffer an dem Tag irgendwie anders vor? Traurig oder nervös?«

Marcus Thalmann schüttelte den Kopf. »Nein, ganz bestimmt nicht. Sie war immer gut gelaunt. Ich habe das Fenster in Ordnung gebracht und anschließend haben wir einen Kaffee getrunken. Sie hat nicht den Eindruck erweckt, als hätte sie irgendwelche Probleme.«

»Können Sie uns sagen, was Sie vor fünf Tagen gemacht haben?«, fragte Laura und schlug ihr Notizbuch auf.

Marcus Thalmann hob überrascht die Augenbrauen. »Vor fünf Tagen? Das weiß ich nicht mehr genau. Vermutlich habe ich gearbeitet … ja … ich war im Büro, wie jeden Tag.«

»Kann das jemand bezeugen?«

»Meine Sekretärin. Ich kann Ihnen die Nummer aufschreiben. Rufen Sie sie an.« Thalmann ließ sich von Laura den Stift geben und schrieb die Kontaktdaten auf.

»Und was haben Sie nach der Arbeit getan?«

»Ich bin nach Hause gefahren.«

»Kann das jemand bezeugen?«

»Nein. Ich lebe alleine. Womöglich hat mich ein Nachbar gesehen.«

Laura schwieg und machte sich eine Notiz. Thalmann rutschte unruhig auf seinem Stuhl herum. Nach ein paar Sekunden veränderte er seine Sitzposition erneut, indem er die Beine wieder nebeneinander aufstellte.

»Was war vor sechs Tagen? Das war Sonntag.« Laura erhöhte systematisch den Druck. Wenn Thalmann etwas zu verbergen hatte, würde er gleich auf einen Anwalt verweisen. Der Mann arbeitete bei einer Versicherung, da ging er bestimmt kein Risiko ein.

»Also Sie stellen mir Fragen. Wissen Sie noch so genau, was Sie am Sonntag getan haben? Ich war zu

Hause und habe auf der Terrasse gelesen. Die Sonne schien herrlich, daran erinnere ich mich.«

»Und sonst?« Jetzt mischte Max sich ein. »Sie haben sicherlich nicht den ganzen Tag mit einem Buch verbracht?«

Thalmann wischte sich über die Stirn. »Hören Sie, ich bekomme immer mehr das Gefühl, dass ich hier verhört werde. Ist das überhaupt rechtens?«

Laura nickte. »Natürlich. Wir befragen Sie in einem Mordfall. Das ist kein Verhör, sondern Teil unserer Ermittlungen. Wir wollen alles über das Opfer herausfinden und dafür benötigen wir Ihre Hilfe. Falls Sie lieber einen Anwalt hinzuziehen möchten, werden wir Sie nicht davon abhalten.«

»Also gut«, lenkte Thalmann ein. »Ich war am Nachmittag joggen und den Abend habe ich vor dem Fernseher verbracht. Jetzt werden Sie mich nach Zeugen fragen, und ich muss leider sagen, dass es keine gibt. Kann sein, dass mich jemand gesehen hat. Ich weiß es jedoch nicht.«

»Okay. Danke für die Auskunft«, sagte Max versöhnlich.

Zwischen Laura und ihm war es ausgemachte Sache, dass sie den Druck aufbaute und Max die helfende Hand reichte.

»Kommen wir zurück zu Svenja Pfeiffer«, sagte Laura. »Sie berichteten, vor zwei Wochen wäre sie gut gelaunt gewesen. Hat sie Ihnen denn etwas erzählt, was im Nachhinein merkwürdig erscheint?«

»Nein. Ich denke aber gerne drüber nach. Ich finde

es natürlich auch seltsam, dass zwei meiner Mieterinnen fast zur selben Zeit gestorben sind.«

Laura traute ihren Ohren nicht. Marcus Thalmann wusste also von Jana Lubitz' Tod.

»Von welcher Mieterin sprechen Sie?«, fragte sie, und sofort schnellten Thalmanns Augen zu ihr und fixierten sie eiskalt.

»Jana Lubitz«, stieß er aus, wobei er kaum die Lippen auseinanderbrachte. »Sie hat vor Svenja Pfeiffer in der Wohnung gelebt. Ich hörte es von einem Bekannten.«

»Und wie heißt dieser Bekannte?«

Thalmann rollte mit den Augen. »Ehrlich gesagt möchte ich ihn nicht in Schwierigkeiten bringen.«

Max beugte sich über den Tisch. »Sie merken aber schon, dass Sie selbst langsam in Probleme geraten, oder?« Er lächelte freundlich. »Wenn ich Ihnen einen gut gemeinten Rat geben darf: Es ist immer besser, mit uns zu kooperieren. Sofern Sie nichts zu verbergen haben, kann Ihnen auch nichts passieren.«

Thalmann beugte sich nun ebenfalls vor und fixierte Max. »Ich garantiere Ihnen, dass mein Bekannter keiner Fliege etwas zuleide tun könnte.«

Max lehnte sich wieder zurück. »Prima, dann können Sie uns den Namen ja verraten. Früher oder später finden wir ihn sowieso heraus.«

Thalmann verschränkte die Arme vor der Brust und schwieg, den Blick starr auf die Tischplatte gerichtet. Nach einer Weile holte er hörbar Luft.

»In Ordnung, ich verstehe, dass Sie nur Ihren Job

machen. Zwei Frauen, die ich kannte, sind tot. Im Grunde genommen ehrt es Sie, dass Sie so hartnäckig sind. Mein Bekannter hat eine Umzugsfirma. Er hatte zufällig in der Nähe von Jana Lubitz' neuer Wohnung zu tun. Sie können sich ja vorstellen, dass sich ihr Tod wie ein Lauffeuer in der Nachbarschaft verbreitet hat. Er heißt Kai Fichtel.«

In Lauras Kopf ratterte es. Er wusste also nicht bloß von Jana Lubitz' Tod, sondern kannte offenbar auch ihre neue Adresse. Sie überlegte ernsthaft, Thalmann mit der Wanze zu konfrontieren. Allerdings würde sie ihm damit geheime Ermittlungsdetails verraten. Dafür war es noch zu früh. Bisher hatten sie kaum mehr als Indizien. Sie betrachtete Marcus Thalmann. Er wirkte sportlich und intelligent. Gute Voraussetzungen, um zwei Morde ohne jegliche Spuren zu begehen und dann auch noch die Verwandten mit gefälschten Nachrichten ruhigzustellen.

»Warum vermieten Sie diese Wohnung eigentlich so günstig?«, fragte Laura und achtete auf jede von Thalmanns Regungen.

Seine schwarzen Pupillen durchbohrten sie und lösten ein unangenehmes Gefühl in ihrer Bauchgegend aus. Laura ließ sich jedoch nicht aus der Ruhe bringen. Thalmann mochte sich für ein Alphamännchen halten, damit beeindruckte er sie allerdings nicht.

»Ich bin ein guter Mensch«, antwortete er mit seidenweicher Stimme. »Und ich habe eine Schwäche für Frauen, die es sich gerne schön machen wollen. Warum sollte ich ihnen nicht die Gelegenheit geben?«

»Jana Lubitz ist bereits nach kurzer Zeit wieder ausgezogen. Gab es dafür Gründe?«, fragte Max.

Endlich hörte Thalmann auf, Laura anzustarren. Er zuckte mit den Achseln.

»Das kann ich Ihnen leider nicht erklären. Es hat mich offen gestanden sehr gewundert, zumal sie sich deutlich verschlechtert hat.«

Ihre neue Wohnsituation kannte er also auch, stellte Laura fest.

»Besitzen Sie eigentlich noch weitere Wohnungen oder Immobilien?«

Marcus Thalmann setzte ein Grinsen auf und zwinkerte ihr zu. »Sie suchen eine neue Bleibe?« Er schüttelte den Kopf. »Scherz beiseite. Nein. Mir gehört nur diese Wohnung und das Haus, in dem ich lebe.«

»Zum Abschluss möchte ich Sie bitten, uns zu erzählen, ob Sie irgendeine Idee haben, warum ausgerechnet zwei Ihrer Mieterinnen sterben mussten?«

Das Grinsen verschwand aus Thalmanns Gesicht. »Wenn ich das wüsste, hätte ich mich längst bei Ihnen gemeldet.«

Laura erhob sich. »Danke«, sagte sie und ging zur Tür. »Wir melden uns bei Ihnen, und falls Sie zwischenzeitlich Informationen für uns haben, Sie wissen ja, wie Sie uns erreichen können.« Sie wartete, bis Marcus Thalmann an ihr vorbeigegangen war. Im Flur gab sie ihm die Hand und sah zu, wie er sich von Max verabschiedete und anschließend in Richtung Ausgang schritt. Sie machte den Mund auf, um Max nach seiner Meinung zu fragen.

Genau in diesem Augenblick öffneten sich die Fahrstuhltüren und Joachim Beckstein blickte sich nach beiden Seiten um.

»Hier sind Sie. Es gibt schlechte Neuigkeiten.« Er eilte zu ihnen. »Auf einer Wiese in der Nähe des Flughafens wurde eine Frau tot aufgefunden.«

Laura schaute Beckstein entsetzt an. Ihr Chef deutete mit dem Zeigefinger auf seine Gurgel.

»Um ihren Hals liegt ein Stacheldraht.«

20

Im Nachhinein bereute er seine Tat. Es war zu schnell gegangen. Das hatte sie nicht verdient. Er hätte seine Gefühle besser beherrschen müssen. Nur weil ihm dieses Mädchen entwischt war, durfte er nicht die Fassung verlieren. Die Kleine war schließlich nicht aus der Welt. Niemand entkam ihm. Früher oder später bekam er sie alle. Wenn er an sein leeres Haus dachte, fühlte er sich einsam. Es war viel schöner, nicht allein zu sein. Er hatte es komplett vermasselt. Seine Finger zuckten und er packte das Lenkrad fester. Er wollte umdrehen und Richtung Flughafen fahren. Sie noch einmal in den Arm nehmen, vielleicht um Verzeihung bitten und ein letztes Mal ihren Duft einatmen. Verdammt! In Zukunft durfte er sich nicht mehr zu solchen Taten hinreißen lassen. Er warf einen Blick in den Spiegel und tupfte sich ein paar Schweißperlen ab. Die Frau war ziemlich schwer gewesen. Er biss sich auf die Zunge, weil er sie in seinen Gedanken fast mit ihrem Namen angesprochen hätte. Melli. Er schüttelte sich und schlug wütend auf das Armaturenbrett. Diese Frau hatte keinen Namen. Er durfte ihr nicht zu nahekommen. Sie war tot. Ende. Aus.

Er schloss die Augen und versuchte sich zu beruhigen. Er würde nicht zum Flughafen zurückkehren. Das Herz polterte wie ein Dampfhammer in seiner Brust. Entspann dich, dachte er und kontrollierte seine Atemzüge. Er ballte die Hände zu Fäusten und öffnete sie nach einer Weile. Sein Puls beruhigte sich allmählich und sein Verstand setzte langsam wieder ein. Er hatte sich nicht hierher begeben, um mit seinen Fehlern zu hadern. Er war hier, weil er sie sehen musste. Ungefähr hundert Meter entfernt lief sie über den Bürgersteig. Entschlossen wie eh und je. Ihre Hüften wippten und die blonden Haare flatterten im Sommerwind. Er liebte sie. Das hatte er schon immer getan und eines Tages würde sie ihm gehören. Bis dahin hatte er allerdings noch einiges vorzubereiten. Er sah, wie sein Mädchen in einem Häuserblock verschwand, und seufzte sehnsüchtig. Wie lange wartete er bereits auf sie? Eine halbe Ewigkeit. Sie würde der krönende Abschluss seines Werkes werden. So viele Mädchen hatte er ausprobiert. Keine hatte am Ende seinen Ansprüchen genügt. Ihnen fehlten der Mut und das trotzige Glitzern in den Augen. Er spürte, wie Frustration und Wut abermals in ihm hochstiegen. Wieder ballte er die Fäuste und ließ dann locker. Er konnte sich nicht entspannen. Es funktionierte einfach nicht. Er schob den linken Ärmel hoch und betrachtete das schimmernde Metall, das sich an sein Handgelenk schmiegte.

Noch heute erinnerte er sich genau, wie es sich beim

ersten Mal angefühlt hatte. Seine Mutter rief ihn kurz vor dem Schlafengehen zu sich. Er ahnte schon angesichts ihrer Miene, dass ihn nichts Gutes erwartete. Seine kleine Schwester kuschelte neben ihr in einer warmen Decke. Sie grinste ihn mit diesem teuflischen Ausdruck an. Hektisch fragte er sich, was er falsch gemacht hatte. Aber es fiel ihm nichts ein. Er hatte Elisa nichts getan. Oder doch?

Vorsichtig näherte er sich. Seine Mutter hatte bereits die Fliegenklatsche ergriffen und tätschelte damit die Lehne des Sessels. Das leise Klatschen auf das spröde Leder war nur ein Vorgeschmack dessen, was kommen würde.

»Knie dich hin«, befahl sie, und er gehorchte, wobei er Elisa mit Blicken durchlöcherte.

Was hatte dieses kleine Biest wieder ausgeheckt? Sie war Mutters Liebling, und zwar seit der Stunde ihrer Empfängnis. Ihr Vater hatte sich kurz darauf aus dem Staub gemacht, doch das änderte nichts an der Bindung zwischen Elisa und Mutter. Seit ihrer Geburt war er zu einem Kind zweiter Klasse degradiert worden. Vielleicht traf es auch eher der Begriff Diener. Elisa schrie, und er hatte zu springen. Sie wollte sein Spielzeug, er musste es hergeben. Sie ließ etwas fallen, er trug die Schuld daran. Obwohl Elisa mit ihren langen blonden Locken aussah wie ein Engel, hasste er sie wie keinen anderen Menschen auf der Welt.

»Schlag das Buch auf«, forderte Mutter ihn auf und deutete auf einen lindgrünen Einband.

In diesem Augenblick wusste er, was Elisa getan hatte.

»Ich war das nicht«, sagte er und spürte gleichzeitig ein heißes Brennen auf der linken Wange.

Mutter hielt drohend die Fliegenklatsche hoch.

»Schlag es auf«, wiederholte sie kalt.

Er nahm das Buch und blätterte bis zur Hälfte. Eine eingerissene Seite kam zum Vorschein. Elisa hatte sie vor ein paar Tagen beschädigt. Sie hatte es mit voller Absicht getan, um ihn zu erpressen. Sie wusste, dass sie damit durchkommen würde. Er starrte sie wütend an und senkte den Blick auch dann nicht, als die Fliegenklatsche abermals auf seiner Wange landete.

»Entschuldige dich«, sagte seine Mutter, doch er schüttelte trotzig den Kopf.

»Nein«, erwiderte er mit zittriger Stimme und fing sich die nächste Klatsche ein.

»Du tust, was ich dir sage!«

Er schwieg und verschränkte die Arme vor der Brust. Dieses Mal würde er nicht einknicken und den Kopf für etwas hinhalten, was er nicht getan hatte.

Klatsch!

»Elisa hat die Seite eingerissen!«

Mutter sprang auf. Wutentbrannt packte sie ihn am Ohr und zerrte ihn hoch auf die Füße. Er war zehn Jahre alt und nicht besonders schwer. Sie riss ihn mit sich in den Keller. Er stolperte die Treppe hinunter und schlug sich die Knie auf. Mit zusammengepressten Zähnen humpelte er hinter seiner Mutter her. Das Ohr, an dem sie ihn mit sich zog, brannte, als hätte es Feuer gefangen. Sie stieß ihn auf den Boden und ließ endlich von ihm ab. Er rieb sich das schmerzende Ohr und versuchte, seine Tränen hinunterzuschlucken.

»Setz dich dorthin!« Seine Mutter deutete auf einen Stuhl, und er raffte sich auf, weil er sie nicht noch mehr verärgern wollte. Sein Widerstand bröckelte mit dem zunehmenden Ausmaß an Schmerzen.

»Ich war es wirklich nicht«, versuchte er zu erklären, doch sie funkelte ihn nur zornig an und ließ sich nicht besänftigen.

»Hör auf, alles deiner kleinen Schwester in die Schuhe zu schieben. Sie ist gerade einmal sechs«, herrschte sie ihn an.

Er senkte den Kopf und blieb reglos auf dem Stuhl sitzen. Mutter kramte in einer Kiste. Als sie mit dem Draht in der Hand ankam, sah er auf und erstarrte. Es war ein Stück Stacheldraht.

»Was hast du vor?«, kreischte er ängstlich und sprang auf.

»Setz dich!«, befahl sie streng.

Er tat es zögerlich, ohne dabei den Draht aus den Augen zu verlieren. Das, was folgte, brachte alle seine Nervenzellen zum Explodieren. Sie hatte Lederhandschuhe angezogen und trieb die Dornen des Drahtes in sein linkes Handgelenk. Sie zog den Draht so fest, dass es blutete. Er schrie entsetzt auf und trat wild um sich.

»Wage es nicht noch einmal, dich zu widersetzen! Du verbringst die Nacht hier.« Seine Mutter würdigte ihn keines weiteren Blickes mehr und knallte die Kellertür zu.

Sein eigenes Wimmern holte ihn zurück in die Realität. Hastig wischte er die schrecklichen Bilder beiseite und presste sich den Stacheldraht mit aller Kraft in den Unterarm. Inzwischen hatte er gelernt, mit dem Schmerz zu leben. Er war im Laufe der Zeit ein stetiger Begleiter geworden. Er beruhigte ihn sogar. Er ließ los und sah, wie ein wenig Blut auf seine Hose tropfte. Er riss die Dornen aus der vernarbten Haut und legte den Stacheldraht wieder ins Handschuhfach. Dann warf er einen letzten sehnsüchtigen Blick auf den Häuserblock, in den sein Mädchen verschwunden war, und trat aufs Gas.

21

Während Laura die Leiche inspizierte, fühlte sie gleichzeitig die Angst, die diese Frau kurz vor ihrem Tod gespürt haben musste. Die Tote lag auf dem Bauch mitten auf einer Wiese, an die ein Rollfeld des Flughafens Berlin Brandenburg grenzte. Ihre Hände ruhten ineinander verschränkt auf dem Hinterkopf, als suchte sie Schutz. Sie kam Laura fast lebendig vor. Doch die Fesselmale an den Handgelenken hatten sich bereits dunkel verfärbt und ihre Haut hatte einen gräulichen Farbton angenommen. Die langen Haare hingen zerzaust in alle Richtungen und gaben den Blick auf den Stacheldraht und das Vorhängeschloss um den Hals preis. Das Gesicht der Frau konnte Laura nicht sehen, es war in das Gras gedrückt. Die Frau trug eine weiße Bluse und einen dunklen Rock, dazu elegante Pumps. Sie wirkte, als hätte sie sich für einen wichtigen Anlass so zurechtgemacht. Vielleicht für einen Empfang oder eine Firmenfeier. Die feine Strumpfhose wies zahlreiche Löcher auf, und bei genauerem Hinsehen entdeckte Laura etliche Flecke auf der Kleidung. Wer immer sie in seiner Gewalt gehabt hatte, war nicht sehr sanft mit ihr umgegangen.

»Können wir sie umdrehen?«, fragte sie Dennis Struck von der Spurensicherung, der mit dem Fotografen Spuren am Rande der Wiese festhielt.

»Ja«, rief er. »Wir haben bereits alles sichergestellt.«

Max packte mit an. Vorsichtig drehten sie den Leichnam auf den Rücken. Laura strich der Toten die Haare aus der Stirn und erstarrte.

»Was ist?«, wollte Max wissen, doch Laura brachte keinen Ton heraus.

Geschockt starrte sie in das Gesicht, das sie sofort wiedererkannte. Ein Gesicht aus ihrer frühen Kindheit.

»Melli«, flüsterte sie heiser und unterdrückte den Würgereiz, der sie mit aller Kraft übermannte. Sie sprang auf und stolperte ein paar Meter zur Seite. Sie beugte sich vor und schnappte nach Luft.

»Laura. Was ist mit dir?« Max war augenblicklich bei ihr und hielt sie an den Schultern fest. Sie konnte nicht sprechen. Der Schock umklammerte sie mit eiskaltem Griff. Er schnürte ihr regelrecht die Kehle zu. Vor ihrem inneren Auge sah sie Melli, ihre immer fröhliche, lachende Schulfreundin. Sie hatten zusammen die Grundschule besucht und waren seit der ersten Klasse ein Herz und eine Seele gewesen.

»Setz dich erst mal.« Max breitete sein Jackett auf dem Gras aus.

Laura ließ sich von ihm helfen und sank zitternd zu Boden.

»Ich kenne sie«, flüsterte sie. »Sie war eine Schulfreundin von mir. Ich habe sie seit Jahren nicht gesehen. Nicht seit …« Sie schüttelte den Kopf. »Es ist Ewigkeiten her. Sie ist nicht aufs Gymnasium mitgekommen. Wir haben uns von da an nicht mehr so oft getroffen. Ich glaube, zuletzt sah ich sie mit zwölf oder dreizehn. Sie sieht immer noch genauso aus wie damals«, schluchzte Laura.

»Wie heißt sie denn?«, fragte Max und strich ihr über die Haare.

»Melli. Melanie Schlautmann«, erwiderte Laura und hätte sich am liebsten unsichtbar gemacht. Sie sah hoch und bemerkte, wie alle sie anstarrten. Sie, die Spezialermittlerin, die nichts so schnell umhauen konnte. Sie stand auf und straffte die Schultern. Wer immer ihrer Freundin das Leben genommen hatte, sie würde ihn aufspüren. Jetzt reichte es endgültig. Mit steifen Gliedern näherte sie sich wieder der Leiche im Gras. Melli. Die Erinnerungen an ihre Schulfreundin liefen wie ein Video in ihr ab.

»Wer zum Teufel hat dir das angetan?«, fragte sie leise und hoffte auf eine Antwort. »Wer? Melli, wer?« Sie ging in die Knie und umfasste Mellis kalte Finger. »Ich finde diesen Mistkerl! Das schwöre ich dir!«

Sie hob Mellis Kopf ein wenig an und drehte die kleinen Rädchen des Zahlenschlosses, bis die Ziffern Null, Null, Drei erschienen. Es knackte leise und der Riegel sprang auf. Laura löste den Stacheldraht von Mellis Hals. Die Verletzungen, die darunter zum Vorschein kamen, jagten ihr einen eisigen Schauer über den Rücken. Die Stacheln hatten tiefe dunkelrote

Trichter in der Haut hinterlassen. Die Drosselmale unterhalb der Abdrücke deuteten auf dieselbe Todesart hin, die sie bereits bei Svenja Pfeiffer und Jana Lubitz festgestellt hatten. Melli war mit hoher Wahrscheinlichkeit ebenfalls stranguliert worden. Laura sah sich die lilafarben lackierten Fingernägel an. Vorsichtig griff sie in die Seitentasche von Mellis Rock und fischte ein Papiertaschentuch heraus. Sie faltete es auf.

»Ich bin die Dritte«, las Max vor, der sich neben sie gehockt hatte. »Tut mir echt leid, dass es ausgerechnet eine Schulfreundin von dir erwischt hat.« Er deutete auf die blonden Haare. »Sie passt optisch unglücklicherweise genau ins Schema.«

Laura nickte stumm und schob den Rock ein wenig hoch. Sie wollte sehen, ob Melli vergewaltigt worden war. Die Haut an den Innenseiten der Oberschenkel wirkte unverletzt. Sie konnte weder Hämatome noch Kratzspuren erkennen. Am Knöchel fand sie ein winziges Tattoo, eine Feder, die scheinbar schwebte.

»Wir müssen prüfen, ob Melli auch in dem Tattoostudio von Nina Kartal war. Wenn ja, können wir wohl endlich eine richtige Fahndung nach ihrem Bruder einleiten. Das sollte dann reichen.«

»Ich setze Martina Flemming gleich mal darauf an«, entgegnete Max und nahm sein Smartphone zur Hand.

Laura inspizierte die Sohlen der Pumps, die ziemlich sauber aussahen. Es hafteten weder Erde noch Steinchen daran. Die Schuhe schienen neu zu sein. Abermals ließ Laura ihren Blick über Bluse und Rock gleiten. »Was hattest du in diesem Aufzug nur vor?«, fragte sie sich und bemerkte, dass sie eigentlich überhaupt nicht wusste, zu was für einem Menschen Melli herangewachsen war. Sie spürte ein großes Bedauern darüber, dass ihre Freundschaft einfach so eingeschlafen war. Der Prozess hatte schleichend stattgefunden. Es war ihr gar nicht richtig aufgefallen, weil nach der Grundschule jede ihren eigenen Weg gegangen war. Erst jetzt, wo Melli tot vor ihr lag, wurde ihr klar, wie sehr sie ihr gefehlt hatte mit ihrem glockenhellen Lachen und den vielen lustigen Ideen im Kopf.

»Ich kenne nicht mal ihre Adresse«, sagte Laura, als Max sich wieder zu ihr gesellt hatte. »Und ich weiß auch nicht, ob ihre Eltern noch leben.«

Max legte ihr die Hand auf die Schulter. »Wir werden es herausfinden.«

Laura sprang auf. »Aber ich erinnere mich an die Anschrift. Sie hat ja nur wenige Straßen entfernt von uns gewohnt. Vielleicht wohnen sie noch dort.« Das Bild ihrer Eltern schoss für eine Sekunde in ihr hoch. Eine lange verdrängte Vorstellung, die eine wohlige Wärme in ihr erzeugte. Ihre Eltern waren vor ein paar Jahren gestorben. Ihr Vater hatte Krebs und ihre Mutter ein Nierenleiden. Laura vermisste sie schmerzlich, erlaubte sich jedoch bloß selten einen Blick zurück. Sie konnte mit diesem Verlust nur schwer umgehen. Sie sah ein letztes Mal zu Melli.

»Ich möchte selbst mit ihren Eltern sprechen. Auf keinen Fall dürfen das die Kollegen übernehmen«, erklärte Laura und winkte Dennis Struck heran.

»Wir sind hier fertig. Es war definitiv derselbe Täter.«

Sie drückte ihm das Papiertaschentuch mit der Nachricht in die Hand. »Prüfen Sie bitte, ob sich noch andere Spuren darauf befinden.«

Laura eilte zum Wagen und setzte sich ans Steuer. Max stieg auf der Beifahrerseite ein. Ihr Weg führte sie zuerst zurück in Richtung Stadtzentrum. Doch vorher bogen sie ab und erreichten nach ungefähr fünfundzwanzig Minuten ein ruhiges Wohnviertel, dem man sein Alter an allen Ecken ansah. Nicht nur die Farbe der Häuser war verblasst oder sogar abgeplatzt, auch die Straßen wiesen etliche schadhafte Stellen und Löcher auf. Laura hielt vor einem Wohnblock, der von hohen Birken umgeben war. Sie stiegen aus und steuerten auf die mittlere Haustür zu. Auf dem Klingelschild entdeckte sie den Namen Schlautmann. Sie holte tief Luft und nickte Max zu.

»Sie wohnen noch hier«, stellte sie fest und drückte auf die Klingel. Der Summer ertönte und Laura stieß die Tür auf. Corinna Schlautmann stand auf dem Treppenabsatz.

»Ja, bitte?«, fragte die in die Jahre gekommene Frau.

Laura erkannte sie sofort.

»Frau Schlautmann?«, erkundigte sie sich trotzdem und nahm die letzte Stufe zum Treppenabsatz.

Die alte Frau blinzelte und streckte dann die Arme nach ihr aus.

»Laura? Bist du das?« Ihre Stimme zitterte vor Überraschung. »Melli ist nicht hier. Sie hat eine eigene Wohnung. Aber du kannst natürlich gerne reinkommen.« Ihr Blick fiel auf Max und sie stutzte. »Wen hast du da mitgebracht?«

Laura schluckte und überlegte gleichzeitig, ob es wirklich eine gute Idee gewesen war, hierherzukommen. Andererseits musste sie das persönlich erledigen. Alles andere wäre abgrundtief feige.

»Frau Schlautmann«, brachte sie möglichst ruhig hervor, »ich bin inzwischen beim Landeskriminalamt und das ist mein Partner Max Hartung. Ich habe leider keine guten Nachrichten für Sie. Dürfen wir bitte reinkommen?«

Corinna Schlautmanns Gesichtszüge entgleisten. Sie fasste sich ans Herz und starrte Laura mit weit aufgerissenen Augen an.

»Nein!«, rief sie. »Es geht aber nicht um Melli?«

Laura hielt ihren Blick fest und nahm Frau Schlautmanns Hände in ihre.

»Es tut mir wahnsinnig leid. Lassen Sie uns reingehen.« Sie umfasste Corinna Schlautmanns Schultern und schob sie ins Wohnzimmer, wo sie wortlos in einen Sessel plumpste. Dicke Tränen rannen über ihre Wangen. Sie stand ganz offensichtlich unter Schock.

»Melli hat mir vorhin noch eine Nachricht geschrieben. Sie wollte um acht vorbeikommen. Ich habe gerade das Essen vorbereitet«, schluchzte sie. »Was ist denn nur passiert?«

»Wir haben Melli tot aufgefunden, in der Nähe des Flughafens. Sie wurde ermordet.«

Niemand sagte ein Wort. Das unbefangene Lächeln würde nie wieder in Corinna Schlautmanns Gesicht zurückkehren. Vom heutigen Tag an begann ein anderes Leben für sie. Eines ohne Melli. Keine Mutter verkraftete den Tod des eigenen Kindes. Laura sah, wie das

Strahlen in Corinna Schlautmanns Augen für immer erlosch und durch einen dunklen Schleier der Trauer ersetzt wurde. Es brach ihr das Herz.

»Ich wünschte, wir könnten Ihnen etwas anderes mitteilen«, sagte sie und rückte ein wenig näher an Corinna Schlautmann heran. »Darf ich die Nachricht einmal sehen?«

Mellis Mutter deutete kraftlos zur Tür. »Das Telefon liegt in der Küche.«

Max erhob sich, holte das Telefon und reichte es ihr.

»Können Sie es entsperren?«, fragte Laura.

Corinna Schlautmann nickte und tippte ein paar Ziffern ein. Dann öffnete sie die Nachrichten und gab Laura das Handy.

»Bin um acht da und bringe großen Hunger mit.«

Das war wirklich ein abscheulicher Trick. In ihren Fingerspitzen kribbelte es. Sie würde ihn kriegen, und anschließend würde sie dafür sorgen, dass er nie wieder aus dem Gefängnis kam. Sie schaute sich die anderen Nachrichten an, die Melli angeblich in den letzten Tagen geschickt hatte. Eine Mitteilung weckte ihr Interesse. Melli erzählte von einem Vorstellungsgespräch in der Verwaltung des Flughafens.

»Sie hatte vor einer Woche ein Bewerbungsgespräch?«

Mellis Mutter nickte. »Ja, sie hat sich sehr darauf gefreut. In ihrem jetzigen Job fühlte sie sich nicht mehr so wohl. Es gab viel zu viel zu tun und die Bezahlung war nicht sonderlich gut. Oft saß sie ganze Abende an irgendwelchen Auswertungen, die unbedingt noch fertig werden mussten. Ihr Chef ist ein Tyrann. Wer nicht freiwillig Überstunden macht, bekommt den Bonus gestrichen.«

Laura überflog abermals die Benachrichtigungen.

»Wann haben Sie das letzte Mal mit Melli telefoniert?« Die Nachrichten seit dem Vorstellungstermin erschienen ihr reichlich dünn. Melli hatte danach kaum mehr als einen Satz geschrieben.

»Das war einen Tag vor dem Flughafentermin.«

Dass Melli nach einem wichtigen Gespräch nicht anrief, um ihrer Mutter davon zu berichten, wollte Laura nicht einleuchten. Der Zeitraum von knapp einer Woche bis zu ihrem Auffinden passte jedenfalls zu den anderen beiden Entführungen. Vermutlich war Melli kurz nach dem Termin vom Täter überwältigt worden. Laura musste das unbedingt überprüfen.

»Wissen Sie, für welche Abteilung sich Melli beworben hatte? Haben Sie vielleicht eine Telefonnummer für uns?«

Corinna Schlautmann zuckte bedauernd mit den Achseln. »Leider habe ich keine Nummer und Namen ebenfalls nicht. Sie wollte in die Verwaltung. Dort war eine Position ausgeschrieben. Die Anzeige habe ich allerdings nicht gesehen, und ich weiß auch nicht, in welcher Zeitung sie stand.«

»Das finden wir heraus. Ist Ihnen in letzter Zeit irgendetwas merkwürdig an Melli vorgekommen? Wirkte sie aufgewühlt oder ängstlich? Hatte sie Ärger oder Streit?«

Mellis Mutter schluchzte und schüttelte den Kopf.

»Mein Mädchen kam mit allen klar. Sie war so lieb und freundlich. Ich kenne niemanden, der ihr etwas antun wollte.«

»Hatte sie einen Freund?«, fragte Max dazwischen.

»In den letzten Monaten nicht. Sie war davor verlobt, aber dann hat sie Timo beim Fremdgehen mit einer Kollegin erwischt. Das hat sie mächtig mitgenommen. Ich glaube, seitdem wollte sie von Männern nicht mehr viel wissen.«

Max notierte sich die Daten des ehemaligen Verlobten.

»Hatten die beiden in den letzten Tagen Kontakt zueinander?«

Corinna Schlautmann schüttelte den Kopf. »Nein. Sie hat kurz nach dem Vorfall aufgehört, mit ihm zu reden. Sie wollte ihn nie wiedersehen und die ganze Geschichte so schnell wie möglich vergessen.«

»Und wie hat ihr Verlobter das gesehen? Wollte er sich versöhnen?«, fragte Max.

»Er ist doch mit dieser Kollegin zusammen. Er hat sich erst ein neues Nest gebaut und dann hat er meine Melli vor vollendete Tatsachen gestellt. Es ging das Gerücht um, dass die Neue ein Kind von ihm erwartet. Melli ist Hals über Kopf aus der gemeinsamen Wohnung ausgezogen. Zum Glück hat sie rasch ein schönes Appartement gefunden, das sogar bezahlbar war.«

»Es gab also keine Probleme mit ihm«, fasste Max zusammen.

»Dürften wir uns Mellis Wohnung ansehen? Sie

haben doch bestimmt einen Schlüssel«, fragte Laura und erhob sich, als Corinna Schlautmann nickte und in den Flur hinausging.

»Hier ist er«, sagte sie und schrieb Laura die Adresse auf. »Findet ihren Mörder. Bitte«, hauchte sie kraftlos und nahm Laura kurz in die Arme.

»Wir werden alles daransetzen«, versprach Laura und verabschiedete sich. »Falls irgendetwas ist, können Sie mich jederzeit anrufen. Auch wenn Sie nur reden möchten.«

Corinna Schlautmann nickte voller Kummer und schloss die Tür, als sie wieder im Treppenaufgang standen.

»Geht's dir gut?«, erkundigte sich Max und forschte in ihrem Gesicht.

»Ich will diesen Mistkerl finden, und zwar schnell«, erwiderte Laura. Sie würde keine Zeit damit verschwenden, sich ihren Gefühlen hinzugeben. Trauern wollte sie später. Zuerst musste sie einen Serienkiller stoppen. Denn eines ahnte sie inzwischen: Es würde nicht bei den drei Frauen bleiben. Wenn sie ihn nicht aufhielten, dann kam auch noch eine vierte, fünfte oder gar sechste hinzu. Vermutlich beobachtete der Täter sein nächstes Opfer genau in diesem Augenblick, während sie völlig blind durch die Gegend tapsten und vergeblich nach einer Spur suchten.

»Lass uns zu Mellis Wohnung fahren. Ich gebe kurz Dennis Struck Bescheid, damit er mit der Spurensicherung anrücken kann.« Laura schritt voraus zu ihrem Dienstwagen, während sie mit ihm telefonierte.

Je näher sie Mellis Wohnung kamen, desto schwerer wurde ihr ums Herz. Vielleicht wäre Melli noch am Leben, wenn sie sich damals mehr um die Freundschaft bemüht hätte. Laura fühlte sich schuldig, obwohl es dafür keinen Grund gab. Sie war so in Gedanken versunken, dass sie beinahe an der Seitenstraße vorbeigefahren wäre, in der die Wohnung lag. Immerhin sagte Max nichts. Er wusste, dass sie momentan ihre Ruhe brauchte. Das schätzte sie an ihm.

»Schließ du auf«, bat Laura. Sie benötigte noch ein wenig Abstand und wollte nicht als Erste Mellis Räumlichkeiten betreten.

Max nahm ihr wortlos den Schlüssel ab und öffnete die Tür. Melli bewohnte im dritten Geschoss eine großzügig geschnittene, moderne Wohnung. Laura stand im Flur und warf einen Blick ins Wohnzimmer. Der helle Raum wirkte mit seinem bequemen Sofa aus beigem Leder und den vielen Kissen sehr einladend. Nichts erinnerte Laura an ihre alte Schulfreundin, die früher überhaupt keinen großen Wert auf Äußerlichkeiten gelegt hatte. Die Farben der Kissen waren mit der Couch und den Gardinen abgestimmt. Selbst die pastellfarbenen Kunstdrucke an der Wand fügten sich ins Bild. Das Zimmer war aufgeräumt. Auf dem kleinen Tisch lagen die Fernbedienung für den Fernseher und eine Programmzeitschrift. Im Regal an der Wand waren die Bücher nach ihrer Größe sortiert. Ein gerahmtes Foto von Melli und ihrer Mutter stand mittendrin. Laura überflog die Titel auf den Buchrücken. Melli schien hauptsächlich Liebesromane gelesen zu haben. Das wiederum passte zu ihr. Sie betrat das Schlafzimmer, das sehr schlicht gehalten war und nicht mehr als ein Bett und einen Kleiderschrank enthielt. Gegenüber bemerkte Laura eine Tür, die in ein kleines Arbeitszimmer führte. Hier sah es nicht ganz so aufgeräumt aus. Auf dem Schreibtisch lagen ein paar Rechnungen und Dokumente. Ein aufgeschlagener Ordner war mit dem Wort Steuererklärung beschriftet. Laura schaute sich um, als Max im Türrahmen erschien.

»Hast du was gefunden?«, fragte er sichtlich frustriert. »Im Bad und in der Küche ist nichts von Bedeutung. Milch und Joghurt im Kühlschrank sind abgelaufen. Vermutlich wurde sie, wie die anderen beiden auch, vor gut einer Woche gekidnappt.«

»Bisher nichts«, antwortete sie und deutete auf den Computer. »Simon Fischer sollte sich den PC ansehen, vielleicht findet er dieses Mal etwas, das uns ein paar Hinweise bringt.« Laura nahm einen Stapel Papiere in die Hand und wollte gerade darin blättern, als ein kleines Kärtchen herausfiel und zu Boden flatterte. Laura hob es auf und pfiff leise durch die Zähne.

»Ich glaube, wir haben einen Treffer«, triumphierte sie und hielt Max die Karte vor die Nase.

»Das gibt es doch nicht. Melli Schlautmann war im selben Tattoostudio wie Svenja Pfeiffer und Jana Lubitz.«

»Zumindest deutet die Visitenkarte darauf hin.« Laura durchsuchte sorgfältig die anderen Dokumente auf dem Tisch. »Ich kann nirgends einen Hinweis auf ein anderes Studio finden. Das kann kein Zufall sein.«

»Beckstein muss die Fahndung nach Steven Kartal genehmigen. Ich rufe ihn an. Der Kerl ist untergetaucht und seine Schwester lässt sich auch nicht mehr blicken. Dabei wollte sie doch mit ihrem Bruder reden, der ach so unschuldig ist.« Max zog sein Handy aus der Tasche und wählte Becksteins Nummer.

Laura startete den Computer. Sie hoffte, dass er nicht passwortgeschützt war. Der etwas in die Jahre gekommene PC fuhr summend hoch. Der schwarze Bildschirm flackerte kurz auf und dann erschien die Startmaske. Erleichtert atmete sie auf, als kein Passwort abgefragt wurde, und öffnete zuerst die E-Mails. Erstaunlicherweise enthielt das Postfach kaum Spam-Nachrichten und so gut wie keine Werbung. Laura stieß sofort auf eine E-Mail der Flughafenverwaltung, in der Melli ein neuer Termin für das Vorstellungsgespräch angeboten wurde. Laura sah auf den Kalender. Das Gespräch wäre heute Vormittag gewesen. Sie schluckte. Es war einfach unfassbar, wie schnell Melli mitten aus ihrem Leben gerissen wurde.

Sie gab die Nummer eines Herrn Wieland in ihr Handy ein, mit dem Melli den Termin gehabt hätte. Eine weibliche Stimme meldete sich.

»Guten Tag, mein Name ist Laura Kern. Ich hätte gerne Herrn Wieland gesprochen.«

Die Frau am anderen Ende der Leitung stieß hörbar die Luft aus. »Einen kleinen Moment bitte«, sagte sie.

Laura hörte eine kurze Melodie und als Nächstes eine Männerstimme: »Wieland hier, was kann ich für Sie tun?«

Laura stellte sich abermals vor. »Sie hatten heute

einen Termin mit Frau Melli Schlautmann vereinbart. Ist das richtig?«

»Ja, aber die Dame ist bereits zum zweiten Mal nicht erschienen. Meine Sekretärin hat sogar versucht, sie zu erreichen. Doch ihr Handy ist ausgeschaltet. Ist denn alles in Ordnung mit Frau Schlautmann? Mir wurde mitgeteilt, dass sie einen Autounfall hatte.«

»Einen Autounfall?«, fragte Laura überrascht. »Woher haben Sie diese Information?«

»Wie gesagt, Frau Schlautmann hat schon den ersten Termin verpasst. Eine Mitarbeiterin vom Empfang hat mir einen Zettel hingelegt, dass sie einen Autounfall hatte und deshalb um einen neuen Termin bittet. Sie war wohl unverletzt geblieben.«

»Und wann hat sie beim Empfang angerufen?«

Laura hörte, wie Herr Wieland mit Papier raschelte.

»Das war ungefähr zwei Stunden nach dem vereinbarten Termin, so gegen achtzehn Uhr. Ich hatte bereits Feierabend.«

Laura ließ sich den Namen der Empfangsdame geben und legte auf. Melli hatte es also nicht zum ersten Termin geschafft. Trotzdem war sie zwei Stunden später noch in der Lage gewesen, bei der Flughafenverwaltung anzurufen. Oder hatte das der Täter getan? Und was war mit diesem Autounfall? Gab es wirklich einen? Die Flughafenverwaltung erstattete auch sicherlich keine Vermisstenanzeige, nur weil eine Bewerberin nicht pünktlich erschien. Der Täter hätte aus einem Anruf beim Flughafen also keinerlei Vorteil ziehen können. Laura grübelte. Demzufolge hatte Melli wahrscheinlich tatsächlich selbst am Flughafen angerufen. Sie rief

Simon an, um ihn zu bitten, die Sache mit dem Unfall zu überprüfen. Aber Simon hatte eine ganz andere Nachricht für sie.

»Ich habe vermutlich den Täter auf einem Überwachungsvideo gesichtet.«

22

Alexandra Schiefer rutschte unruhig auf der klebrigen Ledercouch hin und her. Sie hätte sich besser eine lange Hose angezogen, dachte sie und versuchte stillzusitzen.

»Wie lautet Ihre Antwort?«, fragte Dr. Brockmann und rückte die Brille zurecht. Er sah sie aus freundlichen braunen Augen an. Der Psychologe wirkte äußerst sympathisch und trotzdem fühlte Alexandra sich unwohl. Vielleicht lag das an Luna, die wie ein Häufchen Unglück neben ihr saß und immer noch kein Wort gesprochen hatte.

»Wie bitte? Ich habe Ihre Frage vergessen.« Alexandra schoss die Hitze in die Wangen. Es war überhaupt nicht ihre Art, unaufmerksam zu sein. Doch die letzten Tage hatten sie mitgenommen. Erst diese unerträgliche Angst um Luna und dann ihr Schweigen. Dieses schreckliche Schweigen. Alexandra bekam nachts kein Auge mehr zu, so sehr sehnte sie sich nach einem Laut aus dem Mund ihrer Tochter. Nachts hockte sie an ihrem Bett und lauschte ihrem Atem, dem einzigen Geräusch, das ihr verriet, dass Luna am Leben war. Tatsächlich wirkte ihre Tochter mehr tot als lebendig. Was immer ihr passiert war, hatte ein massives Trauma ausgelöst. Sie konnte nur hoffen, dass Dr. Brockmann in der Lage war, den Knoten zu lösen und Luna ins Leben zurückzuführen.

»Hat Luna früher auf Stress schon einmal mit Schweigen reagiert?«

»Ach so«, murmelte Alexandra und schüttelte den Kopf. »Nein. Sie ist ein lebhaftes Kind und redet eigentlich sehr viel. Wenn wir streiten, dann fällt es ihr eher schwer, den Mund zu halten.«

Dr. Brockmann machte einen Strich auf seiner Liste.

»Und Sie haben keine Ahnung, wohin Luna so plötzlich verschwunden war?«

Alexandra hob genervt die Schultern. »Nein. Das habe ich der Polizei auch schon hundertmal erzählt. Ein fremder Mann hat sie mehr als zehn Kilometer entfernt in einer Kleingartenanlage aufgegabelt. Sie hat ihren Namen und ihre Adresse auf einen Zettel geschrieben und dann hat er sie Gott sei Dank nach Hause gefahren. Wie soll ein kleines Mädchen so weit kommen? Ich denke, jemand hat sie mitgenommen. Ihr Fahrrad ist ja auch fort und die Polizei kann es nicht finden. Luna kann doch nicht geflogen sein.« Sie schaute zu ihrer Tochter, die den Blick starr auf die Schreibtischkante gerichtet hielt.

»Luna, bitte, Kind. Sag, was passiert ist!«, flehte Alexandra bestimmt zum tausendsten Male. Ohne Erfolg. Luna schwieg, als hätte sie ihre Stimmbänder verloren.

Dabei war mit ihr körperlich alles in Ordnung. Die Ärzte hatten sie mehrfach auf den Kopf gestellt. Sie war weder missbraucht noch geschlagen worden. Alexandra hob verzweifelt die Hände.

»Ich weiß nicht mehr weiter.«

»Keine Sorge. Das wird schon wieder«, entgegnete Dr. Brockmann zuversichtlich. »Wir sollten Luna nicht unter Druck setzen.« Er richtete seinen Blick auf Luna. »Du redest erst, wenn dir danach ist. Okay?«

Luna nickte. Sie hob den Kopf und sah Dr. Brockmann an. Alexandra öffnete erstaunt den Mund. Luna hatte den Psychologen tatsächlich angesehen. Es war eine erste Kontaktaufnahme. Dr. Brockmann bemerkte Alexandras Überraschung und bedeutete ihr zu schweigen. Sofort presste sie die Lippen zusammen. Auf keinen Fall wollte sie Lunas Fortschritte zunichtemachen.

»Deine Mama erzählt jetzt noch einmal, wie alles passiert ist, und du hörst einfach zu.« Dr. Brockmann legte den Kopf ein wenig zur Seite. »Außer, dir fällt ein Fehler auf. Wenn deine Mama etwas vergisst oder es ganz anders war, dann gibst du Bescheid.«

Alexandra wiederholte die Geschichte zum tausendsten Male. Inzwischen kannte sie jedes Wort auswendig. Immerhin hatte das häufige Erzählen dazu geführt, dass sich alles nicht mehr ganz so schrecklich anfühlte. Alexandra beschrieb den großen Lkw, der liegen geblieben war und ihr die Sicht versperrt hatte. Wie sie schließlich an ihm vorbei und auf die andere Straßenseite gelangt war. Sie erinnerte sich an die Farben der Autos, die an der Ampel standen. Niemand schien ausgestiegen zu sein. Der Verkehr floss einfach irgendwann weiter und Luna war verschwunden. Während Alexandra erzählte, schaltete Luna ab. Ihr Kopf senkte sich und sie starrte abermals die Schreibtischplatte an. Sie saß so regungslos neben ihr, als wäre sie eine Puppe. Normalerweise wippte sie unablässig mit den Fußspitzen. Was würde Alexandra dafür geben, wenn ihr kleines Mädchen endlich wieder es selbst würde.

»Und wie hat Luna ausgesehen, als sie zurückkehrte?«

Alexandra musste nicht lange nachdenken. »Sie wirkte völlig verstört. Ich habe sie in den Arm genommen.«

Dr. Brockmann nickte verständnisvoll. »Hat sie gelächelt oder sich gefreut, dass sie wieder zu Hause ist?«

Alexandra dachte nach. Sie konnte sich nicht erinnern, weil sie sich sofort auf Luna gestürzt hatte. Auf ein Lächeln hatte sie nicht geachtet.

»Ich weiß nicht mehr«, antwortete sie zögerlich.

Dr. Brockmann öffnete eine Schublade und holte ein paar Bilder heraus. Er legte sie auf den Tisch und schob sie auf die Stelle, die Luna anstarrte.

»Kennst du den Hasen?«, fragte er und tippte auf das Bild des niedlichen Tieres.

Luna nickte immerhin.

»Und den Fuchs?« Dr. Brockmann zeigte auf die nächste Abbildung.

Wieder nickte Luna.

»Und diesen Mann?« Er deutete auf einen Mann,

der fröhlich einen Regenschirm über dem Haupt schwenkte.

Alexandra fand das Bild schön, doch Luna starrte es entsetzt an und schlug die Hände vors Gesicht. Sie schüttelte heftig den Kopf und begann zu kreischen.

Sie schrie und schrie und schrie und Alexandra hielt sich schockiert die Ohren zu.

23

Simon Fischer blickte Laura und Max stolz an.

»Das war eine knifflige Angelegenheit«, erklärte er und öffnete ein Fenster auf seinem Bildschirm. »Ich habe die ganze Zeit nach jemandem gesucht, der Jana Lubitz verfolgt. Das war der völlig falsche Ansatz. Irgendwann ist mir aufgefallen, dass diese Frau wie ein Uhrwerk tickte. Fast auf die Sekunde genau stand sie jeden Tag auf dem Bahnsteig und hat gewartet. Es gab also gar keinen Grund, ihr zu folgen. Der Täter musste einfach bloß warten. Demzufolge habe ich mir sämtliche Personen angeschaut, die auf dem Bahnsteig warteten, aber nie in eine Bahn eingestiegen sind ...« Simon machte eine bedeutungsvolle Pause und drückte theatralisch auf die Entertaste.

Die Aufnahme einer Überwachungskamera startete. Es wuselte nur so von Menschen. Im ersten Moment erkannte Laura überhaupt nichts. Dann zoomte Simon einen Mann heran, der ruhig und unauffällig an einem Süßigkeitenautomaten stand. Simon stoppte das Video und rief eine weitere Aufnahme in einem neuen Fenster auf, das er neben die angehaltene platzierte.

»Das ist drei Tage später«, sagte er. »Der Mann steht jetzt ein paar Meter vom Automaten entfernt. Offenbar achtet er darauf, nicht immer am selben Fleck zu stehen.«

Der Mann war kaum zu erkennen. Je näher Simon den Ausschnitt heranzoomte, desto unschärfer wurde das Bild.

»Woran machst du denn fest, dass es sich um denselben Mann handelt?«, fragte Laura skeptisch.

Max wunderte sich ebenfalls. »Ich sehe auch keine Ähnlichkeiten. Die Bilder sind sehr schlecht und außerdem trägt der Typ einen Hut mit breiter Krempe. Sein Gesicht ist gar nicht zu erkennen.«

Simon Fischer hob die Achseln. »Was habt ihr erwartet? Es ist eine einfache Überwachungskamera, die leider sehr weit entfernt angebracht ist. Ein scharfes Bild habe ich nicht zu bieten, aber dafür einzigartige Schuhe.«

Er kreiste einen glänzenden Punkt ein. »Das ist eine ziemlich auffällige Schnalle. Ich würde sagen, es handelt sich um Cowboystiefel.« Simon Fischer markierte die Schnalle auch auf dem anderen Bild.

»Er hat jedenfalls täglich auf Jana Lubitz gewartet, und sobald sie in die Bahn gestiegen war, hat er das Weite gesucht.« Simon Fischer spulte ein Video vor und deutete auf eine Frau.

Laura sah eine Blondine, die auf dem Bahnsteig wartete. Sie blickte starr geradeaus. Ihren Beobachter dürfte sie nicht bemerkt haben.

»Bist du sicher, dass das Jana Lubitz ist?«, wollte Laura wissen und kniff die Augen zusammen, um besser zu sehen.

Simon Fischer grinste. »Na klar. Du brauchst deshalb nicht in meinen Bildschirm zu kriechen. Man kann sie ziemlich genau an ihrer Kleidung ausmachen.« Er öffnete ein neues Foto, das einen lang geschnittenen Mantel mit einem auffällig breiten Kragen zeigte.

»Es ist derselbe Mantel«, stieß Max aus, der so dicht neben Laura stand, dass sie sein Aftershave riechen konnte.

»Na prima«, sagte Laura und richtete sich auf. »Wir haben einen Mantel und ein paar Cowboystiefel. Woher willst du wissen, dass der Kerl der Täter ist?«

Simons Grinsen verbreiterte sich. »Ich dachte, du gehörst zu der Fraktion, die nicht an Zufälle glaubt.«

Ein zusätzliches Fenster öffnete sich. Erneut spielte Simon ein Video ab. Abermals schritt eine Blondine durchs Bild. Sie wirkte allerdings schlanker als Jana Lubitz und außerdem war sie völlig anders gekleidet. Sie trug extrem kurze Jeans und ein Shirt mit Spagettiträgern.

»Ist das Svenja Pfeiffer?« Laura war unsicher. »Geht sie zur Arbeit?«

»Ja, in die Bar, wo sie gekellnert hat. In der Nähe ihrer Wohnung habe ich keine Überwachungskameras gefunden und sie ist täglich mit dem Fahrrad unterwegs gewesen. Ich habe nur vor der Bar eine Kamera ermittelt, und bingo.«

»Da ist der Kerl!« Laura tippte ihn an, als könne sie ihn vom Monitor ins LKA befördern. »Er ist wieder wie ein Cowboy gekleidet.« Sie stutzte, weil ihr irgendetwas an seiner Körperhaltung bekannt vorkam. Bei welchem Verdächtigen war ihr diese kerzengerade Haltung aufgefallen? Sie würde sich beide erneut vornehmen und dazu noch diesen Umzugshelfer, dem sie einen Besuch abstatten mussten.

»Schade. Das Gesicht ist auf keiner Aufnahme richtig zu erkennen«, brummte Max und seufzte. »Immerhin wissen wir jetzt, dass der Typ höchstwahrscheinlich der Täter ist. Können wir denn die Körpergröße oder von mir aus auch die Schuhgröße mit Marcus Thalmann und Steven Kartal vergleichen? Es könnte ja einer von ihnen sein.«

Simon Fischer schüttelte den Kopf. »Hab ich versucht. Aber hierfür bräuchte ich bessere Aufnahmen und ein Foto des Verdächtigen, auf dem er ungefähr in derselben Körperhaltung dasteht. Thalmann und Kartal sind beide um die eins achtzig groß. Das ist leider absoluter Durchschnitt. Die Aussagekraft eines solchen Vergleichs wäre also äußerst gering.«

»Oder mit anderen Worten: Die Hälfte aller deutschen Männer in dieser Altersgruppe könnte passen.« Max verzog die Miene und blickte auf die Uhr. »Es ist spät. Ich muss bald nach Hause. Hast du sonst noch was auf den Überwachungsvideos gesehen?«

Simon rollte mit den Augen. »Ich bin eigentlich davon ausgegangen, dass ich euch reichlich Erkenntnisse geliefert habe.« Er klang ein bisschen eingeschnappt.

Plötzlich ging Lauras Handy los. Taylors Name leuchtete auf dem Display auf.

»Hi, Taylor«, sagte sie, als sie abgehoben hatte. »Ich bin gerade im Stress. Ist es was Wichtiges?«

»Wie man es nimmt«, erwiderte er mit seinem amerikanischen Akzent. Laura konnte hören, wie er lächelte. »Ich stehe vor deinem Büro und du bist nicht da.«

»Ich bin bei unserem IT-Experten. Warte kurz, ich komme zu dir.« Sie legte auf.

Max runzelte die Stirn und knurrte: »Willst du dich jetzt mit Taylor treffen?«

»Er wartet vor meinem Büro«, antwortete Laura genervt, weil ihr Max' Tonfall nicht gefiel. »Ich bin gleich zurück. Oder hattest du nichts mehr für uns, Simon?«

Simon hob die Hände vors Gesicht und stöhnte. »Himmel. Streitet ihr euch? Also ich habe alles gezeigt. Natürlich bin ich weiter dran und versuche, den Cowboy zu identifizieren.« Er nahm die Arme herunter und blickte Laura an. »Und um den Unfall von Melanie Schlautmann kümmere ich mich auch. Am besten, ihr beiden kommt wieder, sobald die dicke Luft verflogen ist.« Simon drehte sich demonstrativ zu seinem Computer um.

»Ich wollte sowieso los«, brummte Max und packte seine Sachen.

Schweigend gingen sie den Flur entlang. Sie bogen um die Ecke und passierten eine Feuerschutztür. Vor ihrem Büro wartete Taylor. Er lehnte lässig an der Wand gegenüber. Augenblicklich begann das Herz in Lauras Brust zu hüpfen. Es war ein so mieser Tag gewesen und der Kummer über Mellis Tod drohte sie beinahe zu erdrücken. Am liebsten wäre sie Taylor in die Arme geflogen. Sogar Max' finstere Miene könnte sie nicht davon abhalten, doch sie wollte nicht unprofessionell wirken.

»Schön, dich zu sehen«, sagte Taylor, als sie vor ihm stand, und drückte ihr einen Kuss auf die Wange. »Ich muss leider gleich wieder los. Aber ich war in der Nähe und wollte dich unbedingt einmal in den Arm nehmen.«

Max schüttelte demonstrativ den Kopf. Taylor registrierte es und sah ihn verwundert an.

»Alles in Ordnung?«, fragte er.

»Du bist lustig«, knurrte Max und baute sich vor ihm auf. »Ich kann es gar nicht leiden, wenn du meine Partnerin anlügst.«

Laura blickte Max perplex an. »Was willst du damit sagen?«

Max beachtete sie nicht. Er streckte den Hals, sodass seine Nasenspitze höchstens noch zehn Zentimeter von Taylors entfernt war.

»Bist du mal wieder unterwegs? Worum geht es? Um eine Observierung? Vielleicht erzählst du Laura besser von dem Abend, als wir beim Chinesen waren?«

Taylor taumelte einen Schritt rückwärts. »Was soll das?«

Jetzt platzte Max der Kragen. Er ballte die Fäuste und hielt sie Taylor vor die Nase.

»Du tust Laura nicht weh! Verstanden? Du wurdest zusammen mit Anna Katharina gesehen, und rede dich bloß nicht raus. Während du dich amüsiert hast, saß Laura allein beim Chinesen und hat auf dich gewartet.

Sie hatte keine besonders gute Zeit, bis du ihr diese miese Lüge von der Observation aufgetischt hast.«

Taylor schluckte, wich jedoch nicht weiter zurück.

»Wenn ich es nicht besser wüsste, würde ich denken, du bist hinter Laura her. Oder warum führst du dich so auf?«, konterte er.

Max' Kieferknochen malmten und sein Gesicht lief rot an. »Das, was zwischen Laura und mir war, beschmutzt du gefälligst nicht! Kapiert?« Er wandte sich ab. »Ich muss jetzt los. Erzähl ihr von dem Abend. Sonst tue ich es gleich morgen früh.« Ohne ein weiteres Wort stampfte Max über den Flur davon und verschwand im Treppenhaus.

Laura sah ihm fassungslos hinterher. Erst nach ein paar Sekunden fand sie endlich ihre Sprache wieder.

»Wer zum Teufel ist Anna Katharina?« Sie funkelte Taylor zornig an. In ihrem Bauch wüteten tausend glühende Nadeln. »Ich hätte nie gedacht, dass du mir etwas verheimlichst.«

»Ich? Wer hat denn hier etwas verheimlicht? Du und Max? Wann hattest du denn vor, mir davon zu erzählen?«

Laura traute ihren Ohren nicht. Machte Taylor ihr jetzt etwa Vorwürfe?

»Ich ... Wir ...«, stotterte sie und fand plötzlich keine Worte mehr. Die Sache war Ewigkeiten her. Es hatte keinen Grund gegeben, es Taylor zu erzählen.

»Schon gut.« Taylor winkte ab. »Ich muss los.« Er drehte sich um und stob davon.

Laura konnte sich nicht rühren. Schlagartig stand ihr Leben kopf. Taylors letzter Blick hatte sich in ihre

Netzhaut eingebrannt. Eine Mischung aus Enttäuschung und Wut hatte darin gestanden. Laura war nicht sicher, was das letztendlich bedeutete. Wie gelähmt schleppte sie sich an ihren Schreibtisch und starrte den dunklen Monitor an. Irgendwann drückte sie die Entertaste und klickte ziellos zwischen den einzelnen Programmen herum. Ihr Magen fühlte sich an wie das Innere eines Vulkans kurz vor dem Ausbruch. Sie landete bei ihren E-Mails und öffnete die letzte Nachricht ihres Chefs. Joachim Beckstein teilte ihr und Max mit, dass die Faktenlage für eine groß angelegte Fahndung nach Steven Kartal zu dünn sei. Sobald sie genügend Beweise gesammelt hätten, würde er sich umgehend dafür einsetzen.

Sie fluchte. Ein Unglück kam selten allein. Was war das heute nur für ein schrecklicher Tag? Sie dachte an Melli und daran, wie sie als Kinder zusammen gespielt hatten. Die plötzliche Leere, die sich in ihr auftat, fühlte sich noch schlimmer an als der Vulkan. Die Sache mit Taylor ließ sich vielleicht wieder hinbiegen, Melli hingegen war tot. Und sie konnte absolut nichts tun, um das zu ändern. Traurig blätterte sie durch die wenigen Informationen, die sie in der Kürze der Zeit zusammengetragen hatten. Bisher hatten sie nicht viele Hinweise. Laura führte sich die Gemeinsamkeiten mit den ersten beiden Opfern vor Augen. Melli hatte ein Tattoo, und sie war vor Kurzem umgezogen, wobei Laura nicht wusste, ob sie eine Firma mit dem Umzug beauftragt hatte. Die einzige Spur, der sie im Augenblick nachgehen konnte, war das Tattoo.

Sie sprang auf und zog sich ihren Mantel über.

Wenn Beckstein schon die Fahndung nicht genehmigte, würde sie Nina Kartal einen Besuch abstatten. Vielleicht konnte sie ihren Bruder mit ein wenig Glück sogar ausfindig machen. Bis Beckstein ihnen endlich die nötige Unterstützung gewährte, musste sie die Dinge halt selbst in die Hand nehmen. Laura fuhr mit dem Fahrstuhl in die Tiefgarage und setzte sich in ihren Dienstwagen. Es war kurz nach neun. Um diese Uhrzeit benötigte sie keine zwanzig Minuten bis zur Stadtmitte und zu Nina Kartals Tattoostudio. Sie parkte weiter entfernt in einer Nebenstraße und ging den Rest zu Fuß. Die Sonne würde jeden Moment untergehen. Die letzten roten Strahlen zogen sich wie Spinnennetze über Berlins Himmel. Der warme Sommerwind spielte mit ihren Locken. Eine Sekunde lang dachte sie an Taylor, schob den Streit mit ihm aber sofort beiseite. Er hatte überreagiert und würde sich früher oder später melden. Sie fokussierte sich auf Steven Kartal und änderte abrupt ihren Weg, weil sie eine Idee hatte. Sie nahm eine Seitengasse, sodass sie das Studio und die Wohnung darüber zunächst beobachten konnte. Nina Kartal würde vermutlich alles tun, um ihren Bruder zu schützen. Egal, wie sehr sie ihr ins Gewissen redete, sie würde ihn nicht verraten.

Die Straßenlaternen und die Lichter hinter den Fenstern erhellten die Straße. Laura blieb an einem Hauseingang in einiger Entfernung stehen und beobachtete das Studio. Die Tür war geschlossen, die Lampen aus. Sie richtete ihren Blick auf die Wohnung der Kartals. In einem Fenster brannte Licht. Laura zog ihr Fernglas aus der Tasche. Die Gardine behinderte ihre Sicht. Sie bemerkte einen Schatten, der sich dahinter bewegte und wieder verschwand. Wahrscheinlich war es Nina Kartal, doch genau erkannt hatte Laura sie nicht. Sie lauerte auf eine weitere Bewegung, aber minutenlang rührte sich nichts. Plötzlich huschte abermals ein Schatten hinter dem Fenster vorüber. Laura verfolgte ihn mit dem Fernglas, allerdings verflüchtigte er sich viel zu schnell. Laura presste den Feldstecher an die Augen. Nach einer Weile fiel ihr ein, dass Steven Kartal neulich durch den Hinterausgang entkommen war. Als sie beschloss, dort nachzusehen, spazierte eine Gruppe von Männern an ihr vorbei und musterte sie interessiert. Einer pfiff durch die Zähne und blieb stehen. Laura hätte sich am liebsten in Luft aufgelöst. Sie konnte jetzt keine Komplikationen gebrauchen. Dann hielten auch noch die Begleiter des jungen Mannes an.

»Kennst du die?«, fragte einer von ihnen.

»Nee«, erwiderte der Kerl, der stehen geblieben war und Laura unverhohlen anstarrte. »Würde ich aber gerne.« Er machte ein paar wacklige Schritte auf sie zu und grinste dämlich. Offenbar hatte er bereits das ein oder andere Glas zu viel getrunken.

»Ich bin Luca. Kann ich dir helfen?«

Laura schüttelte entnervt den Kopf. »Nein, danke. Ich bin in Eile.«

Der Mann zog die Augenbrauen in die Höhe. »In Eile? Sieht aber nicht so aus«, frotzelte er. »Wir sind unterwegs in eine Bar. Wie wäre es mit einem Drink? Natürlich auf meine Kosten.«

»Nein, danke, habe ich gesagt.« Ihr Ton ließ eigentlich keinen Zweifel daran, was sie von dem Betrunkenen hielt.

»Moment mal«, lallte jetzt einer der anderen. »Wie redest du denn mit meinem Freund? Er hat dich höflich eingeladen und du zickst ihn an.«

»Ja, genau. Warum bist du so unhöflich?« Die Männer stolperten auf sie zu.

Laura ballte instinktiv die Fäuste. Am liebsten hätte sie kurzen Prozess mit ihnen gemacht, doch sie durfte kein Aufsehen erregen. Also lächelte sie und stemmte einen Arm in die Hüfte.

»Jungs. Ich hab es wirklich eilig. Mir ist nur gerade übel geworden, weil ich schwanger bin, und da passiert so etwas schon mal.« Sie strich sich demonstrativ über den Bauch. »Wenn du mich nach Hause begleiten würdest, wäre das total nett. Eine Bar ist zurzeit nichts für mich. Ich darf ja keinen Alkohol trinken wegen des Babys.« Laura registrierte zufrieden, wie dem Mann, der sich mit Luca vorgestellt hatte, die Gesichtszüge entglitten. Er machte verdattert einen Schritt rückwärts.

»Das wusste ich nicht. Ich muss nur leider in die andere Richtung«, verkündete er, ohne zu wissen, wo Laura hinwollte. »Wir ziehen dann mal wieder los.«

Sie sah, wie der Trupp abzog, und atmete erleichtert auf. Als die Kerle weit genug entfernt waren, lief sie ein Stück desselben Weges, bog jedoch bald in die schmale Gasse, die um den Häuserblock herum zum Hintereingang des Tattoostudios führte. Dunkelheit hüllte sie plötzlich ein. In der Gasse befanden sich keine Laternen und die hohen Häuserwände ließen kaum Licht hereinfallen. Laura schlich an einer Mauer entlang und suchte hinter einer Mülltonne Deckung. In der Wohnung der Kartals brannte Licht. Sogar in zwei Fenstern. Laura zückte abermals das Fernglas. Immerhin gab es keine Gardinen. Laura erkannte die Küche und Nina Kartal, die vermutlich am Herd stand. Sie konnte aus ihrer Perspektive nur den Kopf und ein kleines Stück vom Oberkörper sehen. Laura konzentrierte sich auf den Mund, weil sie wissen wollte, ob sich Nina Kartal mit jemandem unterhielt. Doch die Besitzerin des Tattoostudios bewegte die Lippen nicht ein einziges Mal. Plötzlich hob sie den Kopf und verschwand aus der Küche. Kurz darauf erschien sie wieder mit dem Handy am Ohr. Das Gespräch dauerte an. Kartal nickte mehrfach und blickte sogar einmal aus dem Fenster. Dann legte sie auf, ohne die Haltung zu verändern.

Eine weitere Person tauchte in der Küche auf. Zuerst sah Laura bloß die dunklen Haare. Die Person überragte Nina Kartal. Es war auf alle Fälle ein Mann. Laura starrte durch das Fernglas und wartete darauf, dass er endlich näher ans Fenster kam. Doch er drehte sich unglücklicherweise um, sodass sie ihn nur von schräg hinten betrachten konnte. Der Mann legte Nina Kartal kurz den Arm um die Schultern und verschwand dann aus dem Raum. Das musste Steven Kartal sein. Zu dumm, dass sie keinen Haftbefehl hatte. Krampfhaft dachte sie darüber nach, wie sie ihn trotzdem festsetzen konnte. Sie könnte einfach klingeln und nachfragen. Vermutlich würde er jedoch wieder durch die Hintertür verschwinden. Laura ärgerte sich, dass Max nicht an ihrer Seite war. Er hätte die Tür sichern können. Vielleicht könnte sie Kartal irgendwie aus dem Haus locken.

Noch während sie nachdachte, öffnete sich plötzlich die Hintertür und ein Mann trat heraus. Er zündete sich eine Zigarette an, und als das Feuerzeug aufleuchtete, erkannte sie Steven Kartal. Er steckte das Feuerzeug ein, eilte die Gasse hinunter und bog um die nächste Ecke.

Laura jagte hinterher. Sie gelangte auf einen Platz, der von Häusern umgeben war. Zwei flackernde Laternen lieferten spärliches Licht. Sie sah sich nach Kartal um, doch er war verschwunden. Absolut nichts bewegte sich. Laura machte ein paar Schritte, wobei sie den Lichtkegel der Laternen mied, und sich nahe an der Hauswand hielt. Etwas knirschte. Sofort wandte sie sich in die Richtung, aus der das Geräusch gekommen war, und versuchte die Dunkelheit zu durchdringen.

Lautlos schlich sie weiter, da hörte sie abermals ein Geräusch. Leiser dieses Mal. Schräg gegenüber nahm sie eine Bewegung wahr. Ein Feuer blitzte kurz auf. Jemand zündete sich eine Zigarette an. Laura pirschte sich näher heran. Unvermittelt raschelte es hinter ihr. Überrascht fuhr sie herum.

24

Taylor konnte sich das Ausmaß seiner Gefühle selbst nicht erklären. Normalerweise gehörte er nicht zu den eifersüchtigen Typen. Er hatte bisher kein Problem damit gehabt, wenn seine Freundin sich mit verflossenen Liebschaften traf. Es wäre ihm vermutlich gleichgültig gewesen, falls sie sich aus diesem Grund von ihm trennte. Er hatte früher sowieso eher oberflächliche Bekanntschaften gepflegt und nie sonderlich viel Herzblut in seine Beziehungen gesteckt. Doch mit Laura war es etwas Besonderes. Die Sache zwischen ihr und Max ging ihm ganz schön an die Nieren. Er fühlte eine extreme Eifersucht, und so sehr er sich auch bemühte, dieses lächerliche Gefühl beiseitezuschieben, es verschwand einfach nicht. Im Gegenteil, er konnte an nichts anderes mehr denken. Er wollte sich nicht vorstellen, wie Max sie berührte. Dennoch rasten diese unerträglichen Bilder durch seinen Kopf. Natürlich kannte er die enge Verbindung der beiden. Sie waren Partner und hatten viele kritische Situationen gemeinsam durchgestanden. Das verband. Laura würde so einiges für Max tun. Sie mochte ihn. Aber dass da früher mehr im Spiel gewesen war, hatte er nicht mal geahnt. Dabei fielen ihm im Nachhinein Hunderte Begegnungen ein, an denen er es hätte erkennen müssen. Zum Beispiel das Funkeln in Lauras Augen, wenn sie sich über Max' Frau aufregte. Bisher hatte er ihren Ärger nachvollziehen können. Doch jetzt fragte er sich, ob hinter dieser Aufregung womöglich mehr steckte. Hegte sie etwa noch immer Gefühle für diesen kantigen Glatzkopf? Verzweifelt trat Taylor auf das Gaspedal, musste jedoch unmittelbar vor einer roten Ampel eine Vollbremsung hinlegen.

Warum, verdammt, hatte Laura ihm die Sache verschwiegen? Bis heute hätte er sich nichts dabei gedacht und es einfach so hingenommen. Auch er hatte Ex-Freundinnen bei der Polizei, die ihm hin und wieder über den Weg liefen. Ein paar von ihnen würden jederzeit erneut mit ihm anbändeln. Er erkannte es an ihren Blicken und dem Lächeln. Und was war mit Max? War er scharf auf Laura? Verflucht! Ihm fiel die Szene vor einiger Zeit in der Bar ein. Max hätte ihm beinahe einen Faustschlag verpasst. Hinzu kam Max' ewige Sorge, dass er Laura wehtun könnte. Wenn er sich nur an seinen Auftritt vorhin erinnerte, wurde er wütend. Ständig versuchte Max, ihn ihr madigzumachen.

Die Ampel sprang auf Grün und Taylor fuhr wieder los. Er bog in eine schmale Straße ein und steuerte auf die nächste Parklücke zu. Er brauchte frische Luft. Er stieg aus und lief das letzte Stück zu Fuß. Offenbar schaute er derartig griesgrämig drein, dass eine Frau sofort auf die andere Straßenseite wechselte. Es war ihm egal. Er befahl sich, an die bevorstehende Aufgabe zu denken. Er war ein Profi. Persönliche Gefühle waren nicht gestattet, weil sie den Erfolg des Einsatzes gefährden konnten, und heute Abend ging es um einiges. Sie hatten endlich herausgefunden, wo sich einer der lange observierten Strohmänner mit einem wichtigen Drogenboss verabredet hatte, und da durfte nichts schiefgehen. Zwei Teams hatten sich bereits in Position gebracht. Das Treffen sollte an einer Adresse in einer unscheinbaren Seitenstraße stattfinden. Leider kannten sie die Hausnummer nicht, sodass die Straße komplett überwacht werden musste. Sie hatten jedoch ein Gebäude ausgemacht, das über einen Anbau verfügte, der angeblich als Garage für Fahrräder genutzt wurde. Sie hatten sich gründlich umgehört. Keiner der Mieter im angrenzenden Wohnhaus nutzte diese Stellfläche oder wusste von ihr. Der Anbau war ein idealer Ort für geheime Übergaben, denn niemand hielt sich lange in dem heruntergekommenen Hinterhof auf.

Taylor blickte nervös auf die Uhr. Durch den Zwischenfall mit Laura war er spät dran. Endlich sah er den Einsatzwagen, ein schwarzes Lieferfahrzeug, das unauffällig am Straßenrand parkte. Er sah sich um und stieg durch die Seitentür ein.

»Da bist du ja«, maulte ihn ein Kollege an, der vor ein paar kleinen Monitoren saß. »Ich hatte bereits Sorge, du hast den Einsatz vergessen.«

»So ein Quatsch. Bin ich jemals nicht aufgetaucht?«, fragte Taylor.

Der Kollege musterte ihn überrascht.

»Dir ist ja wohl eine Laus über die Leber gelaufen. Das war ein Scherz. Du bist sonst immer der Erste.« Er neigte den Kopf und verzog die Lippen zu einem Grinsen. »Heute ist ein guter Tag. Wir kriegen diesen verdammten Typen. Wirst schon sehen.« Der Polizist erhob sich und begann in einer Box zu kramen.

»Dann wollen wir dich mal verkabeln«, murmelte er und holte ein paar schwarze Kabel, Kopfhörer, ein Mikrofon und Pflaster heraus.

»Wir schnappen ihn. Ich gebe alles dafür«, sagte Taylor und stopfte sich den Empfängerknopf ins Ohr. Er warf einen Blick auf die Karte, auf der die einzelnen Häuser der Straße eingezeichnet waren. Er sollte im Hinterhof Stellung beziehen, gleich neben dem Anbau. Der *Bote*, so nannten sie den Strohmann, würde in ungefähr zwanzig Minuten auftauchen. Zwei andere Kollegen verfolgten ihn bereits und meldeten regelmäßig den Stand der Dinge.

»Der *Bote* ist auf der Zielgeraden«, verkündete in diesem Augenblick einer von ihnen durch das Funkgerät und gab die genaue Position durch.

»Es dauert nicht mehr lange. Besser, wir beeilen uns«, stellte der Techniker fest und vollendete mit wenigen Handgriffen Taylors Verkabelung.

Sie würden dem Strohmann bis zum Hinterhof folgen. Von da an sollten Taylor und ein Teampartner übernehmen. Damit sie nicht gesehen wurden, sollten sie bereits jetzt ihre Stellung einnehmen. Als Erstes galt es, den *Boten* unauffällig in Empfang zu nehmen. Der eigentliche Zugriff würde erfolgen, sobald der Drogenboss auftauchte. Polizeibeamte in Zivil hatten sich rund um das Gebäude und an der Straße entlang aufgestellt, sodass keiner der beiden Dealer einfach so entkommen konnte. Das Problem an der Sache war, dass an solchen Treffen in der Regel auch andere Personen aus dem Dealerumfeld teilnahmen und sie den richtigen Mann identifizieren mussten.

Taylor zog eine schwarze Jacke über. Er stieg aus dem Fahrzeug und machte sich auf den Weg, wobei er die gesamte Umgebung im Auge behielt. Dabei registrierte er jeden, der ihm entgegenkam. Zügig erreichte er den Innenhof und begab sich geräuschlos zu dem Anbau. Dort versteckte er sich hinter ein paar großen Mülltonnen und wartete auf weitere Meldungen zum Strohmann.

»Bote betritt Hinterhof«, tönte es aus dem Knopf in seinem Ohr.

Automatisch spannte er die Muskeln an und starrte Richtung Straße. Tatsächlich bewegte sich eine dunkle Gestalt auf ihn zu. Taylor duckte sich und beobachtete, wie der Mann an ihm vorbeilief und die Tür des Anbaus öffnete.

»Bote ist im Nest. Ich wiederhole: Bote im Nest«, flüsterte Taylor.

»Bestätige«, erklärte sein Kollege, der sich auf der anderen Hofseite postiert hatte.

Jetzt wurde es spannend. Wer auch immer als Nächstes auf den Hof spazierte, konnte der gesuchte Drogenboss sein. Tatsächlich dauerte es nicht lange, bis eine weitere Person erschien. Sie sah sich eine Weile um und schritt auf den Anbau zu. Ein paar Meter davor hielt sie kurz inne und huschte dann zur Häuserwand. Sie steuerte direkt auf Taylor zu, sodass er sich tiefer hinter die Mülltonnen duckte. Er starrte sie an und erkannte, dass es sich um eine Frau handelte. War der Boss etwa gar kein Mann? Noch während Taylor überlegte, meldete sich sein Kollege gegenüber:

»Der Boss hat dich entdeckt. Du fliegst gleich auf. Ich hole den Boten«, zischte er und verließ seine Deckung.

Taylor war sich gar nicht so sicher, ob sie tatsächlich aufgeflogen waren. Die Gestalt huschte einfach an ihm vorbei.

»Zugriff«, dröhnte es in seinem Ohr, und Taylor blieb nichts weiter übrig, als sich auf den Boss zu stürzen. Er sprang hinter der Tonne hervor und war in zwei, drei Schritten bei der Frau. Sie durfte auf keinen Fall schreien und den Boten aufscheuchen. Er streckte die Hände aus und hielt abrupt inne. Er kannte diese Frau.

Im gleichen Moment glühte ein Stückchen entfernt eine Zigarette auf. Verdammt, der Bote war wieder herausgekommen. Er hatte ihn gar nicht bemerkt. Obwohl es dunkel war, konnte Taylor spüren, wie er von ihm angestarrt wurde. Der Bote ließ die Zigarette fallen und stürmte davon. Sein Kollege nahm die Verfolgung auf.

Ohne Vorwarnung bekam Taylor plötzlich einen Tritt zwischen die Beine. Er wankte und ignorierte das scharfe Stechen.

»Laura, ich bin es«, brüllte er, während der Hinterhof von Einsatzkräften gestürmt wurde. Der

Strahl einer Taschenlampe blendete ihn. Inzwischen waren sie von Beamten umzingelt.

»Taylor?« Endlich hatte Laura ihn erkannt. »Was machst du denn hier?«

»Das könnte ich dich auch fragen«, erwiderte er und sank vor Schmerzen in die Knie.

25

Er hatte es einfach nicht länger ausgehalten und war losgezogen, um die Leere in seinem Inneren zu betäuben. Bloß gut, dass er stets mehrere Eisen im Feuer hatte. Sein Zeitplan war durch das kleine Mädchen durcheinandergekommen, aber im Grunde genommen machte das nichts. Sein Plan stand fest und er würde ihn jetzt eben ein wenig schneller umsetzen.

»Bitte lassen Sie mich frei«, flehte die Frau, die im Keller auf dem Stuhl festgebunden saß.

»Halt doch still«, sagte er sanft und blickte ihr tief in die Augen. Sie gefiel ihm sehr gut. Der dunkelrote Nagellack würde hervorragend zu ihr passen. Er drehte das Fläschchen auf und pinselte sorgfältig einen ihrer Fingernägel ein.

»Das sieht wunderschön aus«, bemerkte er und nahm sich den nächsten Nagel vor.

»Ich tue, was immer Sie wollen, wenn Sie mich

gehen lassen«, flehte die Frau erneut. Eine Träne tropfte von ihrem Kinn auf den feuchten Nagellack und verursachte eine hässliche Delle.

»Hör sofort auf zu flennen! Du ruinierst mir alles!«, fuhr er sie an.

Sie zuckte zusammen. Dabei entglitt ihm der Finger und ein wenig Nagellack landete auf der Tischplatte.

»Jetzt reicht es mir aber«, schrie er und erhob sich. »Du bist ja wirklich das dümmste Miststück, das mir je untergekommen ist. Wenn du dich noch einmal rührst, dann drehe ich dir auf der Stelle den Hals um!«

Die Frau starrte ihn mit aufgerissenen Augen an. Ihr Mund ging auf und zu, wie bei einem Fisch, der nach Luft schnappte. Plötzlich gefiel sie ihm überhaupt nicht mehr. Wie konnte ein Mensch sich nur innerhalb weniger Stunden derartig verändern? Er kannte die Antwort. Hier in seinem Keller kam die Wahrheit ans Licht. So war es auch mit seiner Mutter gewesen. Sobald sie auf diesem Stuhl gesessen hatte, kam ihr hässliches Wesen an die Oberfläche. Alles Betteln und Flehen half dann nichts. Den schlechten Charakter seiner Schwester hatte der Aufenthalt im Keller ebenfalls zutage gebracht. Noch immer spürte er den gewaltigen Hass, den er für Elisa hegte.

»Ich halte ganz still. Versprochen«, sagte die Frau und riss ihn damit aus seinen Gedanken.

Sie sprach so ruhig, dass er sich überrascht wieder setzte. Ihre verzerrten Gesichtszüge hatten sich geglättet. Sie sah beinahe schön aus, wenn man von den verheulten Augen absah.

»Ich halte still«, versprach sie noch einmal und lächelte sogar ein wenig.

Spielte diese Frau ihm etwas vor oder meinte sie es ernst? Er nahm das Fläschchen und tauchte den Pinsel erneut ein.

»In Ordnung. Wir versuchen es«, erwiderte er und strich den ruinierten Nagel abermals an. Sie bewegte sich tatsächlich nicht und endlich weinte sie auch nicht mehr. Er hasste Tränen. Tränen dienten der Erpressung. Das hatte er gründlich bei seiner kleinen Schwester gelernt. Mädchen setzten Tränen ein, um ihren Willen zu kriegen. Er würde sich davon jedoch nicht beeindrucken lassen.

»Das machst du sehr gut«, lobte er die Frau und beendete sein Werk. Zufrieden betrachtete er ihre schönen Nägel.

»Weißt du was?«, sagte er euphorisch, weil er plötzlich das Bedürfnis verspürte, seinen Plan schneller durchzuführen. »Ab morgen musst du dich nicht mehr fürchten.«

Die Augen der Frau weiteten sich erwartungsvoll. Er strich ihr über den Handrücken und nickte voller Vorfreude.

»Ab morgen bist du hier unten nicht länger allein. Ich besorge dir Gesellschaft«, flüsterte er verheißungsvoll.

Er dachte, dass sie sich über seine Belohnung freuen würde. Doch stattdessen schossen schon wieder diese schrecklichen Tränen aus ihren Augen. Er stöhnte enttäuscht auf.

»Okay. Wie du willst«, sagte er verärgert. »Dann kommt sie eben nach nebenan.«

Er erhob sich und knallte die Kellertür hinter sich zu.

26

»Taylor, es tut mir so leid«, flüsterte Laura und wünschte sich zum tausendsten Mal, sie könnte die Zeit zurückdrehen.

»Es ist besser, wenn Sie uns jetzt alleine lassen«, sagte der Arzt und machte eine Kopfbewegung Richtung Tür.

Laura warf Taylor einen letzten Blick zu. Er wirkte blass und lächelte schwach. Dann ging sie langsam aus dem Untersuchungszimmer. Sie hatte ihm ganz schön zugesetzt und es tat ihr entsetzlich leid. In dem dunklen Hinterhof hatte sie einfach nur reflexartig reagiert. Als sie bemerkte, dass sich jemand von hinten an sie heranschlich, hatte sie zugetreten, bevor sie begriff, dass es Taylor war.

Sie setzte sich auf einen farblosen Plastikstuhl im Wartezimmer und starrte auf die Uhr. Es war kurz vor Mitternacht. Sie hatte darauf bestanden, dass Taylor ins Krankenhaus fuhr. Er hatte starke Unterleibsschmerzen, und sie wollte sichergehen, dass ihr Tritt keine schlimmere Verletzung verursacht hatte. Ihre Zunge klebte trocken im Mund. Sie stand auf und steckte eine Münze in den Getränkeautomaten, um eine Cola zu kaufen. Die Flasche polterte in den Auffangbehälter und sie trank gierig wie eine Verdurstende.

Ihre Gedanken schweiften zu Steven Kartal. Sie hatte nicht gewusst, dass er der Strohmann war, den Taylor und sein Team in den letzten Tagen aufgespürt hatten. Steven Kartal war bei einem Schulfreund untergeschlüpft, der sein Geld mit Drogengeschäften verdiente und ebenfalls polizeibekannt war. Dieser organisierte die Verteilung der Drogen an Nachtclubs, Diskotheken und andere Etablissements und offenbar half Steven Kartal ihm dabei. Die Drogenfahnder wollten jedoch an den großen Boss heran, nicht nur an die Mittelsmänner. Deshalb observierten sie die beiden. Sobald der Kopf der Organisation festgesetzt wäre, würde es auch ihnen an den Kragen gehen. Leider war Steven Kartal in dem ganzen Durcheinander entwischt. Sie hatten ihn weder bei seiner Schwester noch in der Wohnung des Schulfreundes angetroffen. Laura würde so schnell wie möglich ein Gespräch mit Nina Kartal führen. Sie war sich sicher, dass die Schwester den Aufenthaltsort ihres Bruders kannte. Notfalls würde sie Nina Kartal auf eigene Faust überwachen lassen. Sobald sie Kontakt zu Steven Kartal aufnahm, hätten sie ihn. Es war Laura egal, ob ihr Chef die Sache genehmigte. Sie hatte noch einen Gefallen bei einem Kollegen gut.

Ihr Handy klingelte und riss sie aus ihren Gedanken. Simon Fischer wollte sie erreichen.

»Hi, Simon«, grüßte sie ihn und hastete aus dem

Wartezimmer, damit die anderen Patienten nicht mithörten.

»Rate mal, wo ich bin.«

Schon an Simons Tonfall hörte sie, dass er etwas entdeckt hatte. Rasch ging sie die Möglichkeiten im Kopf durch. Hatte er den Täter ein weiteres Mal auf einem Überwachungsvideo ausfindig gemacht?

»Ich habe Melanie Schlautmanns Auto gefunden«, beantwortete er sich seine Frage selbst und gab Laura die Adresse durch.

»Ich warte hier auf dich«, sagte er und legte auf.

Laura kehrte zurück zum Behandlungsraum und klopfte an. Obwohl niemand antwortete, öffnete sie die Tür und sah hinein. Taylor lag auf der Untersuchungsliege und richtete sich auf, als er sie bemerkte.

»Taylor, ich muss los. Simon Fischer hat den Wagen eines Opfers entdeckt«, flüsterte sie.

Der Arzt drehte sich zu ihr herum. »Gute Nachrichten: Ein Kühlpad und ein paar Schmerztabletten dürften ausreichen. Ihr Mann hat keine ernsthafte Verletzung davongetragen.«

Laura atmete auf.

»Geh ruhig. Ich nehme mir ein Taxi«, rief Taylor mit gequältem Lächeln.

Laura zögerte. Das schlechte Gewissen nagte an ihr. Sie war schuld an Taylors Zustand und jetzt ließ sie ihn im Krankenhaus zurück.

»Ruf mich an, wenn du mich brauchst«, erwiderte sie dennoch und schloss die Tür. Sie begab sich zu der Adresse, die Simon Fischer ihr gegeben hatte. Die Fahrt dauerte eine Weile, da sie fast bis zum Flughafen musste. Sie erreichte eine schwach beleuchtete Straße, die auf beiden Seiten von Feldern gesäumt wurde. Kaum zu glauben, dass sie sich noch in Berlin befand. Simon erwartete sie bereits. Er hatte die Lichter seines Wagens angelassen. Laura parkte hinter ihm und stieg aus.

»Wie hast du das Auto entdeckt?«, fragte sie und ging einmal um den Mittelklassewagen herum.

»Nicht so, wie du es von mir erwarten würdest«, entgegnete Simon und grinste. »Ich bin die Straßen zum Flughafen abgefahren. Da sie nicht zum Vorstellungsgespräch erschienen ist, habe ich mir also alle möglichen Strecken herausgesucht, die von ihrer Wohnung zum Flughafen führen. Ein Unfall wurde nämlich nicht gemeldet. Kein Wunder, der Wagen ist ganz normal geparkt.«

Laura krauste die Stirn. »Er steht falsch herum.«

»Wie bitte? Das verstehe ich nicht.«

Laura deutete auf die Motorhaube und anschließend auf die Straße. »Das ist nicht die Richtung zum Flughafen, sondern der Weg zurück.« Laura blickte sich um. Warum hatte Melli mitten in der Pampa angehalten? Laura ging einmal mit der Taschenlampe um den Wagen. Er wies nicht einen einzigen Kratzer auf. Offenbar hatte Melli keinen Unfall gehabt. Wurde sie gezwungen, bei der Flughafenverwaltung zu lügen?

Simon zuckte mit den Achseln. »Wir sehen uns am besten den Wagen von innen an.« Bevor Laura etwas sagen konnte, machte er sich am Seitenfenster zu schaffen und öffnete die Tür ohne Probleme.

»Wie hast du das denn so schnell hinbekommen?«, fragte Laura erstaunt.

»Ich kann nicht nur mit Computern umgehen. Es gibt Dinge, die du nicht über mich weißt.« Simon grinste frech. »Ich habe einen Freund beim Schlüsseldienst, der hat mir mal aus der Patsche geholfen, als ich meinen Autoschlüssel verlegt hatte. Seitdem bin ich ausgerüstet.«

Laura sah Simon ungläubig an. »Und weil du einmal zugeschaut hast, schaffst du es jetzt, im Handumdrehen die Tür zu öffnen?« Sie lachte und winkte ab. »Okay. Ich frage nicht weiter nach.«

Sie band die Haare mit einem Gummiband zusammen und nahm sich die Beifahrerseite vor. Auf dem Sitz lag das Einladungsschreiben der Flughafenverwaltung. Das Handschuhfach beinhaltete die Betriebsanleitung, das Wartungsheft und ein Päckchen feuchte Tücher. Weder Mellis Handtasche noch ihr Handy waren im Auto. Laura fragte sich, wie der Killer sie entführt hatte. Aber sie fand keine Antwort. Erst als sie den Boden auf der Fahrerseite ableuchtete, entdeckte sie etwas.

»Ich glaube, hier ist ein Fußabdruck«, stieß sie aus und betrachtete die hellen Linien, die sich auf der dunklen Fußmatte abzeichneten. »Melli hatte Pumps an und dieser Abdruck stammt definitiv von einem Männerschuh.«

»Du meinst, der Täter hat den Wagen geparkt, nachdem er Melli in seine Gewalt gebracht hat?«

»Ja, das könnte sein«, erwiderte Laura. Sie machte vorsichtshalber ein Foto mit ihrem Smartphone. »Vielleicht sind es Abdrücke von Cowboystiefeln. Die Spurensicherung wird das herausfinden.«

Simon öffnete die Motorhaube und warf einen Blick in den Motorraum. Er rümpfte die Nase und winkte Laura zu sich.

»Ich bin kein Experte, aber das sieht gewaltig nach einer Manipulation aus. Der Kraftstoffschlauch ist angeritzt.«

»Was?« Laura starrte fassungslos auf die vielen Schläuche und Drähte. Sie hatte keine Ahnung, welcher der Benzinschlauch war.

»Hier«, erklärte Simon und deutete auf einen schwarzen Schlauch. »Siehst du den feinen Ritz?«

»Ja. Und was bedeutet das?«

Simon hob die Schultern. »Der Wagen bleibt irgendwann stehen. Vermutlich kann man den Zeitpunkt sogar ziemlich gut berechnen, je nachdem, wie viel Benzin austritt.«

»Der Täter wusste also, dass sie liegen bleiben würde. Vielleicht hat er ihr seine Hilfe angeboten und sie dann überwältigt«, überlegte Laura. In ihrem Kopf lief ein Film ab. Was würde sie anstelle des Killers tun, um eine Frau dazu zu bringen, in ein fremdes Auto einzusteigen? Sie stellte sich vor, dass Melli auf dieser Straße stehen geblieben war. Vermutlich hatte sie es eilig, schließlich wollte sie pünktlich zu ihrem Vorstellungsgespräch. Weit und breit war keine Hilfe in Sicht, und plötzlich tauchte ein Mann in einem Wagen auf, der ihr anbot, sie mitzunehmen. Verdammt, Melli! Man ging niemals mit Fremden mit, egal wie freundlich sie einem erschienen. Das Böse versteckte sich häufig hinter einem netten Gesicht. Wie sonst würde es Monstern gelingen, ihre arglosen Opfer in die Falle zu locken?

»Schade, dass es hier keine Überwachungskameras gibt«, bedauerte Simon. »Ich hätte gerne herausgefunden, ob der Kerl wieder in seiner Cowboy-Montur angetreten ist.« Er schloss die Motorhaube und gähnte. »Zeit fürs Bett, oder willst du weitermachen?«

Laura schüttelte den Kopf. »Nein. Du hast recht. Wir müssen morgen fit sein.« Außerdem wollte sie Taylor noch einen Besuch abstatten.

27

»Hören Sie, ich muss wissen, wo Ihr Bruder steckt«, sagte Laura. Sie drängte die Geschehnisse der Nacht beiseite und fixierte Nina Kartal mit den Augen. Sie war bei Taylor vorbeigefahren. Es ging ihm zwar besser, aber sie hatten sich gestritten. Taylor war stinksauer, weil sie ihm ihre Vergangenheit mit Max verschwiegen hatte. Laura hatte versucht, ihm zu erklären, dass die Geschichte mit Max überhaupt keine Bedeutung mehr hatte. Doch sie konnte Taylor nicht überzeugen. Sie sah es in seinem Blick. Etwas war darin zerbrochen. Völlig überstürzt hatte sie ihn daraufhin stehen lassen. Sie war nach Hause geeilt und hatte ein paar löchrige Stunden geschlafen.

Ihr erster Gedanke am Morgen hatte Taylor gegolten und der zweite Melli. Taylor würde warten müssen. Sie wollte die Sache in Ordnung bringen, aber zuerst musste sie diesen verdammten Killer schnappen.

Deshalb war sie nicht ins Büro gefahren, sondern sofort zu Nina Kartal.

»Ich weiß es nicht«, erklärte die Besitzerin des Tattoostudios und senkte den Blick.

»Sie sind keine besonders gute Lügnerin. Wenn Sie unsere Ermittlungsarbeiten behindern oder noch jemand zu Schaden kommt, geraten Sie in ernsthafte Schwierigkeiten.« Laura sprach freundlich, aber mit fester Stimme, damit Nina Kartal den Ernst der Situation begriff. Offenbar zog sie es jedoch vor, zu schweigen. Laura seufzte und legte ihr ein Foto von Mellis Tattoo hin.

»Wurde das in Ihrem Studio gemacht?«

Nina Kartal betrachtete die Feder eingehend. Nach einer Weile verzog sie das Gesicht.

»Ehrlich gesagt ist es kein besonders gutes Tattoo. Steven hat das garantiert nicht gestochen und selbst unsere Aushilfe würde es besser machen. Sehen Sie sich bloß die Linien an. Die sind nicht mal richtig durchgezogen. Es sieht aus, als hätte es ein Laie gemacht.«

Mit dieser Antwort hatte Laura gerechnet. Die Arbeit hatte nicht annähernd die fein geschwungenen Kurven und die Lebendigkeit wie der Schmetterling auf Svenja Pfeiffers Schulter. Trotzdem lag es nahe, dass Melli den Bruder von Nina Kartal kannte oder ihn zumindest getroffen hatte. Schließlich hatte die Visitenkarte des Tattoostudios zwischen ihren Papieren gesteckt. Laura steckte das Foto ein und zeigte Nina Kartal stattdessen ein Bild von Melli.

»Kennen Sie diese Frau?«

Nina Kartal schüttelte den Kopf. »Nein. Die habe ich noch nie gesehen.«

»Und wie kommt dann Ihre Visitenkarte in die Wohnung dieser Frau?«

Kartals Gesicht hellte sich auf. »Wir haben vor ein paar Wochen eine Werbeaktion durchgeführt. Sie meinen diese Karte?« Sie holte hinter dem Tresen ein Kärtchen hervor, das genauso aussah.

»Wir haben die im ganzen Stadtteil verteilt. Leider hat die Aktion nicht so viel gebracht. Das nächste Mal werde ich wohl Flyer drucken. Die sind größer und verschwinden nicht so schnell. Eine Kundin hat mir erzählt, dass sie das Visitenkärtchen fand, weil es in einer Zeitschrift steckte und nur durch Zufall herausrutschte. Dabei hatte ich gedacht, dass eine kleine Karte besser ins Portemonnaie passt und deshalb vielleicht nicht gleich im Müll landet.« Sie presste enttäuscht die Lippen zusammen.

»Warum haben Sie Ihren Bruder nicht zu uns geschickt, als er sich bei Ihnen gemeldet hat?«, fragte Laura. »Das hatten Sie uns versprochen.« Sie überlegte kurz, ihr von der gestrigen Aktion zu erzählen, entschied sich jedoch dagegen. Sobald Nina Kartal klar wurde, dass die Polizei sie überwachte, wäre sie noch vorsichtiger und würde ihren Bruder unter Garantie nicht mehr treffen. Wenn sie Pech hatten, wusste sie sowieso bereits von dem Einsatz. Steven Kartal war schließlich entkommen. In ihrem Gesicht registrierte Laura allerdings keine Anzeichen davon.

Nina Kartal war die Frage unangenehm. Ein roter Fleck bildete sich auf ihrem Hals.

»Er war gestern zum Essen hier. Aber nur ganz kurz und ich war völlig überrascht. Ich hatte wirklich überlegt, Sie anzurufen, doch es war schon spät und er hätte es mir bestimmt sehr übel genommen.«

Laura sah Nina Kartal verblüfft an. Mit dieser Antwort hatte sie nicht gerechnet.

»Hören Sie, drei Frauen sind tot. Ich gebe Ihnen einen gut gemeinten Rat. Ihr Bruder ist ein Verdächtiger. Alle drei Frauen haben eine Verbindung zu Ihrem Studio. Die Sache ist sehr ernst, und wenn Sie nicht mit hineingezogen werden wollen, dann kooperieren Sie am besten mit uns.«

Nina Kartal verlor für einen Moment die Fassung. Sie schluckte und rollte hektisch mit den Augen. Laura befürchtete bereits, sie könnte versuchen wegzulaufen.

»Er kann keiner Fliege etwas zuleide tun. Ich …« Nina Kartal stockte und fuhr sich durchs Haar. »Er hängt wieder mit diesem Freund zusammen. Sie wollen Drogen verkaufen. Ich habe ihm gesagt, er soll das lassen. Aber davon will er nichts hören.« Nina Kartal senkte die Stimme und begann zu flüstern: »Ich weiß, was er in zwei Tagen vorhat. Sie müssen mir jedoch versprechen, dass ihm nichts geschieht.«

Laura nickte, wenngleich sie nicht dafür garantieren konnte.

»Sie treffen sich am Flughafen in einer ausgedienten Halle und wollen irgendeinen großen Deal durchziehen. Ich habe das nur durch Zufall mitbekommen. Steven telefoniert immer sehr laut. Mir ist klar, dass er für die Polizei kein unbeschriebenes Blatt ist, aber bitte glauben Sie mir, er bringt keine Frauen um.«

Laura bedankte sich bei Nina Kartal. Mehr war aus ihr offenbar nicht herauszuholen. Obwohl sie augenscheinlich ein viel zu positives Bild von ihrem Bruder hatte, glaubte Laura ihr, dass Mellis Tattoo nicht aus Kartals Studio stammte. Damit hatte Steven Kartal zwar eine Verbindung zu den ersten beiden Opfern, jedoch scheinbar nicht zu Melli. Trotzdem durfte sie an dieser Stelle nicht lockerlassen, denn bisher wusste sie nicht, wie der Täter seine Opfer auswählte oder ob er sie kannte. Steven Kartal hatte sie angelogen und war untergetaucht.

Sie blickte auf die Uhr und eilte zum Wagen. In ein paar Minuten war sie mit Max bei dem Umzugshelfer Torsten Schlegel verabredet. Max wartete bestimmt schon auf sie. Wie Taylor hatte er sich heute Morgen noch nicht bei ihr gemeldet. Sie schickte Taylor eine kurze Nachricht und wünschte ihm gute Besserung, bevor sie losfuhr. Der Umzugshelfer wohnte nicht weit von Svenja Pfeiffer entfernt. Seine Wohnung lag in einem kastenförmigen Wohnblock mit traurigem, verdorrtem Rasen davor. Ein paar Kinder spielten Fußball. Einige wirkten etwas älter, und Laura fragte sich, warum sie nicht in der Schule waren. Immerhin hatte sie, was Max anbelangte, recht gehabt. Er lehnte an seinem Auto und lächelte ihr zu, als sie ausstieg.

»Ich wollte dich gerade anrufen«, erklärte er, während sie den Wagen verriegelte. Er musterte sie zweifelnd. »Sag mal, hast du nicht geschlafen? Tut mir echt leid mit gestern Abend. Ich hatte eigentlich vorgehabt, es dir zuerst zu erzählen und nicht gleich Taylor mit dieser Anna-Katharina-Geschichte zu konfrontieren. Aber als er auf einmal vor mir stand, habe ich die Beherrschung verloren.«

Anna Katharina. Der Name versetzte Laura einen Stich ins Herz. Sie hatte überhaupt nicht mehr an diese Frau gedacht. Jetzt fiel ihr ein, dass Taylor keinerlei Erklärung abgegeben, sondern stattdessen mit einem Gegenvorwurf reagiert hatte. Er hatte ihr die einstige Beziehung zu Max übel genommen, doch über Anna Katharina kein Wort verloren.

»Hör zu«, brummte Max und schloss sie in die Arme. »Da läuft wahrscheinlich nichts. Sie ist seine neue Partnerin. Das habe ich erst später mitbekommen. Wir gehen ja auch ab und an gemeinsam essen.«

»Aber nicht, wenn wir gleichzeitig mit unseren Lebensgefährten verabredet sind«, stieß Laura aus und ärgerte sich sofort darüber. Sie löste sich von Max, denn sie wollte ihr Liebesleben keinesfalls mit ihm besprechen. Er war einfach immer noch zu eifersüchtig, was sie anbelangte.

»Ich hätte es dir eher sagen müssen.« Max verzog reumütig das Gesicht. »Ein Bekannter hat es mir gesteckt. Diese Anna Katharina soll es auf Taylor abgesehen haben. Sie hat einer Freundin von Taylor vorgeschwärmt und behauptet, dass sie sich seinetwegen sogar auf einen anderen Posten versetzen lassen würde.« Max winkte ab. »Aber so genau willst du es vermutlich gar nicht wissen.«

»Ach Max«, erwiderte Laura und senkte den Kopf. »Es ist alles viel schlimmer, als du denkst. Ich habe Taylor gestern Nacht zwischen die Beine getreten.«

»Du hast was?« Max starrte sie ungläubig an und fing dann schallend an zu lachen. »Sag das noch mal.«

Ohne dass sie es wollte, musste sie selbst grinsen. »Verdammt, Max! Du hättest gestern bei mir sein sollen. Ich wollte wegen Mellis Tattoo bei Nina Kartal vorbeischauen und habe tatsächlich ihren Bruder in ihrer Küche gesehen. Als er gegangen ist, bin ich ihm gefolgt. In irgend so einem stockdunklen Hinterhof ist er mir entwischt. Plötzlich stand jemand hinter mir. Da habe ich zugetreten.«

»Ich sag ja immer, mit dir sollte man sich nicht anlegen«, gluckste Max. »Was hatte Taylor denn dort verloren?«

»Er hatte einen Einsatz wegen dieser Drogengeschichte. Es war eine groß angelegte Aktion und ich bin mitten reingeplatzt. Ich hatte keine Ahnung, dass Steven Kartal in diese Geschäfte verwickelt ist.« Laura erklärte Max, dass Kartal der Strohmann war, der seit Tagen unter Beobachtung stand.

»Das ist eine schwache Leistung von uns als Polizei insgesamt«, stellte Max fest. »Wir dürfen den Typen nicht zur Fahndung ausschreiben, und das Drogendezernat hat derweil einen ganzen Trupp auf ihn angesetzt, ohne dass wir es mitbekommen. Wir sollten uns die Überwachungsprotokolle schnellstens vornehmen. Womöglich hat er am Tag von Mellis Verschwinden durch unsere eigenen Leute ein Alibi.«

Laura stimmte Max zu. Sie würde Martina Flemming darum bitten, das zu überprüfen.

»Wir befragen jetzt erst einmal Torsten Schlegel.

Vielleicht kannte er auch Melli.« Sie gingen hinüber zum Hauseingang und Laura betätigte die Klingel.

Eine Frauenstimme knatterte durch die Gegensprechanlage: »Ja, bitte?«

»Laura Kern und Max Hartung vom Landeskriminalamt Berlin. Wir haben ein paar Fragen an Torsten Schlegel. Ist er zu sprechen?«

»Der ist schon zur Arbeit«, erwiderte die Frau abweisend.

»Können Sie uns die Adresse geben? Es ist dringend.«

Die Frau teilte ihnen die Anschrift mit und sie verabschiedeten sich. Trotzdem rauschte es weiter aus dem Lautsprecher. Laura wollte sich gerade abwenden, als sie hörte, wie die Frau ein Telefonat führte.

»Die Bullen sind schon wieder hier und wollen dich sprechen. Was zur Hölle hast du ausgefressen? Ich schwöre, dass du hier nie mehr einen Fuß reinsetzt, wenn du dir wieder ein Ding geleistet hast.«

Laura konnte die Antwort von Torsten Schlegel nicht verstehen. Doch jetzt war er vorgewarnt. Sie sollten sich beeilen.

»Du fährst«, rief sie Max zu und stieg bei ihm auf der Beifahrerseite ein. Ihr Auto würde sie später abholen.

»Ich habe heute Morgen mit Martina Flemming gesprochen«, sagte Max. »Sie hat Torsten Schlegel gründlich überprüft. Er hat sich seit seiner Bewährungsstrafe wegen einer Kneipenschlägerei nichts mehr zuschulden kommen lassen. Allerdings kann er für die Todeszeitpunkte unserer drei Opfer kein Alibi vorweisen. Seine beiden Kollegen, die bei den Umzügen geholfen haben, hat Martina Flemming auch gleich kontrolliert. Die scheiden als Täter aus. Einer war im Urlaub und der andere lag mit einem Leistenbruch im Krankenhaus.« Max steuerte den Wagen um den nächsten Häuserblock und nahm Kurs auf eine dreispurige Hauptstraße.

»Und offenbar hat Schlegel keine unmittelbare Verbindung zu Melli Schlautmann«, erwiderte Laura. »Das gilt ebenso für Steven Kartal und den Vermieter Marcus Thalmann.« Laura rieb sich nachdenklich die Stirn. »Ich frage mich, woher der Täter seine Opfer kennt.«

»Vielleicht sondiert er die sozialen Netzwerke. Optisch sind sich alle drei Frauen ähnlich. Sie sind blond, um die dreißig und attraktiv.«

»Das wäre eine Möglichkeit.« Laura konnte Max' Argumenten so weit folgen. »Ich verstehe nur nicht, warum er über die Netzwerke keinen Kontakt zu ihnen aufnimmt. Das wäre schließlich der erste Schritt. Und außerdem kann er auf diesen Plattformen allerhöchstens die Stadt herausfinden, in der sie wohnen. Wie kommt er an ihre Adressen? Vielleicht kennt er sie doch von irgendwo anders her.«

»Du denkst, es ist Steven Kartal?« Max warf ihr einen flüchtigen Seitenblick zu und bretterte über eine Kreuzung.

»Ich kann ihn nicht ausschließen. Das gilt allerdings auch für diesen Vermieter. Ich fand ihn ziemlich merkwürdig.« Laura konnte sich ein Gähnen nicht verkneifen. Die kurze Nacht steckte ihr in den Knochen. »Mal sehen, was wir aus Torsten Schlegel herausholen können. Der scheint ja alles andere als ein Unschuldsengel zu sein.«

Max drosselte das Tempo und kam hinter einem Lkw zu stehen.

»Da ist er schon«, sagte er und deutete auf einen breitschultrigen Möbelpacker, der gerade dabei war, einen Sessel aus dem Lkw zu wuchten.

Laura reagierte nicht. Ihr Blick war gefangen von einer blinkenden Schnalle an seinen Schuhen.

»Der Kerl trägt Cowboy-Stiefel«, flüsterte sie und zeigte durch die Frontscheibe.

Max kniff die Augen zusammen. »Tatsächlich. Dann nehmen wir ihn uns doch jetzt mal vor.«

Torsten Schlegel sah sie sofort und stellte den Sessel auf dem Boden ab und eilte auf sie zu.

»Sie sind von der Polizei?«, fragte er nervös und blickte zwischen Laura und Max hin und her.

»Laura Kern und Max Hartung, Landeskriminalamt«, bestätigte Laura.

Torsten Schlegel nickte hektisch. »Okay. Können wir uns woanders unterhalten? Ich will meinen Job wegen dieser Sache nicht verlieren. Mein Chef ist ziemlich kritisch. Ich bin froh, dass er mich angestellt hat.«

»Natürlich«, erwiderte Laura und ließ ihn vorbei.

Torsten Schlegel schritt vor ihnen her und hielt nach knapp hundert Metern an. Er sah prüfend zurück und schnaufte zufrieden.

»Hier müsste es gehen. Meine Frau hat mich schon vorgewarnt. Sie dreht langsam durch. Ihre Kollegen waren doch gerade erst bei uns zu Hause. Denen habe ich bereits klargemacht, dass ich mit diesen Fällen nichts zu tun habe.«

»Sie kannten also die Frauen?«, fragte Laura und musterte unauffällig seine Cowboy-Stiefel aus der Nähe. Sie hätte zu gern gewusst, ob die Sohlen zu dem Abdruck in Mellis Auto passten.

»Der Chef hat natürlich auch von den Todesfällen gehört. Ich habe die beiden Kundinnen kaum zu Gesicht gekriegt. Die hatten nur kurz erklärt, welche Möbel wohin sollten. Mehr nicht. Aber das habe ich wie gesagt alles bereits erzählt.« Er fuhr sich durch die Haare. »Ich kann keinen Ärger gebrauchen. Es kriselt etwas in meiner Ehe. Vielleicht könnten wir das jetzt abschließend klären.«

»So einfach funktioniert das leider nicht. Sie müssten uns schon genau darlegen, was Sie am letzten Wochenende gemacht haben.«

Torsten Schlegel schüttelte genervt den Kopf. »Ich war mit dem Motorrad unterwegs. Bin durch die Gegend gedüst. Hab ich doch bereits erklärt.«

»Ganz alleine?«, hakte Max nach.

»Ich bin ein Einzelgänger. Das ist schließlich kein Verbrechen. Abends habe ich auf unsere Tochter aufgepasst. Meine Frau ist am Samstag und Sonntag mit Freundinnen ausgegangen.«

»Und wie alt ist Ihre Tochter?«

»Zwei Jahre.«

»Verstehe.« Laura seufzte. Ein zweijähriges Mädchen konnten sie kaum befragen. Es blieb also dabei, dass Torsten Schlegel kein belastbares Alibi vorweisen konnte.

»Um wie viel Uhr hat Ihre Frau die Wohnung verlassen?«, wollte Max wissen.

Schlegel kratzte sich ausgiebig am Kopf. »So genau bekomme ich das nicht mehr zusammen. Sie ist kurz nach drei los, denke ich.«

»Kurz nach drei? Sagten Sie nicht gerade, sie wäre am Abend verabredet gewesen?«

»Oh, stimmt. Dann war es wohl später.«

»War das am Samstag oder Sonntag?«

»Puh«, stöhnte Schlegel. »Sie war bloß am Samstag feiern.«

Langsam wurde es Laura zu viel. Der Kerl benahm sich schlimmer als ein Fähnchen im Wind.

»Am Sonntag war Ihre Frau zu Hause?«

Torsten Schlegel nickte unsicher.

»Kann sie das bestätigen?«

Wieder nickte er und wandte plötzlich den Blick ab.

»Entschuldigen Sie. Da kommt der Monteur. Dem muss ich die Anschlüsse und Schränke für die Küche zeigen. Sonst macht der nachher nur was falsch und wir kommen heute nicht nach Hause.«

Ein weißer Lieferwagen näherte sich langsam. Torsten Schlegel sprang auf die Straße und winkte dem Fahrer zu. Der Wagen stoppte. Laura las die Aufschrift auf dem Auto. *Heizungs- und Sanitärbau Hobrecht* prangte in fetten roten Buchstaben auf der Seite. Am Steuer saß ein dunkelhaariger Mann. Torsten Schlegel öffnete die Beifahrertür und stieg ein. Er zog die Tür zu und ließ Laura und Max einfach zurück. Der Monteur fuhr weiter. Irgendetwas in Lauras Gedächtnis kam ins

Rollen. Sie konnte es nicht greifen und blickte dem Wagen verdutzt hinterher.

»Sieh mal, die fahren nur das Stückchen bis zum Umzugswagen. Komm, wir holen ihn ein. Der Kerl kommt mir höchst verdächtig vor. Hast du die Kratzer an seiner Wange gesehen? Wo er die wohl herhat«, polterte Max empört und lief los.

Laura wollte ihm folgen, blieb jedoch abrupt stehen, als ihr Blick über den Asphalt schweifte. Sie konnte es nicht fassen und ging in die Knie. Torsten Schlegel hatte in dem hellen Sand auf der Straße einen Stiefelabdruck hinterlassen.

»Ich komme gleich nach«, rief sie und griff zu ihrem Smartphone. Sie legte ihre Visitenkarte zum Größenvergleich neben den Abdruck und fotografierte ihn aus verschiedenen Perspektiven. Anschließend telefonierte sie mit Dennis Struck, damit er vorbeikam und den Stiefelabdruck sicherte.

»Ich wollte mich in dieser Sekunde melden«, erklärte Struck, bevor sie überhaupt ein Wort sagen konnte. »Ich untersuche hier den Wagen von Melanie Schlautmann. Auf dem Beifahrersitz klebt ein komischer Zettel, von dem Sie und Simon Fischer mir gar nichts erzählt haben.«

»Das müsste das Einladungsschreiben der Flughafenverwaltung sein. Melanie Schlautmann hatte dort einen Termin an dem Tag, an dem sie verschwand.«

»Nein. Das ist es ja. Das Einladungsschreiben liegt auf dem Boden im Fußraum. Auf dem Sitz klebt ein kleiner Zettel, und da steht etwas drauf, was ich nicht verstehe.«

28

Wenigstens lächelte Luna wieder. Alexandra formte die Lippen zu einem Fischmaul und verstellte ihre Stimme: »Ich bin Dori und ich kann mich an nichts mehr erinnern. Was sollte ich mir gleich noch einmal merken?«

Luna zog ebenfalls eine Grimasse und gab einen glucksenden Laut von sich. Ihre Augen strahlten, während Alexandra sie verzückt im Spiegel ihres Badezimmers betrachtete. Ihr kleines Mädchen ähnelte ihr so sehr, dass ein paar Tränen in ihr hochschossen. Sie war so stolz auf Luna. Endlich schien sie den Schock einigermaßen verwunden zu haben. Lunas Schreie klangen noch immer in ihren Ohren. Sie wussten nach wie vor nicht, was mit ihr geschehen und wie sie in diese Kleingartenanlage gekommen war. Es musste etwas mit einem Mann zu tun haben. Einem Fremden, der sie einfach mitgenommen hatte. Trotz allem ging es Luna fast stündlich besser. Alexandra sah es an ihrem

Lächeln und ihrem Blick, aus dem das Apathische verschwunden war.

»Sie wird bald anfangen zu sprechen«, hatte Dr. Brockmann ihr versprochen. »Der Zeitpunkt ist ganz individuell und jeder Mensch reagiert anders auf ein Trauma. Luna kann im Augenblick nicht über das reden, was ihr passiert ist. Deshalb schweigt sie. Es ist eine Art Selbstschutzmechanismus. Indem sie nicht darüber spricht, spaltet sie die negativen Erlebnisse von sich ab. Sie gehören dann irgendwann nicht mehr zu ihr und sie ist wieder frei. Momentan kann ihre Seele die Geschehnisse einfach nicht verkraften und deswegen blockiert ihr Sprachzentrum. Unbewusst tut sie so, als wäre gar nichts geschehen.«

Dr. Brockmann hatte ihr Hoffnung gemacht. Ein totaler Mutismus, wie er Lunas Zustand nannte, würde mit der Zeit verschwinden. Sie dürfte ihre Tochter nur nicht drängen. In der nächsten Sitzung würde Dr. Brockmann es mit Hypnose probieren. Sie würden sich ganz langsam an den schrecklichen Tag herantasten und versuchen, dem Trauma auf den Grund zu gehen. Bis dahin sollte Alexandra das Schweigen ihrer Tochter ignorieren und möglichst viele schöne Dinge mit ihr unternehmen. Und vor allem sollte sie sich an die üblichen Alltagsroutinen halten. Natürlich konnte Luna in ihrem Zustand die Schule nicht besuchen. Aber alles andere würde Alexandra so gut es ging nachstellen. Es gehörte zu ihren Gewohnheiten, einmal in der Woche die Enten im Park hinter dem Wohngebiet zu füttern. Das würde Alexandra auf jeden Fall beibehalten.

»Hast du Lust auf einen Spaziergang?«, fragte sie und lächelte Luna im Spiegel an.

Ihre Tochter nickte, drehte sich um und ließ sich in den Arm nehmen.

»Zieh dir schon mal die Schuhe an. Ich hole meine Handtasche und das trockene Brot.« Alexandra gab Luna einen sanften Klaps auf den Po und schob sie in den Flur hinaus. Dann ging sie in die Küche und nahm die Brotwürfel, die sie bereits am Vormittag geschnitten hatte. Sie schlüpfte in ihre Pumps, griff die Tasche und verließ mit Luna an der Hand das Haus. Alexandra fühlte sich merkwürdig angespannt. Obwohl Dr. Brockmann ihr geraten hatte, Lunas Schweigen zu ignorieren, fiel ihr das unglaublich schwer. Normalerweise plapperte Luna den ganzen Weg bis zum Teich, ohne Luft zu holen. Aber jetzt klammerte sie sich an ihre Hand und hüpfte schweigend neben ihr her. Alexandra begann eine Geschichte zu erzählen, um die Stille zu überbrücken. Sie spazierten durch das Wohngebiet an einem Spielplatz mit kreischenden Kindern vorbei und erreichten den kleinen Park. Der Sommerwind rauschte hoch über ihren Köpfen. Die Nachmittagssonne glitzerte auf dem Teich, der inmitten von Bäumen, Büschen und einer Blumenwiese lag. Es war ein herrlicher Tag, der nach Sommer und Erholung roch. Alexandra hoffte inbrünstig, dass Luna an diesem wundervollen Platz ihre Sprache wiederfand. Sie betrachtete ihre Tochter unauffällig von der Seite. Luna schien entspannt zu sein. Ein Lächeln umspielte ihre Mundwinkel. Sie wirkte so normal, dass es ihr fast wieder die Tränen in die Augen trieb.

Ein Fahrradfahrer, der es offensichtlich eilig hatte, kam auf sie zugerast und Alexandra zog Luna beiseite. Sie drückte ihr die Tüte mit den Brotstückchen in die Hand.

»Die Enten warten schon auf dich«, sagte sie, und tatsächlich wurden sie bereits von etlichen dunklen Knopfaugen neugierig beäugt.

Sobald Luna die ersten Brotkrumen ins Wasser warf, fingen die Enten an zu schnattern und sich gegenseitig wegzudrängen. Sie schienen wirklich hungrig zu sein, denn sie kämpften um jedes noch so kleine Stückchen. Luna hatte ihren Spaß. Sie lachte lauthals. Alexandra hätte sie am liebsten geschüttelt, damit sie auch wieder redete. Sie flehte innerlich, dass der Knoten endlich platzen würde. Doch dann zwang sie sich erneut zu mehr Geduld. Luna war auf einem guten Weg. Das konnte sie spüren und sie durfte es nicht vermasseln.

Als Luna das Brot an die Enten verteilt hatte, begab sie sich wortlos zur nächsten Station ihres Spazierganges. Sie gingen an dem Ententeich vorbei und folgten einem schmalen Pfad zwischen hohen Bäumen. Schon von Weitem sah Alexandra das bunt angemalte Holz. Luna sprintete los. Sie liebte das Baumhaus, das bei keinem ihrer Parkbesuche fehlen durfte. Flink wie ein Eichhörnchen kletterte sie die wackelige Holzleiter hinauf und verschwand in dem liebevoll gestalteten Häuschen. Sie blickte kurz aus dem Fenster zu Alexandra hinunter und winkte.

»Hier bin ich«, rief sie zu ihr hoch und hob die Hand.

Luna lächelte und schwieg.

Alexandra seufzte. Jetzt, wo Luna dort oben spielte, überfielen sie wieder die Gedanken an das, was ihr geschehen sein könnte. Vergewaltigt wurde sie nicht. Geschlagen ebenfalls nicht. Die Polizei tappte absolut im Dunkeln. Man hatte eine Anzeige aufgenommen und Ermittlungen eingeleitet. Doch jedes Mal, wenn Alexandra bei der Polizei anrief und sich nach dem Stand der Dinge erkundigte, wimmelte man sie mit fadenscheinigen Begründungen ab. Im Tonfall der Beamten glaubte Alexandra Gleichgültigkeit zu hören und sogar ein wenig Empörung. Ihre Tochter sei schließlich unversehrt nach Hause gekommen. Niemand schien zu verstehen, was sie eigentlich noch wollte. Und warum sie jeden Tag drängelte. Alexandra wollte schlicht und einfach wissen, was passiert war. Sie musste es wissen, für sich, aber vor allem für Luna. Denn dann könnte Dr. Brockmann sie viel besser behandeln. Anderenfalls würden sie eine halbe Ewigkeit damit zubringen, bis sie überhaupt etwas aus Luna herausbekommen würden. Und ob Luna jemals die ganze Geschichte erzählen konnte, stand in den Sternen. Die Fantasie verzerrte die Realität, insbesondere die eines achtjährigen Kindes. Alexandra seufzte traurig und beobachtete Luna, die durch das kleine Fenster zu den Baumwipfeln sah. Alexandra folgte ihrem Blick und entdeckte einen Specht, der geschäftig den Schnabel in den Stamm einer Birke bohrte. Als sie wieder zu Luna sah, erschrak sie zutiefst. Ihre Tochter starrte sie an, als hätte sie ein Monster gesehen. Der Ausdruck in Lunas Gesicht versetzte ihr einen Schock.

»Was ist denn, Schätzchen?«, rief sie hinauf, doch Luna rührte sich nicht. Sie war vollkommen erstarrt.

»Komm bitte runter. Wir gehen nach Hause«, bat Alexandra und näherte sich der Leiter. Sie ließ Luna nicht aus den Augen. Ihre Tochter riss den Mund weit auf. Und erstaunlicherweise kamen Worte heraus.

»Böser Mann!«, kreischte Luna panisch.

Noch bevor Alexandra irgendetwas begriff, legte sich ein stinkender Lappen über ihre Lippen. Der Anblick ihrer Tochter brannte sich in ihre Netzhäute ein. Dann wurde alles um sie herum schwarz.

29

Laura ging um Mellis Wagen herum. Während Max das Gespräch mit Torsten Schlegel fortführte, war sie zu Dennis Struck aufgebrochen. Sie rief sich die letzte Nacht in Erinnerung und drehte unsicher noch eine Runde. Sie stellte sich vor, es wäre dunkel und nur der Schein ihrer Taschenlampe erhellte das Innere des Autos. Sie hatte die Beifahrertür geöffnet und das Schreiben der Flughafenverwaltung auf dem Sitz gefunden. Laura erinnerte sich genau, dass sie das Papier genommen und Simon gezeigt hatte. Sie könnte schwören, dass sich sonst nichts auf dem Sitz befunden hatte. Nachdenklich betrachtete sie den kleinen Zettel, den Dennis Struck an derselben Stelle entdeckt hatte. Hatte die Nachricht in der Nacht schon dort gelegen? Ungeduldig richtete sie ihren Blick in die Ferne. Sie hatte Simon Fischer gebeten herzukommen. Er sollte sich den Zettel anschauen. Vielleicht waren seine Erinnerungen besser als ihre. Andererseits konnte sie sich einfach nicht vorstellen, dass ihr dieses kleine Stück

Papier entgangen war. Doch das würde bedeuten, dass es jemand noch in der Nacht oder am frühen Morgen vor dem Eintreffen der Spurensicherung auf dem Beifahrersitz platziert hatte. War der Täter wirklich so dreist und ging ein derartiges Risiko ein?

Grübelnd nahm Laura die Asservatentüte zur Hand und las den Satz, der auf dem Zettel stand:

»Du bist mein Mädchen und ich hole dich nach Hause!«

Wer immer dieser Mistkerl war, er würde nicht aufhören, bis sie ihn endlich stoppten. In Lauras Magen grummelte es. Sie hatten es mit jemandem zu tun, der offenbar ein Problem mit Frauen hatte. Vermutlich litt er unter ihren Zurückweisungen und nahm sie sich daraufhin mit Gewalt. Vielleicht war er sogar impotent, wofür sprechen würde, dass es auf den ersten Blick keinen sexuellen Missbrauch gab. Sie sah Steven Kartal vor sich. Svenja Pfeiffer hatte sich von ihm getrennt. Wählte er immer den gleichen Frauentypus aus, um sich auf diese Weise zu rächen? Marcus Thalmann, der Vermieter, könnte aus einem ähnlichen Motiv heraus handeln. Erst bot er den Frauen günstige Wohnungen an und dann suchte er ihre Nähe. Nachdem sie darauf nicht eingingen, starben sie. Und wie lag die Sache bei Torsten Schlegel? Der Umzugshelfer schien bisher kein Motiv zu haben, doch das hatte nichts zu sagen. Sie würden herausfinden, ob er die Frauen belästigt hatte. Dazu müssten sie seine Kollegen und die Nachbarn der Opfer erneut befragen.

Laura betrachtete den Zettel und ging zu Dennis Struck, der auf der Fahrerseite hantierte.

»Kann ich die Nachricht auf dem Zellstofftaschentuch noch einmal sehen?«

Dennis Struck schürzte die Lippen. »Jetzt gleich?«

Laura nickte.

»Das Beweismittel ist im Labor. Gib mir einen Moment, ich hole mein Notebook. Dort habe ich die Fotos gespeichert.« Er ging zum Einsatzwagen und kam mit dem aufgeklappten Laptop zurück.

Laura verglich die Schrift mit der auf dem Zettel.

»Ich muss diesen verflixten Zettel übersehen haben«, stellte sie fest. »Das ist ziemlich sicher Mellis Handschrift.« Sie deutete auf ein paar Großbuchstaben, deren Schwünge exakt denen auf dem Papier glichen.

»Fragt sich bloß, warum sie so etwas geschrieben haben soll und noch dazu mit derselben Farbe. Ich gebe es ins Labor, aber ich könnte schwören, dass der Nagellack auf dem Taschentuch und dem Zettel übereinstimmt.«

»Sie haben recht«, seufzte Laura. »Das ergibt alles wenig Sinn.«

In diesem Augenblick näherte sich ein Taxi, aus dem Simon Fischer stieg. Er eilte freudig auf Laura zu, gab ihr zuerst die Hand und dann Dennis Struck.

»Langsam gewöhne ich mich an diese Außeneinsätze.«

Laura überreichte ihm den Zettel. »Kannst du dich erinnern, ob der in der Nacht schon auf dem Beifahrersitz lag? Vielleicht unter dem Einladungsschreiben der Flughafenverwaltung?«

Simons Grinsen verbreiterte sich. »Ich kann dir das mit einhundertprozentiger Sicherheit sagen.«

Laura sah ihn erstaunt an. Simon holte sein Handy aus der Tasche.

»Ich bin ein Computerfreak, schon vergessen?« Er tippte auf dem Display herum. »Jemand wie ich würde sich niemals nur auf ein menschliches Gehirn verlassen.« Simon blickte auf und zwinkerte Laura zu. »Ich stehe auf Technik und deshalb fotografiere ich alles, was mir spanisch vorkommt.«

Er hielt Laura das Handy hin. »Der Zettel lag gestern garantiert nicht im Auto.« Er wischte das erste Foto mit dem Schreiben der Flughafenverwaltung beiseite. Eine leere Sitzfläche erschien als Nächstes.

»Das zweite Foto habe ich gleich danach geschossen. Da hattest du das Schreiben an dich genommen.«

»Wow«, sagte Laura. »Auf dich ist echt Verlass. Weißt du, was das bedeutet? Der Täter war nach uns noch mal hier und hat diesen Zettel ins Auto gelegt.«

Simon schaute sich sofort um. »Leider gibt es hier nicht eine einzige Überwachungskamera. Vermutlich war er klug genug, nicht über den Flughafen zu fahren. Dort hätten wir große Chancen, dass sein Wagen aufgenommen wurde.«

»Und damit sein Kennzeichen«, ergänzte Laura bedauernd. »Dieser Mistkerl treibt ein mieses Spiel mit uns. Warum legt er diese Nachricht in Mellis Auto? Spätestens der Stacheldraht um ihren Hals hat uns klargemacht, dass es sich mit großer Sicherheit um denselben Täter handelt. Weshalb hat er Melli gezwungen, diesen Satz zu schreiben?«

»Ich würde sagen, der Kerl ist ein Sadist. Er sieht

seinen Opfern gerne beim Schreiben zu, während er sie mit Stacheldraht quält.«

»Als wir die Tote am Tegeler See gefunden haben, hat er uns mit seiner Nachricht zur nächsten Toten geführt. Doch wohin soll uns diese Botschaft bringen?« Laura überlegte und sprach weiter, ohne auf eine Antwort von Simon zu warten: »Er will uns gar nicht zu einem neuen Opfer führen. Er möchte uns mitteilen, warum er sie getötet hat.« Laura sah Simon fest in die Augen. »Es könnte ebenfalls bedeuten, dass er nicht erneut gemordet hat. Wenn wir uns ranhalten, können wir ihn womöglich von einem weiteren Mord abhalten. Und ich weiß auch, wie wir den Kreis der Verdächtigen eingrenzen. Wir müssen herausfinden, wo sich jeder einzelne von ihnen von gestern Nacht bis heute Morgen aufgehalten hat.«

Sie wandte sich an Dennis Struck.

»Könnten Sie schnellstmöglich den Stiefelabdruck von der Straße mit dem aus Melanie Schlautmanns Wagen abgleichen? Und dann hoffe ich, dass wir vielleicht Fingerabdrücke auf dem Zettel oder an der Beifahrertür finden.«

»Ich melde mich, sobald wir etwas haben«, versprach Dennis Struck.

Laura verabschiedete sich von ihm und nahm Simon im Dienstwagen mit. Sie wollte ins Büro und sich die Akten noch einmal ansehen. Irgendwie hatte sie das Gefühl, dass sie dort Hinweise auf den Täter entdecken würde. Außerdem konnte Martina Flemming sie gleich auf den neuesten Stand bringen. Das Rechercheteam arbeitete ununterbrochen und vielleicht hatten sie inzwischen weitere Einzelheiten ausgegraben. Während der Rückfahrt ging ihr immer wieder die Nachricht des Killers durch den Kopf. Warum war es ihm so bedeutsam, mit der Polizei zu kommunizieren? Und dann war da noch eine Sache, die Lauras Unwohlsein erheblich verstärkte.

»Der Täter beobachtet uns«, stieß sie an der nächsten Ampel aus und sah zu Simon hinüber. »Wie sonst hätte er wissen können, wann er diesen Zettel ins Auto legen kann?«

»Vielleicht hat er es vergessen und einfach nachgeholt. Es könnte ein Zufall sein.«

Laura schüttelte den Kopf. »Dieser Mann plant alles bis ins kleinste Detail. Der überlässt nichts dem Zufall.« Der Täter hatte sie ausgespäht. Er hatte genau gewusst, dass sie Mellis Auto gefunden hatten und dass die Spurensicherung am nächsten Tag den Wagen unter die Lupe nehmen würde. Er hatte daraufhin den Zettel platziert und ihnen damit demonstriert, wie sehr er ihnen voraus war. Er liebte die Dominanz, deshalb zwang er seine Opfer auch, die Papiertaschentücher mit Nagellack zu beschreiben. Auf jedem Taschentuch hatten sie eine andere weibliche Handschrift identifiziert. Er legte den Frauen Stacheldraht um den Hals, versah ihn mit einem Zahlenschloss und ließ ihnen keine Chance zur Flucht.

Laura konnte es kaum erwarten, ins Gebäude des Landeskriminalamtes zu kommen. Sie würde alle Hebel in Bewegung setzen, bis sie diesen Mistkerl endlich gefasst hatte.

30

Er lächelte, denn sein Plan war von A bis Z aufgegangen. Das war gar nicht so einfach gewesen, aber er hatte es geschafft. Er stieß einen langen zufriedenen Seufzer aus und nahm das Fernglas herunter. Ein bisschen kam er sich vor wie ein Superheld. Er steuerte die Polizei. Er hatte gewusst, dass sein Zettel sie in Aufruhr versetzen würde. Ein Beamter war sogar mit dem Taxi angereist. Wie die Ameisen waren sie um das Auto herum ausgeschwärmt und versuchten, die Fährte zu ihm aufzunehmen. Eigentlich müsste ihnen inzwischen klar sein, dass es nicht gelingen würde, ihn aufzuspüren. Er hatte alles gründlich vorbereitet. Auf die Idee, dass er in diesem Augenblick nicht einmal fünfhundert Meter entfernt an einem Baum lehnte und sie in aller Ruhe beobachtete, kamen sie offenbar nicht. Ein wenig enttäuscht war er darüber, dass sie keinen Hubschrauber oder wenigstens Drohnen zum Einsatz brachten. Das hätte ihn wirklich beeindruckt. Immerhin hatte sich ein riesiges Team der

Spurensicherung versammelt. Sie pinselten jeden Flecken des Wagens ab, obwohl sie wissen müssten, dass er nicht so dumm war, einen Fingerabdruck zu hinterlassen. Dasselbe galt für den Zettel. Die Laborarbeiten waren völlig umsonst. Sie belasteten einzig und allein den Steuerzahler.

Er setzte das Fernglas wieder an, um die Aufmerksamkeit, die ihm am heutigen Tage zuteilwurde, weiter zu genießen. Er observierte die schlanke Blonde nicht zum ersten Mal. Verwirrt suchte er die anwesenden Beamten nach ihrem Partner ab. Der durchtrainierte Glatzkopf schien nicht da zu sein. Stattdessen wuselte ein weiß gekleideter Mann mit dickem Bauch und Vollbart um die Blondine herum. Ein schmaler Typ mit schütterem Haar und Brille fummelte an seinem Handy und zeigte der Blondine irgendetwas. Was wohl gerade in ihrem Köpfchen vorging? Er biss sich aufgeregt auf die Unterlippe. Ob sie spürte, dass er ganz in ihrer Nähe war? Dass er jeden Quadratzentimeter ihres Körpers verschlang, als wäre er ein Lüstling? Das war er natürlich nicht. Dafür besaß er viel zu viel Stil.

Die Blondine drückte seinen Zettel dem dicken Bärtigen in die Hand und ging mit dem Schmächtigen zu ihrem Auto. Er bedauerte, dass ihr erneutes Zusammentreffen von so kurzer Dauer war. Andererseits hatte er sowieso zu tun. Zu Hause warteten drei hungrige Mäuler, die gefüttert werden wollten. Ein bisschen wehmütig dachte er an die Besitzerin des Wagens zurück. Er hätte sie gerne länger bei sich gehabt. Schuld daran war nur dieses kleine Ding. Er hatte einmal die Kontrolle verloren, aber das würde ihm nicht wieder passieren. Er verfolgte akribisch sein Ziel und noch war er ein paar Schritte davon entfernt. Die dummen Polizisten auf der anderen Seite des Feldes konnten sich vermutlich nicht einmal vorstellen, dass auf sie ein weiteres Highlight wartete. Da würde ihnen das eifrige Pinseln überhaupt nichts helfen. Manche Menschen konnte er einfach nicht verstehen. Sie waren nicht in der Lage, sich anzupassen, ganz im Gegensatz zu ihm. Er seufzte erneut und beobachtete, wie die Blonde mit ihrem Kollegen davonbrauste. Dann setzte er sich ebenfalls in Bewegung und machte sich auf den Nachhauseweg.

31

»Torsten Schlegel verstrickt sich permanent in Widersprüche. Mal will er auf das Kind aufgepasst haben, mal hat er ferngesehen. Ich weiß nicht, was ich von ihm halten soll«, sagte Max und unterstrich den Namen Schlegel mit einem roten Marker auf dem Whiteboard. Laura sah das genauso. »Der Typ hat für gestern Abend kein eindeutiges Alibi. Er könnte diesen Zettel in Melanie Schlautmanns Wagen gelegt haben. Außerdem spricht die Vorstrafe wegen einer Kneipenschlägerei gegen ihn. Er neigt offenbar zu gewalttätigem Verhalten, auch wenn er seit der Verurteilung polizeilich nicht mehr aufgefallen ist.«

Dennis Struck meldete sich zu Wort. Acht Augenpaare sahen ihn an. Martina Flemming und Simon Fischer waren ebenfalls zu ihnen ins Büro gekommen.

»Ich habe die Stiefelabdrücke verglichen«, berichtete Dennis Struck. »Das war verdammt schwierig, denn der Abdruck auf der Fußmatte in Melanie Schlautmanns Auto war unvollständig.« Er klappte seinen Laptop auf und zeigte ein Foto. »Man sieht hier sehr deutlich, dass der Absatz und die Fußspitze sich in die Matte eingedrückt und Staubkörner hinterlassen haben. Da die Matte ein wenig gekrümmt ist, konnte ich leider die Länge des Schuhes nur schätzen.« Dennis Struck rief ein neues Foto auf. »Das ist der Stiefelabdruck von Torsten Schlegel, den Laura auf der Straße gesichert hat. Er ist nicht besonders klar umgrenzt, aber dafür erkennt man hier auch die Sohle. Obwohl ich die Länge der Abdrücke nicht genau miteinander vergleichen kann, stimmen die Hacken jedoch überein.« Er zeigte ein drittes Bild, auf dem er die Umrisse übereinandergelegt hatte. Tatsächlich passten die hinteren Schuhabsätze präzise übereinander.

»Ich kann leider nicht garantieren, dass es sich bei den beiden Stiefelabdrücken um ein und denselben Schuh handelt. Aber es scheint mir doch zumindest dieselbe Größe zu sein.«

Martina Flemming hob den Kopf.

»Wir haben mit Torsten Schlegels Frau gesprochen. Sie hat mehr oder weniger eingeräumt, dass er nicht der treueste Ehemann ist und des Öfteren anderen Frauen hinterhersieht. Ob er das auch während der Arbeit tut, vermochte sie natürlich nicht zu sagen. Deshalb haben wir die Nachbarn von Svenja Pfeiffer und Jana Lubitz gleich mit befragt. Die meisten konnten sich nicht erinnern, aber eine Nachbarin von Jana Lubitz, Annegret Kullnick, hat Torsten Schlegel auf einem Foto erkannt und wusste genau, dass er bei dieser Umzugsfirma angestellt ist. Sie hat behauptet, dass Schlegel sehr wohl ein Auge auf Lubitz geworfen hatte. Er hatte sie um ihre Telefonnummer gebeten. Doch sie hat sie ihm nicht gegeben.«

Laura nickte. Sie hatte Annegret Kullnick noch gut in Erinnerung. Allerdings hatte die alte Dame auch erzählt, dass der Mieter unter ihr Jana Lubitz belästigt habe. Wenig später stellte sich jedoch heraus, dass er nach einer Knieoperation täglich die Treppen hoch und runter gestiegen war, um zu trainieren. Nicht wegen Jana Lubitz. Die Aussage der Nachbarin mussten sie also mit Vorsicht bewerten.

»Schlegel hat für keinen der Todeszeitpunkte ein Alibi und auch für gestern Abend nicht. Er könnte den Zettel ins Auto gelegt haben und er ist gewalttätig. Schlegel bleibt definitiv auf der Liste der Hauptverdächtigen«, sagte Laura und fragte: »Was ist mit Steven Kartal und Marcus Thalmann? Hätten sie den Zettel in Melanie Schlautmanns Auto legen können?«

Martina Flemming blätterte durch ihre Aufzeichnungen. Nach einer Weile klappte sie den Ordner zu.

»Was Kartal betrifft, habe ich mich mit dem Team der Drogenfahndung kurzgeschlossen. Der nächtliche Einsatz wegen des Drogenbosses lief komplett undercover. Deshalb konnten wir davon nichts mitbekommen. Selbst Joachim Beckstein war nicht eingeweiht. Ich habe mir die Überwachungsprotokolle von Sergei Putrowski angesehen, das ist der Schulfreund von Steven Kartal. Kartal hat sich bei Putrowski versteckt, seit er bei der Befragung durch Laura und Max abgehauen ist. Das

Problem ist, dass unsere Drogenfahnder ausschließlich Putrowskis Wohnung überwacht haben. Steven Kartal ist nach der Aktion im Hinterhof aber nicht dorthin zurückgekehrt. Die Kollegen haben keine Ahnung, wo er sein könnte. Ich habe die Information von Nina Kartal, dass am Flughafen ein Drogendeal geplant ist, weitergegeben. Sie planen einen neuen Einsatz.«

»Kartal könnte den Zettel also ebenfalls im Wagen platziert haben«, schlussfolgerte Laura.

Martina Flemming nickte. »Auch Marcus Thalmann kann kein Alibi für gestern Nacht vorweisen. Er war angeblich allein zu Hause.«

»Danke«, murmelte Laura, die sich erhofft hatte, wenigstens einen Namen von der Liste der Verdächtigen streichen zu können.

»Was ist mit Melanie Schlautmanns Ex-Verlobtem? Haben Sie etwas über ihn herausgefunden?«

»Ja. Er ist seit zwei Wochen mit seiner neuen Freundin bei ihrer Familie in Bayern. Die Nachbarin, die sich um die Blumen und die Post kümmert, hat es uns erzählt. Die Kollegen vor Ort haben den Ex-Verlobten und seinen Wagen bei den Schwiegereltern in spe gesichtet. Ich habe übrigens auch diesen Anwalt geprüft, den Jana Lubitz ihrer Mutter vorstellen wollte. Er befindet sich seit sechs Tagen in New York auf Dienstreise und fällt als Tatverdächtiger demnach ebenfalls aus.«

»Gut. Konzentrieren wir uns also weiter auf unsere drei Hauptverdächtigen Steven Kartal, Torsten Schlegel und Marcus Thalmann. Kartal können wir mit ein wenig Glück während der Flughafenaktion festsetzen. Ich spreche mit Joachim Beckstein, damit wir die anderen beiden überwachen können. Sollten wir keine Unterstützung erhalten, machen wir es auf eigene Faust.« Laura sah Dennis Struck an. »Was ist mit den Vormieterinnen, haben Sie die schon überprüft?«

Dennis Struck nickte eifrig. »Natürlich. Wenn ich etwas gefunden hätte, wäre ich sofort zu Ihnen gekommen.«

»Kann ich die Liste mit den Namen haben?«, fragte Laura und stockte, denn die Bürotür öffnete sich und der Bote sah unsicher herein.

»Ich lege das nur hierher«, sagte er schüchtern und ließ ein paar Briefe auf Lauras Schreibtisch fallen. Er machte auf dem Absatz kehrt und verließ mit eingezogenem Kopf das Büro.

»Ich denke, für den Moment sind wir mit unserer Besprechung fertig«, sprach Laura weiter und erhob sich. Sie war mit dem Stand der Ermittlungen alles andere als zufrieden. Sie drehten sich ständig im Kreis. Der Täter steckte ihnen sogar mittlerweile Nachrichten zu, und sie waren nicht in der Lage, ihn festzusetzen. Sie lief vor dem Whiteboard auf und ab. In ihrem Leben funktionierte im Augenblick aber auch wirklich nichts vernünftig. Taylor hatte sich nur kurz bei ihr gemeldet. Seine SMS beinhaltete bloß drei Wörter: *Es geht wieder*. Er hatte ihr nicht geschrieben, dass er sie vermisste und ob er sie wiedersehen wollte. Noch immer spürte sie seinen abweisenden Blick. Seitdem Max ihm von ihrer Affäre erzählt hatte, war etwas zwischen ihnen zerbrochen. Sie vermied es, Max anzusehen. Vermutlich ahnte er ohnehin, was sie gerade dachte. Er hatte sich bei ihr entschuldigt, doch wiedergutmachen konnte er die Sache nicht. Sie ignorierte den Stich in ihrem Herzen und nahm fahrig den Stapel Briefe in die Hand. Sie sah ihn durch und stolperte über einen großen Umschlag, der keinen Absender trug. Auf dem Etikett waren ihr Name und die Anschrift des Landeskriminalamtes aufgedruckt. Sie machte den Umschlag auf und schaute hinein. Er enthielt nur ein Foto. Sie holte es heraus und schnappte nach Luft.

Auf dem Bild lächelte Melli einen Mann an. Sie stand vor ihrem Wohnblock und öffnete offenbar gerade die Haustür. Der Mann war nur im Profil zu sehen, aber Laura erkannte ihn augenblicklich.

»Sieh dir das an«, sagte Laura in einem Tonfall, bei dem Max sofort an ihre Seite sprang.

»Marcus Thalmann?«, stieß er überrascht aus. »Wer hat uns das denn geschickt?« Er nahm ihr den Briefumschlag aus der Hand. »Verdammt, da ist gar keine Briefmarke drauf.«

Sie stürmten zum Flur, dem Hausboten hinterher. Der Mann schob gerade seinen Wagen in den Fahrstuhl. Die Türen schlossen sich surrend.

»Halt«, brüllte Max und streckte den Arm aus. Die Türen prallten gegen seinen Unterarm und fuhren wieder auf. Der Hausbote sah sie völlig überrascht an.

»Wo haben Sie den Brief her?«, fragte Max und drehte sich zu Laura um. Sie hielt den Umschlag hoch.

Die Augen des Mannes weiteten sich. »Aus der Poststelle«, gab er zurück. »Stimmt was nicht damit?«

»Da ist keine Briefmarke und kein Stempel drauf. Wie ist der Brief denn überhaupt zugestellt worden?«, wollte Laura wissen. Sie schob sich mit Max in die Kabine neben den Wagen und drückte auf den Knopf, der den Fahrstuhl ins Erdgeschoss brachte.

Der Postbote blickte sie hilflos an. »Darauf habe ich nicht geachtet. Die Sendungen hat meine Kollegin sortiert. Vielleicht kann sie sich erinnern.«

Der Aufzug stoppte, und sie eilten zur Poststelle, die sich hinter dem Anmeldetresen befand. Der Hausbote ließ seinen Wagen auf dem Gang stehen und öffnete die Tür.

»Frau Walther sitzt dort vorne«, sagte er und nahm Laura den Umschlag ab. Er wedelte aufgeregt mit ihm durch die Luft und hastete auf die Mitarbeiterin zu.

»Frau Walther, wissen Sie, wie dieser Brief zu uns gelangt ist? Er ist nicht frankiert.«

Die rundliche Frau mit Brille blickte von ihrem Arbeitsplatz auf. Vor ihr lagen etliche Postsendungen neben einer Frankiermaschine. Sie griff nach dem Brief und musterte ihn von allen Seiten.

»Vielleicht ist die Briefmarke abgefallen?« Sie schaltete die Schreibtischlampe an und holte eine Lupe aus der Schublade.

»Merkwürdig. Sieht wirklich nicht so aus, als hätte jemals eine drauf geklebt. Die Post transportiert unfrankierte Briefe nicht.«

Sie starrte noch eine Weile durch die Lupe und gab dem Boten den Umschlag schließlich zurück.

»Dieser Brief muss irgendwie durchgerutscht sein. Anders kann ich es mir nicht erklären. Wir bekommen jeden Morgen die Post zugestellt. Da vorne steht die Box, die der Postbote gefüllt hat.«

»Wie bringt der Postbote die Post? Klingelt er?«

Frau Walther nickte. »Je nachdem, wie viel anfällt. Wenn es nur ein paar Briefe sind, steckt er sie durch den Briefschlitz am Haupteingang. Heute hat er geklingelt.«

»Und hier kommt niemand einfach so rein?«, fragte Laura.

»Natürlich nicht. Jeder von uns muss seine Zutrittskarte benutzen.«

»Danke«, sagte Laura und wandte sich ab. Als sie wieder mit Max im Fahrstuhl stand, rasten die Gedanken in Höchstgeschwindigkeit durch ihren Kopf.

»Was glaubst du, wer mir dieses Foto geschickt hat?«

Max schob nachdenklich die Unterlippe vor. »Vielleicht war es Torsten Schlegel. Er hat uns gleich zu Beginn erzählt, dass er Sorge um seinen Job hat. Sein Chef und Marcus Thalmann sind offenbar befreundet. Vermutlich hat er Angst, den besten Freund seines Chefs in Schwierigkeiten zu bringen, und deshalb hat er uns das Foto anonym übermittelt.«

»Das würde bedeuten, dass er Thalmann beobachtet, oder wie sonst ist diese Aufnahme zustande gekommen?« Laura ging nachdenklich ins Büro und ließ sich auf ihren Stuhl fallen. »Ich finde, das passt alles nicht zusammen. Aber wenn dieses Foto keine Fälschung ist, dann wissen wir jetzt, dass Marcus Thalmann und Melli Schlautmann sich kannten. Ich rufe Dennis Struck an. Er soll den Brief genau untersuchen. Vielleicht kann er feststellen, ob da jemals eine Briefmarke drauf geklebt hat. Und mit ein wenig Glück findet er womöglich

Fingerabdrücke oder andere Spuren.« Sie strich sich gedankenverloren durchs Haar. »Und für den Fall, dass nicht, soll Simon Fischer die Überwachungskameras des Gebäudes auswerten. Jemand muss den Brief in die Poststelle geschmuggelt haben.«

»Der Umschlag kann auch dem Postboten untergejubelt worden sein«, gab Max zu bedenken.

Laura stimmte Max zu und verteilte die Aufgaben an Dennis Struck und Simon Fischer. Sie wippte mit den Füßen und betrachtete dabei Mellis Gesichtsausdruck auf dem Foto. Sie strahlte Marcus Thalmann regelrecht an. Es sah nicht danach aus, als hätte sie von Männern genug. Laura seufzte schwermütig. Erneut bedauerte sie, dass ihre Freundschaft eingeschlafen war. Sie holte ihren Computer aus dem Schlafmodus und durchkämmte die digitale Akte. Sie prüfte sämtliche Angaben zu Marcus Thalmann. Er war derjenige unter den Verdächtigen, der nachgewiesenermaßen alle drei Opfer gekannt hatte. Laura spürte ein Kribbeln im Bauch. Irgendwo in den Dateien versteckt musste sich ein Hinweis finden und wenn er noch so unwichtig erschien. Hinter ihren Schläfen begann es unangenehm zu pochen. Der mangelnde Schlaf und die Anstrengung machten sich langsam bemerkbar. Und ihre Sehnsucht nach Taylor ebenfalls. Er fehlte ihr, und sie wollte, dass wieder die vertraute Nähe zwischen ihnen herrschte.

»Ich bin gleich zurück«, sagte sie zu Max, der einen Aktenordner auf seinem Tisch analysierte. Sie eilte nach draußen und rief Taylor an. So einfach würde sie nicht aufgeben. Vielleicht hatte er bloß viel zu tun. Es klingelte fünf- oder sechsmal, dann sprang die Mailbox an. Laura schwankte und wollte eigentlich auflegen, als es bereits piepste.

»Ich hoffe, dir geht es gut. Melde dich«, flüsterte sie und blickte verstohlen zur Bürotür. Sie wollte nicht, dass Max etwas mitbekam. Seine Kommentare konnte sie gerade überhaupt nicht gebrauchen. Sie ging auf die Toilette. Beim Händewaschen betrachtete sie ihre dunklen Augenränder. Hoffentlich würden sie den Mistkerl bald fassen. Sie brauchte dringend ein paar Nächte ungestörten Schlaf.

Als sie wieder im Büro saß, begann sie Marcus Thalmanns Akte zu lesen. Sie fing ganz vorn an und überflog das alte Gerichtsurteil. Thalmann war vor einigen Jahren wegen Steuerhinterziehung verurteilt worden. Er hatte Teile seiner Einnahmen dem Finanzamt nicht offengelegt. Laura staunte über die Summen, die im Dokument genannt waren. Warum fand ein Mann mit einem solchen Vermögen keine Partnerin und lockte stattdessen junge Frauen mit Dumpingpreisen in seine Mietwohnung? Sie blätterte weiter und stieß auf eine Aufstellung seines Immobilienvermögens. Die Wohnung von Svenja Pfeiffer war angegeben, ein Haus, das er selbst bewohnte, und noch ein Appartement, dessen Mieteinnahmen er offenbar unterschlagen hatte. Die Adresse kam Laura bekannt vor. Ihr fiel nur nicht ein, woher. Sie gab den Straßennamen in die Suchmaschine ein. Sofort erschien die Karte von Berlin. Sie zoomte die Straße heran und blinzelte überrascht. Dann öffnete sie eine weitere Akte und suchte dort die Anschrift heraus.

»Du wirst nicht glauben, was ich entdeckt habe«,

sagte sie und winkte Max zu sich. »Marcus Thalmann hat uns angelogen. Er besitzt nicht nur zwei Immobilien, sondern drei.« Sie tippte auf den Bildschirm, als Max neben ihr stand. »Hier, das ist Melli Schlautmanns Adresse.«

32

Sie hatten sich aufgeteilt. Während Laura und Max auf dem Weg zu Marcus Thalmann waren, fuhr eine Streife zu Torsten Schlegel. Joachim Beckstein hatte für die Aktion grünes Licht gegeben. Nur Steven Kartal konnten sie nicht überwachen, weil er nach wie vor untergetaucht war. Nachdem Simon Fischer das Foto vor Melli Schlautmanns Haustür für echt befunden hatte, hielt Laura es für immer wahrscheinlicher, dass Thalmann der gesuchte Täter sein könnte. Vielleicht arbeitete er sogar mit Torsten Schlegel zusammen. Sie würden es bald herausfinden.

Thalmanns Haus lag in einem ruhigen Viertel, etwas abgelegen von einigen Reihenhäusern, die den Großteil der Gegend ausmachten. Eine zwei Meter hohe Hecke umgab sein Haus und schützte es vor neugierigen Blicken. Ein großes Tor schottete die Einfahrt ab. Das Grundstück erinnerte Laura an eine Festung. Sie hatte das Gelände vorab auf einem Satellitenbild studiert, da sie auf keinen Fall ein Risiko eingehen wollte. Es schien durchaus möglich, dass Marcus Thalmann ein Serienkiller war.

Die Dämmerung hatte bereits eingesetzt. In zehn Minuten würde es dunkel sein. Dann spendeten nur noch die Straßenlaternen ein wenig Licht. Laura befürchtete, dass der Täter in der Nacht erneut zuschlagen würde. Vermutlich brauchte er ein neues Opfer, das ihm die Befriedigung verschaffte, nach der er sich verzehrte. Gewalt, Kontrolle und Dominanz waren die Triebfedern ihres Täters. Ein Vermieter, der mit günstigen Wohnungen ahnungslose Frauen in die Falle lockte, passte absolut ins Bild.

Nachdem sie einmal am Haus vorbeigefahren waren, parkte Max in einiger Entfernung. Sie stiegen aus und pirschten sich von der Rückseite an das Grundstück heran. Laura bog die Zweige der Eibenhecke auseinander, sodass sie in den Garten sehen konnte. Das Wohnhaus lag inzwischen völlig im Dunkeln. Es brannte nirgendwo Licht.

»Verdammt«, flüsterte Laura. »Der scheint nicht da zu sein.«

»Lass uns vorne nachsehen«, schlug Max vor.

Sie umrundeten das Grundstück und hielten sich dicht an der Hecke aus Angst, ein Nachbar könnte sie bemerken und Alarm schlagen. Zwischen den Streben des Eingangstores hindurch sahen sie zum Gebäude. Alles war dunkel. Sie versuchten es an der rechten und linken Seite des Gebäudes. Marcus Thalmann hockte entweder im Dunkeln, schlief oder er war tatsächlich nicht zu Hause. Vor der Garage parkte kein Auto. Sie beschlossen, sich neben dem Grundstück auf die Lauer zu legen. Von dort konnten sie die Einfahrt beobachten.

»Und was ist, wenn Thalmann irgendwo sein Unwesen treibt, während wir hier herumhocken?«, fragte Max und streckte sich. Sie harrten inzwischen seit einer Stunde im Dunkeln aus.

»Wir haben keinen anderen Ansatzpunkt. Er wird schon irgendwann auftauchen.« Laura duckte sich, weil zwei Scheinwerfer in der Nähe aufblendeten und auf sie zusteuerten. Gut fünfzig Meter vor ihrem Versteck bog der Wagen jedoch ab. Enttäuscht richtete Laura sich wieder auf.

»Ich hoffe, wir hängen hier nicht die ganze Nacht herum. Mir wird langsam kalt.« Sie seufzte und zog ihre Jacke enger zusammen.

»Vielleicht ist es besser, wenn wir uns aufteilen und ich hinter dem Haus warte«, schlug Max vor. »Falls der Kerl doch zu Hause ist, bekommen wir es womöglich gar nicht mit. Das Wohnzimmer und auch das Schlafzimmer liegen garantiert zur Gartenseite.«

»Okay. Ich rufe dich, sobald Thalmann hier auftaucht«, antwortete Laura. Ohne Max würde es noch härter werden, im Dunkeln auszuharren. Sie sah, wie ihr Partner mit den Schatten der Nacht verschmolz und verschwand. Inzwischen war es elf Uhr und ihr Magen knurrte erbärmlich. Bei all dem Stress hatte sie das Abendessen komplett vergessen. Sie schaute auf ihr Handy. Keine Nachricht von Taylor. Was er jetzt wohl machte? Sie sehnte sich nach ihm. Gerade als sie das Telefon wieder in die Tasche stecken wollte, vibrierte es. Vor Schreck ließ sie es beinahe fallen. Dennis Struck rief an. Sie wunderte sich, dass er um diese Uhrzeit noch arbeitete.

»Kern hier«, flüsterte sie und presste das Handy ans Ohr.

»Ich habe etwas erfahren.« Er redete hastig drauf los. »Eine der Mieterinnen, also der ehemaligen Mieterinnen von Marcus Thalmann, ist heute Morgen als vermisst gemeldet worden. Tut mir leid. Normalerweise überprüfe ich das immer gleich früh, wenn ich ins Büro komme. Aber es war so viel los, dass ich es erst jetzt geschafft habe.«

»Wie heißt die Frau?«, wollte Laura wissen und richtete sich auf. Sie spähte zum Haus, das nach wie vor in vollkommener Stille lag.

»Carla Moldenhauer. Sie ist zweiunddreißig, blond, blauäugig, gut aussehend. Sie passt ganz genau in Thalmanns Beuteschema. Sie wurde heute früh von ihrem Vater als vermisst gemeldet. Sie wollten zu einem dreitägigen Ausflug aufbrechen, aber sie war nicht zu Hause. Der Vater hat die Polizei gerufen. Sie haben die Wohnung geöffnet, jedoch niemanden angetroffen. Spuren auf eine Gewalteinwirkung konnten nicht festgestellt werden. Moldenhauers Telefon ist ausgeschaltet, was sonst wohl nie der Fall ist, und außerdem gilt sie als äußerst zuverlässig. Es ist nicht ihre Art, einfach so zu verschwinden. Sie hatte übrigens wie die ersten beiden Opfer Urlaub. Carla Moldenhauer arbeitet als Kassiererin im Supermarkt.« Dennis Struck schnaufte hörbar ins Telefon. »Verdammt, wäre mir das bloß heute Morgen schon aufgefallen. Hoffentlich lebt sie noch.« Seine Stimme versagte.

»Es ist nicht Ihre Schuld und es kann auch alles ganz anders sein. Vielleicht ist ihr überhaupt nichts passiert«, tröstete ihn Laura, obwohl in ihr sämtliche Alarmglocken läuteten.

»Ich weiß nicht«, murmelte Dennis Struck und stieß einen tiefen Seufzer aus. »Ich hoffe nur einfach, dass wir nicht zu spät kommen.«

»Schicken Sie mir bitte ein Foto dieser Frau aufs Handy. Und denken Sie daran: Sie können nichts dafür. Am besten, Sie machen jetzt erst einmal Feierabend. Ich kümmere mich darum«, erwiderte Laura. »Haben Sie noch mal geprüft, ob Thalmann weitere Immobilien besitzt?«

»Ja, das sieht nicht so aus. Hoffentlich habe ich nichts übersehen. Gleich morgen früh nehme ich mir sämtliche Grundbuchämter vor.«

Laura bedankte sich und legte auf. Sie starrte auf Thalmanns Wohnhaus und fragte sich, ob Carla Moldenhauer hinter diesen Mauern gefangen war. Schaltete er kein Licht ein, damit niemand seine Opfer bemerkte? Plötzlich hatte sie bloß noch einen Gedanken im Kopf. Sie musste da rein.

Ihr Handy vibrierte erneut. Dieses Mal nur kurz. Struck hatte ihr das Foto der Vermissten gesendet. Laura betrachtete die Frau. Sie passte haargenau ins Schema. Auf schmerzliche Weise erinnerte sie Laura an Melli. Sie musste diese Frau retten. Schnell wählte sie Max' Nummer.

»Carla Moldenhauer, eine frühere Mieterin von Marcus Thalmann, ist verschwunden. Wir sollten uns im Haus umsehen«, flüsterte sie.

»Wir haben keinen Durchsuchungsbeschluss …«

Laura hörte nicht mehr hin und legte auf. Sie würde das Leben dieser Frau nicht wegen irgendwelcher Formalitäten riskieren. Sie könnte ja einen Hilfeschrei hören oder eine Drohung. Bei Gefahr im Verzug durfte sie handeln, und das würde sie auch. Sie schob sich durch die dichte Hecke und schlich über den Rasen. An der Garage blieb sie stehen und lauschte. Es war mucksmäuschenstill. Also ging sie weiter bis zum ersten Fenster und schaute ins Haus. Als sie nichts erkennen konnte, griff sie zur Taschenlampe und leuchtete hinein. Drinnen befand sich eine Toilette. Sie huschte an der Haustür vorbei und erkannte hinter dem nächsten Fenster die Küche.

»Laura!« Max kam um die Ecke und winkte.

»Du kannst mich nicht aufhalten«, zischte Laura. »Wenn hier drin eine Frau festgehalten wird, ist es unsere verdammte Pflicht, sie rauszuholen.«

»Okay«, seufzte Max. »Lass uns erst die Terrassenseite überprüfen.«

Sie schlichen um die Ecke und verharrten für einen Moment. Etwas raschelte hinter ihnen in einem Busch. Vermutlich ein Tier. Sie ignorierten es und konzentrierten sich auf die breite Fensterfront.

»Falls weder Thalmann noch ein Opfer in dem Haus sind, kriegen wir jede Menge Ärger«, mahnte Max. »Irgendwann kann Beckstein auch bei dir kein Auge mehr zudrücken.«

»Ich weiß«, flüsterte Laura und drückte die Klinke der Terrassentür herunter. Sie lächelte, denn die Tür öffnete sich.

»Aber wenn niemand mitbekommt, dass wir uns kurz umsehen, schadet es doch nichts.« Laura schlüpfte lautlos ins Wohnzimmer. Max folgte ihr. Sie schaltete die Taschenlampe wieder ein und sah sich um. Der Raum roch muffig. Ein verschlissenes Ledersofa mit dazu passenden Sesseln stand gegenüber einem alten Fernseher. Der Teppich unter ihren Füßen wirkte ausgeblichen. Das altmodische orientalische Muster passte nicht zu Thalmann, genauso wenig wie die düsteren Ölgemälde an der Wand und die Flaschenschiffe im Regal. Auf dem Tisch befand sich ein Teller mit geschnittenem Brot, dessen Ränder sich nach oben wölbten. Nach Lauras Einschätzung lag es dort seit mindestens einem Tag. Die Bierflasche daneben verströmte einen unangenehmen Geruch nach Vergorenem. Sie gingen weiter und betraten den Flur. Die Küche und die kleine Toilette hatte Laura bereits von außen gesehen, deshalb wandte sie sich zur Treppe. Das alte Holz ächzte geräuschvoll unter ihren Schritten. Vorsichtig tastete sie sich voran. Max folgte ihr, wobei Laura jedes Mal zusammenzuckte, wenn er auf die nächste Stufe trat. Die Treppe knarrte so laut, dass ein Schwerhöriger es mitbekommen musste. Oben teilten sie sich auf. Laura sah sich im Schlafzimmer um. Es wirkte ebenso altmodisch wie der Rest der Einrichtung. Die Bettdecke und das Kopfkissen lagen zerknüllt auf dem Laken. Laura berührte beides. Die Bettwäsche war kalt. In der letzten Stunde hatte zumindest niemand in diesen Kissen gelegen. Sie warf einen Blick in den Kleiderschrank und inspizierte anschließend das Badezimmer. Wieder im Flur begegnete sie Max, der nur wortlos den Kopf schüttelte. Laura erklomm die schmalen Stufen zum Dachboden und öffnete eine niedrige Holztür. Sofort stieg ihr der Staub in die Nase. Sie leuchtete jede Ecke aus, fand jedoch bloß alte Kartons, staubige Bilder und zusammengerollte Teppiche.

»Jetzt bleibt nur noch der Keller«, sagte sie, als sie wieder auf dem Treppenabsatz stand. »Ich frage mich, wo Marcus Thalmann steckt.«

»Im besten Fall ist er in einem Club oder in einer Diskothek feiern. Der Kerl ist Single und sitzt sicherlich nicht jeden Abend alleine auf seiner Couch.«

Laura antwortete nicht, sondern eilte die Stufen zum Keller hinunter. Der erste Raum war leer, im zweiten lagerten alte Möbel und im dritten zog sie ihre Waffe und ging augenblicklich in Deckung.

33

Er stieg in den Keller hinab und atmete genüsslich ein. Er konnte sie riechen, seine Mädchen, und das, obwohl die Türen geschlossen waren. Was es doch für einen Unterschied machte, ob jemand hier wohnte. Er sog den lieblichen Duft ein und lächelte verträumt. Er kam seinem Ziel immer näher. Bald war es so weit, und er musste sich dringend auf diese Begegnung vorbereiten. Bisher lief wirklich alles wie am Schnürchen. Wenn er nur an die Spurensicherung dachte, die stundenlang vergeblich die Gegend um den Wagen abgesucht hatte, fühlte er sich erhaben. Er kontrollierte diese Menschen, ohne dass sie es bemerkten. Ein wenig kam er sich vor wie Gott. Er war der Spielmacher und alle tanzten nach seiner Pfeife. Und das Missgeschick mit der kleinen Luna hatte er auch wieder ausgebügelt.

Er schlich auf Zehenspitzen zur hinteren Kellertür und spähte durch den Spion. Da saß sie und kuschelte sich in die Arme ihrer Mutter. Sie wirkte so unschuldig, dass er sich immer noch fragte, woher sie den Mut genommen hatte, aus dem Auto zu klettern. Er musste einräumen, dass sie ihn maßlos überrascht hatte. Er liebte solche Mädchen. Sie bedeuteten Leben, obwohl sie ihm große Probleme bereiteten. Er überlegte, welcher Nagellack am besten zu der Kleinen passen würde. Rosa war zu brav. Sie hatte eindrücklich bewiesen, dass sie kein gehorsames Kind war. Nein, für sie musste es etwas Besonderes sein. Er öffnete die Kiste und ging die verschiedenen Farben durch. Dunkelblau passte eher zu Jungs. Dasselbe galt für Grün. Es erschien ihm außerdem zu giftig. Giftig war sie nicht. Sie war mutig. Er entschied sich für ein kräftiges Orange. Und was würde er ihrer Mutter geben? Da brauchte er gar nicht nachzudenken. Die Farbe von Vergissmeinnicht. Er wählte ein zartes Hellblau.

Während er sich vorstellte, wie wunderbar ihre Fingernägel mit dem Farbton aussehen würden, hörte er ein Geräusch. Er klappte den Deckel der Kiste zu und lauschte. Mehrere Sekunden lang nahm er nichts als Stille wahr. Doch dann hörte er es abermals.

Sein Herzschlag beschleunigte sich. Ungläubig schlich er den Kellergang entlang und stockte. Da war es wieder.

Jemand war im Haus.

34

Alexandra hatte furchtbare Angst. Luna klammerte sich an sie und nur aus diesem Grund kämpfte sie gegen ihre eigene Panik an. Sie musste jetzt stark sein. Noch immer sah sie den schockierten Gesichtsausdruck ihrer Tochter vor sich und sie hörte ihren Schrei: *»Böser Mann«*.

Alexandra schluckte. Was war sie nur naiv gewesen. Sie hatte geglaubt, Lunas Schweigen wäre ihr Hauptproblem. Dabei hatte sie den Entführer völlig außer Acht gelassen. Und das, obwohl ihr die ganze Zeit klar war, dass Luna nicht allein in diese Kleingartenanlage gelangt sein konnte. Warum hatte die Polizei die Sache bloß einfach ad acta gelegt? Jetzt hockten sie gefangen in diesem verdammten Keller und würden vielleicht nie wieder herauskommen. Sie verkniff sich einen Seufzer und presste Luna fester an sich. Sie würde ihr kleines Mädchen nicht noch einmal verlieren. Es musste einen Ausweg geben. Aber welchen?

Sie wusste ja nicht mal, wie sie überhaupt in diesen

muffigen Keller geraten waren. Alexandra war mit Kopfschmerzen aufgewacht. Luna lag an sie gekuschelt neben ihr.

»Mama«, flüsterte sie, und Alexandra hatte sich für einen Moment im Paradies geglaubt. Ihre Tochter redete wieder. Was konnte es Schöneres geben?

Erst danach hatte die Erinnerung an die grobe Hand eingesetzt, die ihr dieses stinkende Tuch auf den Mund gepresst hatte. Sie hörte Lunas fürchterlichen Schrei. *Böser Mann.* Wer immer dahintersteckte, sie hatte ihn bisher nicht zu Gesicht bekommen.

»Was ist mit uns passiert?«, hatte sie ihre Tochter gefragt.

»Er hat dich betäubt, und dann hat er gesagt, dass er dir die Kehle aufschlitzt, falls ich nicht sofort aus dem Baumhaus klettere.«

Alexandra wurde ganz schlecht, wenn sie an Lunas Worte dachte. Der Mistkerl hatte ihr kleines Mädchen gezwungen, mit ihm zu gehen. Er hatte sie in sein Auto geschleppt und in dieses Loch gesteckt. Luna hatte keine Ahnung, wo sie waren. Der Kerl hatte ihr auf dem Weg die Augen verbunden. Sie konnten überall sein. Vielleicht würde sie nie jemand finden. Alexandra ballte die Hände zu Fäusten. Sie mussten hier raus. Entschlossen löste sie sich von Luna und erhob sich. Die Tür war verschlossen, daran hatte sie bereits gerüttelt. Sie trank einen Schluck aus der Wasserflasche, die er ihnen dagelassen hatte, und sah sich die Wände genau an. Wenigstens hatte er das Licht angelassen und auch etwas zu essen hingestellt. Sie machte ein paar Schritte auf eine Wand zu. Die Steine wirkten massiv.

Alexandra fuhr mit den Fingerspitzen über die rauen Fugen und stemmte sich schließlich dagegen, ohne jeden Erfolg. Der Keller hatte keine Fenster. Vielleicht waren sie zugemauert worden. Sie suchte die Steinreihen ab, konnte jedoch nichts finden, was darauf hindeutete. Die Fugen waren allesamt alt und verdreckt. Es gab keine größeren Unebenheiten. Blieb bloß die Tür als möglicher Ausweg. Sie blickte durch den Spion und erstarrte im selben Moment. Jemand näherte sich. Sie sah ihn nur verzerrt, aber sie sah, dass da draußen jemand war. Der Mann würde sie vermutlich gleich umbringen, wenn er mitbekam, dass sie fliehen wollten. Sie mussten Zeit gewinnen und das Spiel erst einmal mitmachen. Hastig eilte sie zu Luna zurück, drückte sie an sich und tat, als säßen sie die ganze Zeit ruhig da. Sie bildete sich ein, dass sich die Glaslinse des Spions verdunkelte. Er beobachtete sie. Alexandra konnte seine Blicke regelrecht spüren.

Und dann hörte sie etwas, ein Geräusch von oben. Regungslos verharrte sie und spitzte die Ohren. Jemand polterte wahrscheinlich auf einer Treppe. Da waren Stimmen. Vielleicht die Polizei? Alexandra sprang auf und sah durch den Spion. Der Mann war weg. Dafür konnte sie Menschen hören. Sie unterhielten sich.

»Hilfe«, schrie sie und trommelte gegen die Tür. »Hilfe, wir sind hier unten.«

Alexandra brüllte sich die Seele aus dem Leib. Doch nichts geschah. Sie lauschte abermals und hoffte, dass jemand kam, um sie zu befreien. Wer immer in dem Haus war, musste ihre Rufe gehört haben. Aber jetzt war es still. So still, als wäre nie irgendjemand da gewesen. Als hätte sie sich alles nur eingebildet.

»Hilfe!«, rief sie erneut.

Niemand reagierte. Wer auch immer im Haus gewesen war, war wieder weg. Alexandra sank kraftlos zusammen. Sie würden es nie herausschaffen, dachte sie mutlos und schleppte sich zu Luna, um sie in die Arme zu nehmen.

35

Laura zielte auf den Mann, der reglos mit dem Rücken zu ihr im Keller stand.

»Nicht bewegen«, zischte sie.

Max preschte an ihr vorbei in den Kellerraum. Er bewegte sich wie ein Raubtier und hatte in Sekundenschnelle den Mann erreicht, der wie zu einer Säule erstarrt dastand. Augenblicklich spannte Laura sich an, bereit zu schießen, falls Max in Bedrängnis kam. Merkwürdigerweise nahm dieser im selben Moment die Waffe herunter und sah sich zu Laura um.

»Das ist eine Puppe«, flüsterte er und richtete seine Taschenlampe auf die Figur.

Laura blinzelte irritiert. Die etwa eins neunzig große Gummipuppe wirkte täuschend echt. Sie leuchtete ebenfalls in den Raum hinein und registrierte eine Frauenpuppe in Spitzenunterwäsche, die mit gespreizten Beinen auf einem Stuhl saß. Die Puppe starrte sie aus riesigen Augen an. Der Mund war zu einem O aufgerissen und die Haare waren mit kitschigen rosa Schleifen versehen. Auf einem Regal lagen glänzende Gerätschaften aus Edelstahl, daneben hingen Peitschen in allen erdenklichen Größen. Laura erblickte bunte Dildos, schwarze Lackstiefel und Dinge, die sie nicht mal benennen konnte.

»Wo sind wir hier bloß gelandet?«, fragte sie und betrachtete einen Käfig, neben dem sich Fesselwerkzeuge auf einer Bank aufreihten. Sie rümpfte die Nase, denn plötzlich nahm sie auch den Geruch wahr. Eine Mischung aus muffiger Kellerluft, Parfüm und Körperausdünstungen. Angewidert machte sie einen Schritt rückwärts.

»Der Kerl ist jedenfalls pervers«, flüsterte Max und öffnete einen Schminkkoffer. Er holte ein Fläschchen mit Nagellack heraus. »Hatte Melanie Schlautmann nicht lila angemalte Fingernägel?«

»Ja, hatte sie«, antwortete Laura und warf einen Blick in den Koffer. Darin befanden sich haufenweise Schminkutensilien. »Da sind so viele Farben drin, die könnten alle passen. Am besten geben wir eine Probe ins Labor.«

Max schüttelte den Kopf. »Die würden sowieso nur die Zusammensetzung prüfen und bestenfalls feststellen, dass es sich um denselben Hersteller handelt. Das heißt aber noch nicht, dass es das Fläschchen des Täters ist. Wir handeln uns schon genug Ärger ein, wenn uns hier unten jemand entdeckt.«

Laura wandte sich zur Tür, wo ihr ein Schlüsselkasten auffiel. Sie öffnete ihn und betrachtete die Schlüssel, die ordentlich beschriftet darin hingen.

»Sieh mal einer an«, sagte sie und deutete auf den

obersten Schlüssel links. »Er hat von jeder Wohnung einen Zweitschlüssel. Da lag die Mutter von Jana Lubitz völlig richtig.«

»Und eine kleine Sammlung an Abhörgeräten besitzt er offenbar auch«, fügte Max hinzu, der ein Regal neben der Tür überprüfte. Er ging in die Hocke und zog eine Schublade auf. »Das gibt es nicht. Hier sind jede Menge Fotos drin.«

Max holte einen ganzen Stapel heraus und begann zu blättern. Laura leuchtete ihm mit der Taschenlampe. Nach einer Weile schüttelte sie angewidert mit dem Kopf.

»Das sind billige pornografische Aufnahmen.« Thalmann hatte Frauen in seinem Keller in allen möglichen Posen aufgenommen. Auf einem Foto war eine Blondine mit der männlichen Gummipuppe zu sehen. Laura wandte sich ab. Diese Bilder waren abstoßend.

»Nicht nur«, sagte Max und zog eine Aufnahme aus dem Stapel. »Ist das nicht Jana Lubitz? Und zwar in ihrer Wohnung?«

Laura nahm ihm das Bild ab. Jana Lubitz stand darauf am Fenster ihrer Küche und trank aus einer Tasse. Das Foto musste von der gegenüberliegenden Straßenseite aus einiger Entfernung gemacht worden sein.

»Hier ist noch eins.« Max sortierte mehrere Fotos. »Es sind bestimmt vier oder fünf Aufnahmen von Jana Lubitz und eine von Svenja Pfeiffer. Der muss sie stundenlang ausspioniert haben. Die Frauen stehen immer am Fenster oder verlassen gerade das Haus.«

»Okay«, sagte Laura. »Wir haben diese Fotografien

und die Zweitschlüssel, die er gar nicht besitzen dürfte. Der Kerl ist offensichtlich pervers und es wird eine weitere Frau vermisst, die ebenfalls zu seinen Mieterinnen gehörte. Ich würde Thalmann am liebsten auf der Stelle festnehmen.«

Plötzlich hörten sie Geräusche. Die Treppenstufen knarrten.

»Das muss Thalmann sein. Er ist nach Hause gekommen«, flüsterte Laura und lauschte angespannt.

Im Obergeschoss polterte es. Laura blickte zu Max. Sie zögerten. Doch dann schrie plötzlich eine Frau: »Lass mich los, du Dreckskerl!«

Laura dachte nicht lange nach. Sie stürmte die Treppe hinauf und blieb im Erdgeschoss kurz stehen.

»Hilfe. Nein! Bitte nicht.«

Die Stimme kam von ganz oben. Laura und Max eilten ins Obergeschoss. Die Schlafzimmertür stand einen Spaltbreit auf. Es brannte Licht. Laura stieß die Tür auf.

»Keine Bewegung«, brüllte sie mit vorgestreckter Waffe in der Hand.

Eine Frau lag mit einem roten Spitzenhöschen bekleidet auf dem Bett. Auf ihr kniete ein nackter Mann mit einer schwarzen Latexmaske. Er nahm sofort die Arme hoch. Die Frau kreischte laut auf.

»Hilfe! Tu doch was. Wir werden überfallen.« Sie schubste den Mann von sich herunter, griff die Bettdecke und zog sie bis zu ihrem Kinn. Laura ließ die Pistole sinken. Der Mann tastete hektisch nach einem Kissen und bedeckte seine Genitalien. Max hielt seinen Dienstausweis in die Höhe.

»Landeskriminalamt Berlin. Was geht hier vor? Wir haben Hilferufe gehört.«

Weder der Mann noch die Frau sagten etwas. Sie hockten starr auf dem Bett. Nach einer Weile räusperte sich der Mann.

»Das muss ein Missverständnis sein. Hier ist alles in Ordnung.«

»Können Sie das bestätigen?«, fragte Max an die Frau gerichtet.

Die Blondine nickte. »Ja. Es war nur gespielt. Wir mögen Rollenspiele.«

»Nehmen Sie bitte Ihre Maske ab«, bat Laura. Die Stimme passte nicht zum Vermieter Marcus Thalmann.

Der Mann stöhnte und zerrte sich die Maske vom Kopf.

»Was haben Sie in diesem Haus zu suchen?«, wollte Laura erstaunt wissen. Denn unter der Maske verbarg sich ausgerechnet Torsten Schlegel, der Umzugshelfer.

»Wie bitte?«, stieß die Blondine aus und starrte Schlegel feindselig an. »Ich dachte, es wäre dein Haus.«

Schlegel zuckte mit der Schulter. »Ich habe einen Schlüssel. Reicht das nicht?«

»Dreckskerl«, zischte die Blondine und ließ die Bettdecke sinken. »Du schuldest mir noch zweihundert Euro.« Sie ging in die Ecke des Zimmers, wo ihre Sachen lagen, und zog eine Bluse über.

»Wenn du jetzt abhaust, dann bekommst du gar nichts. Elende Nutte«, knurrte Torsten Schlegel und tauschte sein Kissen gegen die Bettdecke ein, die er sich hastig um die Hüften schlang. Er sah zu Laura auf. »Kann ich mich anziehen?«

Laura nickte. Perplex wartete sie, bis die beiden in ihre Kleidung geschlüpft waren.

»Wie ist Ihr Name?«, fragte sie anschließend die Frau.

»Ich bin Ilona«, antwortete sie und hielt Laura einen Personalausweis entgegen. »Ich mache alles ganz offiziell. Das können Sie nachprüfen.« Sie stemmte die Hände in die Hüften. »Würden Sie bitte dafür sorgen, dass dieser Hochstapler mich bezahlt? Wir hatten zweihundert Euro ausgemacht. Dass ihm das Haus nicht gehört und deshalb die Bullen hier auftauchen, ist nicht meine Schuld.« Sie streckte fordernd ihre Hand zu Schlegel aus. Dieser musterte die Frau feindselig, griff jedoch in seine Gesäßtasche und zog die Geldbörse heraus.

»Wir sehen uns wieder, und das nächste Mal bekomme ich einen Rabatt. Kapiert?«

Die Blondine setzte ein falsches Lächeln auf und neigte den Kopf.

»Abgemacht, Süßer.« Sie rupfte ihm die Geldscheine aus der Hand, warf ihm einen Kussmund zu und spazierte aus dem Schlafzimmer. Es dauerte ein paar Sekunden, bis die Haustür krachend zuschlug.

»Wie kommen Sie in dieses Haus?«, wiederholte Laura ihre Frage.

Torsten Schlegel verzog das Gesicht. »Marcus Thalmann hat mir den Schlüssel gegeben«, erwiderte er zögerlich.

»Finden Sie das nicht ungewöhnlich?«, hakte Max nach. »Wir könnten Sie auf der Stelle festnehmen. Es wäre also besser, Sie erklären uns, was Sie hier machen, und vor allem, wo Marcus Thalmann steckt.«

Schlegel seufzte. »Bitte erzählen Sie meiner Frau nichts. Sie macht mir in letzter Zeit sowieso schon die Hölle heiß.« Als Max nickte, fuhr er fort: »Marcus, also Herr Thalmann, lässt mich ab und an sein Haus benutzen. Wir sind befreundet und er hilft mir. Meine Frau ist schwanger und da läuft zurzeit nichts. Ich bin auch nur ein Mensch … Sie verstehen.« Er kratzte sich nervös am Hals und verdrehte die Augen. »Ich bin kein schlechter Kerl. Ich sorge für meine Familie.«

»Wo ist Marcus Thalmann?«, fragte Laura. Inzwischen begriff sie, warum Torsten Schlegel sich wegen seiner Alibis ständig in Widersprüche verstrickt hatte. Er wollte verheimlichen, dass er sich regelmäßig mit Prostituierten in diesem Liebesnest traf und dass er mit Thalmann unter einer Decke steckte.

Ein Grinsen huschte über Schlegels Gesicht. »Marcus ist noch da, wo ich gerade herkomme. Im *Club Royal*.«

Laura kannte diesen Club. Er war beliebt und berüchtigt. Typen wie Schlegel und Thalmann gingen dort ein und aus. Plötzlich sprangen ihr seine Cowboystiefel ins Auge, sämtliche Alarmglocken in ihr schrillten.

»Wo ist Carla Moldenhauer?«, fragte sie und zeigte ihm das Foto der Frau auf ihrem Handy.

Schlegel blickte sie verdutzt an. »Ich kenne sie nicht. Keine Ahnung, wo sie ist.«

»Ich würde mir die Antwort gut überlegen«, knurrte Max. »Wo ist sie?«

Schlegel zuckte mit den Achseln. »Ehrlich. Ich weiß es nicht. Ich habe diese Frau noch nie gesehen.«

»Ich muss Sie bitten, mit uns aufs Revier zu kommen«, sagte Laura. Sie glaubte Schlegel nicht. Sie würden einen Abdruck seiner Stiefel nehmen, dann wären sie vielleicht schlauer.

Torsten Schlegel fiel die Kinnlade herunter. Sein Gesicht lief dunkelrot an.

»Aber das können Sie nicht so einfach. Sie haben doch gar keine Beweise«, kreischte er. Er hob drohend die Fäuste und versuchte an ihnen vorbeizukommen. Max stellte sich ihm in den Weg. Unvermittelt holte Schlegel aus und versetzte ihm einen Hieb in die Seite. Dem nächsten Schlag wich Max aus. Er packte Schlegel und drehte ihm den Arm auf den Rücken.

»Sie kommen jetzt mit, Freundchen. Gewalt gegen die Polizei kann ich Ihnen nicht durchgehen lassen«, sagte Max und nahm ihn fest. »Sie können uns Ihre Unschuld im Verhörraum erklären.«

»Ich sage gar nichts mehr ohne meinen Anwalt«, schrie Schlegel.

Max reagierte nicht darauf. Er griff ihn an der Schulter und führte ihn ab.

Laura rief die Streife an, die Schlegels Wohnung überwachte. Sie sollten zum Club Royal fahren und Marcus Thalmann ebenfalls aufs Revier bringen. Sie hatten nicht viel in der Hand, aber es reichte aus, um die beiden zu verhören. Sie ging noch einmal in den Keller hinunter, packte die Fotos ein und lichtete mit der Handykamera den Schlüsselkasten ab. Für eine Anzeige gegen Thalmann wegen Stalking sollte es zusammen mit der Aussage von Jana Lubitz' Mutter reichen. Trotzdem wurde Laura das Gefühl nicht los, dass sie etwas übersahen. Sie konnte es kaum erwarten, den Stiefelabdruck von Torsten Schlegel mit dem aus Mellis Wagen zu vergleichen. Aber irgendetwas nagte an ihr. Dass ausgerechnet Torsten Schlegel ihnen das Foto mit Melli und Thalmann zugespielt haben sollte, konnte sie nicht glauben. Zumindest fiel ihr kein Grund ein, warum Schlegel seinen Freund in Schwierigkeiten bringen sollte. Oder machten die beiden gemeinsame Sache? Womöglich hatte Schlegel ja kalte Füße bekommen und hoffte, die Spur so auf Thalmann zu lenken. Sie stieg ins Auto und grübelte auf der gesamten Fahrt zum Landeskriminalamt. Sie übergaben Schlegel einem Beamten und überließen ihn seinem Schicksal. Er würde heute sicherlich nicht mehr mit ihnen reden. Sollte er ruhig die ganze Nacht schmoren. Vielleicht konnten sie ihn bei der morgigen Befragung endlich dazu bringen, den Mund aufzumachen. Laura marschierte mit Max zum Fahrstuhl und drückte den Rufknopf.

»Ich hoffe, wir finden Carla Moldenhauer rechtzeitig«, sagte sie und stieg mit Max ein. Die Türen schlossen sich surrend. Sie war eigentlich todmüde. Doch sie konnten nicht einfach Feierabend machen und sich ins Bett legen. Wenn es eine Chance gab, Carla Moldenhauer zu retten, dann jetzt. Ihr Verschwinden war erst heute Morgen aufgefallen. Und die Wahrscheinlichkeit, dass sie noch lebte und irgendwo auf Hilfe wartete, schätzte Laura als hoch ein. Sie mussten sich auf Thalmann konzentrieren und ihn ausquetschen, sobald die Streife ihn ins LKA brachte. Hoffentlich bestand er nicht ebenfalls auf einen Anwalt, denn ihnen lief die Zeit davon.

Bisher wussten sie nur, dass Carla Moldenhauer eine ehemalige Mieterin von Thalmann war und dass sie den anderen Opfern recht ähnlich sah. Laura eilte zum Schreibtisch und weckte den Computer aus seinem Schlafmodus. Dennis Struck hatte bereits ein Verzeichnis angelegt. Laura schaute sich die Vermisstenanzeige an, während Max auf dem Stadtplan Carla Moldenhauers Wohnung markierte. Sie war in einen entfernten Stadtteil umgezogen. Möglicherweise hatte Marcus Thalmann sie ebenfalls belästigt. Sie blickte auf die Uhr. Er müsste jeden Moment eintreffen. Plötzlich erschien Simon Fischer im Türrahmen und lächelte sie an.

»Ich dachte mir, dass ihr noch da seid«, sagte er und stellte Laura eine Tasse Kaffee vor die Nase. »Das soll bei Schlafmangel helfen. Energydrinks sind ja nicht dein Ding.« Er warf Max einen entschuldigenden Blick zu. »Sorry, aber zwei Tassen plus Laptop konnte ich nicht tragen. Dafür habe ich noch das hier.« Er zauberte eine Tüte mit Muffins unter der Armbeuge hervor und legte sie neben den Kaffee.

»Wow«, stieß Laura aus und biss in den süßen Schokomuffin. »Womit haben wir das verdient?«

Simon zuckte mit den Achseln. »Meine Mutter verlangt immer von mir, meine sozialen Fähigkeiten zu trainieren. Ich dachte, ich probiere es mal.«

»Es ist dir gelungen. Danke. Das habe ich jetzt wirklich gebraucht.« Laura trank den Kaffee und genoss das wärmende Gefühl im Bauch.

»Du bist echt spitze«, fügte Max hinzu und stopfte sich schmatzend einen halben Muffin in den Mund.

»Ich bin natürlich nicht nur deshalb vorbeigekommen.« Simon klappte seinen Laptop auf und stellte ihn auf den Tisch.

»Ich weiß, wie der Brief mit dem Foto von Melanie Schlautmann und Marcus Thalmann zu uns ins Landeskriminalamt gelangt ist.« Er öffnete ein Video und ließ es laufen.

Laura sah einen Teil des Seiteneingangs und den Briefschlitz daneben. Es dauerte keine zehn Sekunden, bis sich jemand näherte. Laura schluckte. Ein Mann mit Hut, Mantel und Cowboystiefeln eilte auf den Briefkasten zu, warf den Brief ein und verschwand genauso schnell, wie er gekommen war.

»Der Täter«, stieß Laura aus und kroch beinahe in den Bildschirm hinein. Etwas an dem Gang des Mannes kam ihr bekannt vor. Sie fragte sich, ob Marcus Thalmann sich unter dem Hut verbarg. Oder war es Torsten Schlegel, der dort aus dem Bild huschte?

Sie rieb sich müde die Augen und überlegte, warum der Täter ihnen dieses Foto geschickt hatte. Wollte er sie auf eine falsche Fährte führen?

Ihr Telefon klingelte und sie hob ab. Das musste die Streife sein, die Thalmann vorbeibrachte.

»Laura Kern hier«, meldete sie sich erwartungsvoll.

»Wir haben uns im Club Royal umgesehen. Marcus Thalmann ist nicht dort. Wir haben ihn vermutlich verpasst. In seinem Haus ist er allerdings auch nicht angekommen. Wir sind sogar reingegangen, die Tür war nicht richtig zu. Er ist definitiv nicht da und sein Wagen ebenfalls nicht.«

»Danke«, sagte Laura frustriert. Dass ein weiterer Verdächtiger verschwand, hatte ihr gerade noch gefehlt.

36

Luise! Natürlich. Sie hatte den Lärm gemacht. Er blieb schnaufend vor ihr im Flur stehen.

»Junge! Sieh dich vor. Du musst die Tür richtig abschließen. Nur zuziehen reicht nicht. Erst gestern hat mir eine Bekannte erzählt, dass sich eine Einbrecherbande hier herumtreibt. Die brechen mit einem Schraubenzieher ein. Das geht ruckzuck.« Die Freundin seiner verstorbenen Mutter stemmte die Arme in die Seiten und betrachtete ihn kritisch von der Türschwelle aus.

»Ich habe dir etwas gekocht. Deine Mutter würde sich im Grab umdrehen, wenn sie dich so sehen könnte. Du bist viel zu dünn, Junge. Ich muss wohl öfter nach dir schauen. Hab es deiner Mutter schließlich versprochen.« Luise schürzte missbilligend die Lippen, während ihr Blick irgendwo auf seiner Bauchgegend ruhte.

»Hilf mir, Junge. Ich habe das Essen draußen auf

dem Treppenabsatz abgestellt. Hast du mein Klopfen denn gar nicht gehört?«

Er zuckte hilflos mit den Achseln und folgte ihr. Warum musste Luise ausgerechnet jetzt hier auftauchen? Ungläubig betrachtete er die alte Frau, die bergeweise Essen mitgebracht hatte. Vor der Tür türmten sich Schüsseln und Platten, alles fein säuberlich abgedeckt. Die Menge würde ausreichen, um eine ganze Kompanie zu versorgen. Luises alter Mercedes parkte im Hof. Sie besaß den Schlüssel zum Haus seit Jahren, eher sogar seit Jahrzehnten. Schon zu Lebzeiten seiner Mutter war sie häufig hier aufgetaucht und hatte sich um die Küche und den Garten gekümmert. Er hatte es nicht fertiggebracht, ihr den Schlüssel nach dem Tod seiner Mutter wieder abzunehmen. Er mochte sie und sie kümmerte sich rührend um ihn. Nur heute passte es ihm überhaupt nicht. Normalerweise wäre sie erst morgen gekommen. Er hatte zu tun und sie durfte seinen Plan nicht gefährden.

»Warum bist du heute schon hier?«, fragte er vorsichtig. Wenn sie öfter hier unangekündigt auftauchte, gäbe das früher oder später Probleme.

»Freust du dich denn nicht über meinen Besuch? Ist doch egal, ob heute oder morgen. Es gab Schnitzel im Sonderangebot. Ich habe sie ganz frisch gemacht. Das liebst du doch so, oder?«

Er nickte und breitete die Arme aus, damit Luise ihn mit ihren Schüsseln vollpacken konnte. Er balancierte die Speisen in die Küche.

»Möchtest du etwas trinken?«, fragte er, obwohl er Luise liebend gerne gleich wieder weggeschickt hätte.

»Danke. Du bist ein lieber Junge. Ein Glas Wasser reicht. Manfred hatte heute seine Dialyse. Ich will ihn nicht so lange alleine lassen. Nächste Woche trinken wir einen Kaffee, versprochen.«

Er atmete erleichtert auf und brachte sogar ein Lächeln zustande, als er ihr das Wasser hinstellte. Luise griff zum Glas, und während sie trank, drang ein gedämpfter Schrei durchs Haus. Verdammt, dachte er und hoffte, Luise hätte es nicht gehört. Doch sie stellte das Glas ab und legte den Kopf schief.

»Hast du Besuch?«, fragte sie und bediente sich an den Keksen, die sie ihm mitgebracht hatte.

»Das ist der Fernseher«, log er und schloss die Küchentür. Er musste Luise schnellstens loswerden. Verflucht, warum spielten heute alle verrückt? Konnte diese dumme Schlampe im Keller nicht ihren Mund halten? Er überlegte krampfhaft, ob er hinuntergehen und sie sofort zum Schweigen bringen sollte. Jetzt hämmerte sie auch noch gegen die Tür. Er widerstand dem Impuls, loszulaufen. Das Mädchen war ein Risiko. Mit zweien auf einmal wurde er nicht so schnell fertig, und Luise käme garantiert auf die Idee, ihm in den Keller zu folgen. Er stellte das Radio in der Küche an und hoffte, dass es die Geräusche aus dem Keller übertönte.

»Nimm dir auch einen Keks«, forderte Luise ihn auf. »Ich habe sie gestern frisch gebacken.« Sie hatte die Schreie offenbar längst vergessen. Das Wasserglas war leer.

Er griff nach einem Keks und schob ihn sich in den Mund.

»Lecker«, nuschelte er und schluckte ihn schnell hinunter.

»Soll ich dich zum Auto bringen?« Er bot ihr den Arm an und hoffte, dass sie auf sein Angebot einging.

Luise sah ihn überrascht an. »Gerne.« Sie lächelte und ließ sich von ihm nach draußen führen. »Nächste Woche bleibe ich länger.«

»Wir trinken einen Kaffee und machen es uns gemütlich. Richte Manfred liebe Grüße von mir aus«, sagte er und beobachtete ungeduldig, wie sie sich in ihren Wagen zwängte. Als der Motor startete, atmete er erleichtert auf. Das war knapp, dachte er und freute sich, als sie endlich davonfuhr. Er ging ins Haus und holte im Keller die Rolle Stacheldraht hervor. Jetzt würde er erst einmal dieser Schlampe und ihrer Tochter das Maul stopfen. Und gleich danach würde er sein Mädchen nach Hause holen.

37

Laura und Max sahen sich die Aufnahmen des vermeintlichen Täters an. Lauras Augen brannten inzwischen vor Anstrengung. Irgendetwas brachte sie dazu, diesen Mann auf den Videos fortwährend anzustarren. Dabei war sein Gesicht nicht ein einziges Mal zu erkennen. Jeder durchschnittliche große Mann könnte sich unter dem Cowboyhut verbergen. Aber seine Körperhaltung, die Art und Weise, wie er sich bewegte, ließen Laura nicht los. Simon Fischer war vor einer halben Stunde nach Hause gefahren, doch sie konnte jetzt nicht aufgeben. Carla Moldenhauer hatte kurz vor ihrem Verschwinden mehrere Fotos von sich und ihrem Vater auf Facebook gepostet. Zu diesem Zeitpunkt freute sie sich auf den bevorstehenden Ausflug mit ihm, der am Ende nie stattgefunden hatte. Das letzte Lebenszeichen auf der Internetplattform hatte Carla Moldenhauer vor fünf Tagen gegeben. Zumindest die ersten beiden Opfer waren erst einen Tag später getötet worden. Es bestand also eine realistische Chance, dass sie noch lebte. Aber wo sollte sie suchen? Thalmann war verschwunden und Torsten Schlegel schien nichts mit den Taten zu tun zu haben. Sie hatte mit ihm gesprochen. Völlig umsonst. Der Kerl hatte ihr freiwillig einen Stiefelabdruck überlassen. Laura war kein Profi, was die Spurenanalyse betraf. Doch Schlegels Stiefel passten nicht zu dem Abdruck in Mellis Wagen. Auf Schlegels Sohlen war die Marke des Herstellers deutlich eingeprägt. Dieser Schriftzug müsste sich wenigstens teilweise auf dem anderen Abdruck finden. Es stimmte nur die Größe der Sohlen überein. Torsten Schlegel hatte geschworen, dass er keinen weiteren Stiefel dieser Art besaß. Trotzdem traute Laura dem Mann nicht über den Weg. Schließlich hatte er versucht, Max anzugreifen.

Sie befand sich in einer Sackgasse. Warum hatte der Täter ihnen das Foto von Melli und dem Vermieter geschickt? Warum hatte er diesen Zettel in Mellis Auto gelegt? Warum wählte er Blondinen aus und legte ihnen Stacheldraht um den Hals? Fragen über Fragen, und die Antworten ließen zu wünschen übrig. Laura seufzte und rieb sich die Augen. Plötzlich klingelte ihr Telefon. Es war die Einsatzzentrale.

»Wir haben eine tote Frau«, erklärte eine Frauenstimme. »Um ihren Hals liegt ein Stacheldraht.«

»Wo wurde sie gefunden?«, fragte Laura entsetzt.

»Nur zweihundert Meter vom Landeskriminalamt entfernt, auf dem Grünstreifen in der Mitte der Straße.«

»Was? Wir sind sofort da.« Laura legte auf und winkte Max mit sich. Die Bundesstraße B 96 führte an ihrem Dienstgebäude vorbei. Die beiden Fahrtrichtungen wurden durch einen mit Bäumen bepflanzten Grünstreifen voneinander getrennt. Laura und Max eilten zum Fahrstuhl. Draußen sahen sie bereits von Weitem das Blaulicht der Streifenpolizei blinken. Sie begannen zu laufen.

»Laura Kern und Max Hartung«, krächzte sie und hielt einer Beamtin den Dienstausweis hin. »Lassen Sie uns bitte durch.«

Die Polizistin hob das Absperrband an. Laura und Max schlüpften darunter hindurch. Ein Polizist leuchtete den Boden ab. Die tote Frau lag einen halben Meter vom nächsten Baumstamm entfernt im Gras. Ihr Gesicht war unter den blonden Haaren versteckt. Sie wirkte ein wenig verkrümmt, so als hätte der Täter sie in großer Eile abgelegt. Laura schaltete ihre Taschenlampe ein. Zunächst suchte sie nach Reifenspuren. Die B 96 war eine viel befahrene Straße. Selbst um diese Uhrzeit rasten alle paar Sekunden Autos an ihnen vorbei.

»Sieh mal, hier muss der Täter angehalten haben.« Laura deutete auf die tiefen Abdrücke, die im Gras zu sehen waren.

»Ich lasse die Spuren am besten gleich markieren«, erwiderte Max und ging zu einem Beamten hinüber, um sich Material zu besorgen.

Laura machte währenddessen einige Fotos von der Toten. Mit behandschuhten Fingern schob sie vorsichtig ein paar Haarsträhnen zur Seite. Ihr Magen rebellierte, als sie das Gesicht erkannte. Es war Carla Moldenhauer.

»Verdammt«, fluchte Laura und spürte die schwere Last der Schuld. Sie waren zu spät. Sie schaute in die stumpfen Augen der Frau, in denen immer noch die

Angst zu stehen schien. Um ihren Hals lag der Stacheldraht. Laura tastete daran entlang, bis sie im Nacken auf das Zahlenschloss stieß. Sie kannte den Code: null, null, vier. Die Fingernägel der Frau waren schwarz angemalt. Laura stutzte. Warum hatte der Täter diese Farbe gewählt? Sie sah in der Hosentasche nach und fand das Papiertaschentuch.

»Ich bin die Vierte«, war wie zu erwarten mit schwarzen Buchstaben darauf geschrieben. Der Täter hielt sich exakt an sein Ritual. Trotzdem irritierte Laura die schwarze Farbe, die sich von dem bunten Nagellack der anderen Opfer unterschied. Nachdenklich betrachtete sie das Gesicht der Frau, als könnte sie darin eine Antwort finden. Carla Moldenhauer wirkte so zerbrechlich, dass Laura ein Stich durchs Herz fuhr. Warum nur hatte der Täter sie ausgelöscht? Und warum waren sie wieder zu spät gekommen?

Seufzend leuchtete sie über das zerzauste Haar, die Nase und die Wangen. Am Mund hielt sie inne und inspizierte die leicht geöffneten Lippen. Etwas blitzte zwischen den Zähnen auf. Vorsichtig drückte Laura die Kiefer auseinander. Auf der Zunge der Toten lag ein Stück Stoff.

Das war neu. Laura griff danach und zog es heraus.

»Was ist das denn? Eine Kindersocke?«, fragte Max, der sich wieder zu ihr gesellt hatte.

Laura antwortete nicht. Sie starrte auf das geringelte Söckchen. Rosa und lila Farbtöne wechselten sich ab. In ihrem Innersten brach etwas auf. Etwas, was sehr lange in ihr geschlummert hatte. Etwas, was die ganze Zeit da gewesen war und was sie nicht erkannt hatte. Nun verstand sie, was die Nachricht auf dem Zettel in Mellis Auto bedeutete. Ein Zittern durchlief ihren Körper. Laura spürte Angst und Wut gleichzeitig. Sie hätte nie für möglich gehalten, dass diese Gefühle jemals wieder in dieser Intensität in ihr hochkochen würden. Sie ballte die Hand mit dem Söckchen darin zur Faust und erhob sich.

»Wir brauchen Verstärkung«, sagte sie zu Max. Sie wusste, wer der Killer war und wo sie ihn finden würde.

38

Taylor versuchte zum dritten Mal, Laura zu erreichen. Die Mailbox sprang wieder an, und er legte auf, weil er keine Worte fand. Die Sache zwischen ihr und Max nagte noch immer an ihm, aber mittlerweile war ihm klar geworden, dass Laura die Affäre nicht absichtlich verschwiegen hatte. Für sie war es eine abgeschlossene Geschichte und vermutlich hatte sie deshalb nie darüber gesprochen. Trotzdem verletzte es ihn, dass es einen Mann in Lauras Leben gab, der etwas mit ihr teilte, was er nie haben würde. Die beiden verband eine unverwüstliche Freundschaft, die jedem Sturm standhielt. Etwas, das eine Liebe nicht leisten konnte. Die Liebe zwischen Mann und Frau erreichte unbeschreibliche Höhen. Doch sie war auch zerbrechlich. Jedenfalls, wenn man sie nicht richtig pflegte. Er musste sich stärker um Laura bemühen. Nach ihrem Streit hatte sie sich mehrfach bei ihm gemeldet, aber er hatte nur mit Floskeln geantwortet. Er hatte ein wenig Abstand gebraucht, denn er spürte plötzlich, wie verletzlich er ihretwegen war. Sie zu verlieren würde ihm den Boden unter den Füßen wegreißen. Die letzten Nächte ohne sie waren die Hölle gewesen. Er hatte höchstens ein paar Stunden geschlafen. Laura war sein erster Gedanke an jedem Morgen und der letzte, bevor er einschlief. Er musste mit ihr sprechen und die Dinge klären. Alles andere war keine Lösung. Das war ihm jetzt klar. Abermals wählte er ihre Nummer. Es klingelte wieder, bis die Mailbox anging.

»Ruf mich bitte zurück«, sagte er mit belegter Stimme und beschloss, zu ihr zu fahren. Er würde so lange gegen ihre Tür trommeln, bis sie ihm aufmachte. Taylor fluchte innerlich. Er hatte es übertrieben. Hoffentlich konnte er es wiedergutmachen.

Taylor brauchte nicht lange zu Laura. Er suchte die Straße nach ihrem Auto ab. Es war nicht da. Er stieg die Treppen hinauf und klopfte. Als niemand öffnete, presste er das Ohr an Lauras Wohnungstür. Er hörte keinen einzigen Laut. Durch die Türritzen drang kein Licht. Sie schien nicht zu Hause zu sein. Vermutlich arbeitete sie noch. Taylor eilte die Treppen hinunter und fuhr zum Landeskriminalamt. Der Pförtner versuchte, sie im Büro zu erreichen, doch dort war sie nicht. Taylor fragte sich, wo sie stecken könnte. Ob sie wieder einen ihrer Verdächtigen observierte? Enttäuscht verließ er das LKA und wollte gerade in seinen Wagen steigen, als ihm das Blaulicht und die Polizeiabsperrung ein Stückchen die Straße hinauf auffielen. Einer plötzlichen Eingebung folgend ging er zu der Absperrung. Eine junge Polizistin grüßte ihn freundlich. Taylor wies sich aus und fragte nach Laura. Die Polizistin zuckte mit den Achseln.

»Frau Kern und ihr Partner waren kurz hier«, erklärte sie und zeigte auf einen Beamten, der vor einem Baum mit einem Mitarbeiter der Spurensicherung sprach. »Mein Kollege hat ihnen die Leiche gezeigt. Sie haben sie angesehen und sind dann eilig gegangen.«

»Danke«, sagte Taylor und steuerte auf den Polizisten zu.

»Guten Abend, mein Name ist Taylor Field. Ich bin auf der Suche nach Laura Kern.«

Der Beamte warf ihm einen ratlosen Blick zu.

»Ich weiß nicht, wo sie ist. Vermutlich ist sie jeden Augenblick zurück.«

»Darf ich mal?« Taylor drängte sich an ihm vorbei, um den Leichnam in Augenschein zu nehmen. Die blonde Frau war ähnlich drapiert wie der erste Leichenfund.

»Hat sie etwas über die Tote gesagt?«

»Eigentlich nicht. Ich habe mit Max Hartung die Reifenspuren neben der Toten markiert. Ich glaube, sie haben die Frau erkannt. Im Mund der Toten steckte eine rosa Kindersocke. Sie sind mit ihr verschwunden.« Der Polizist verzog das Gesicht. »Wie pervers muss man sein, um so etwas zu tun.«

»Danke«, entgegnete Taylor und machte auf dem Absatz kehrt. Wo auch immer Laura steckte, es hatte mit ihrem Fall zu tun, und sie war immerhin mit Max unterwegs. Trotzdem beschlich ihn ein ungutes Gefühl. Ihm blieb nichts anderes übrig, als unverrichteter Dinge wieder nach Hause zu fahren.

39

»Du bist mein Mädchen und ich hole dich nach Hause!«

Der Satz kreiste in Lauras Kopf. Sie standen vor dem riesigen schwarzen Gebäude. Der dunkle Nachthimmel senkte sich schwer auf sie herab. Er nahm Laura fast die Luft zum Atmen.

»Wir sollten warten, bis die Verstärkung hier ist«, sagte Max und leuchtete mit seiner Taschenlampe die Umgebung ab.

Laura nickte. Tief im Inneren hatte sie befürchtet, dass dieser Tag kommen würde. Niemand konnte vor seiner Vergangenheit davonlaufen. Auch sie nicht. Es war ihr jahrelang gelungen, die traumatischen Ereignisse ihrer Kindheit zu verdrängen. Sie hatte gehofft, dem Monster aus ihren Albträumen nie mehr begegnen zu müssen. Aber der Täter von damals hatte nie gefasst werden können. Eigentlich war es klar gewesen, dass es irgendwann passieren würde. Unaufhörlich kreiste der Satz durch ihre Gedanken. Sie hatte ihn so ähnlich schon einmal gehört. Und jetzt erinnerte sie sich auch. Als sie elf Jahre alt war, hatte das Monster ihn ihr immer wieder ins Ohr geflüstert.

»Gefällt es dir hier? Das ist dein neues Zuhause.« Die Stimme in Lauras Kopf plapperte ununterbrochen. Sie konnte es nicht ertragen. Sie fühlte sich, als hätte jemand eine Truhe in ihrem Herzen geöffnet. Eine Truhe, in der sie ihren schlimmsten Albtraum verwahrte. Nun war sie ihm wieder schutzlos ausgeliefert. Je länger sie vor dem Pumpwerk stand, desto mehr verwandelte sie sich zurück in die elfjährige Laura, die vor Angst kaum noch atmen konnte. Sie drückte das Söckchen in ihrer Hand und fragte sich, warum sie nicht eher auf ihn gekommen war. Auf den Mann, der sie damals hierher verschleppt hatte. Er war der Täter, den sie die ganze Zeit so verzweifelt suchten. Vielleicht war es nicht möglich gewesen, es früher herauszufinden. Womöglich hatte sie der Wahrheit jedoch einfach nicht ins Auge blicken wollen.

Die Kindersocke gehörte ihr. Laura hatte sie sofort erkannt. Diese kleine Socke hatte sie an dem Tag getragen, als sie entführt und in dieses Pumpwerk gebracht worden war. Hier, in diesem Gebäude hatte sie die Socke verloren, und als die Polizei das Gelände von oben bis unten durchkämmte, war nichts von ihren Sachen wieder aufgetaucht. Ihr Entführer hatte sie mitgenommen. Er hatte ihre Socke über zwanzig Jahre lang aufbewahrt. Ihr wurde übel bei diesem Gedanken.

»Tanz mit mir!« Sie verdrängte seine Worte aus dem Kopf und näherte sich langsam dem baufälligen Pumpwerk. Von Zeit zu Zeit war sie hierher zurückgekehrt, um sich davon zu überzeugen, dass das Böse nicht mehr an diesem Ort hauste. Doch heute würde es anders sein. Laura verstand jetzt den Satz auf dem Zettel. Sie war das einzige Mädchen gewesen, das damals entkommen konnte. Und nun hatte der Täter beschlossen, sie *nach Hause* zu holen. Ein kalter Schauer lief ihr über den Rücken. Ihr Handy vibrierte. Sie blickte kurz auf das Display. Taylor hatte schon zweimal versucht, sie zu erreichen. Er hatte sich heute Nacht den falschen Zeitpunkt für ein Gespräch ausgesucht. Sie würde diese Sache erst einmal zu Ende bringen. Das war sie sich und allen Opfern schuldig. Den vier Frauen und den Mädchen von damals. Sie war nicht mehr die wehrlose Elfjährige, die vor dem bösen Mann durch ein enges Rohr in den See geflohen war. Sie war kein Opfer. Sie war eine Jägerin, und wenn der Täter glaubte, es wäre genau umgekehrt, irrte er sich gewaltig. Sie würde ihn zur Strecke bringen. Hier und jetzt.

»Da steht ein Wagen«, sagte Max und zupfte Laura am Ärmel.

Etwas entfernt vom Eingang des Pumpwerkes hinter einem Baum parkte ein großer schwarzer Pick-up. Sie überprüften das Auto, die Türen waren verschlossen. Max leuchtete durch die Seitenscheibe. Laura nahm sich die Beifahrerseite vor. Der Innenraum war mit hellen Ledersitzen ausgestattet. Das Erste, was ihr auffiel, waren die roten Flecken am oberen Rand der Rückenlehne. Sie betrachtete die Sitzfläche und entdeckte mehrere Blutstropfen sowie ein Stückchen Stacheldraht zwischen den Sitzen.

»Das ist der Wagen des Täters«, flüsterte sie und

fragte sich, ob das Blut von Carla Moldenhauer stammte.

»Auf der Fahrerseite liegt ein Papiertaschentuch«, sagte Max. »Ich glaube, da ist wieder etwas draufgeschrieben. Vielleicht kann ich es entziffern.«

Laura ging zu ihm. Das Taschentuch lag zerknittert auf dem Sitz. Es sah so aus, als wäre es dem Täter beim Aussteigen aus der Tasche gefallen.

»Schwierig«, murmelte Max. »Ich kann es wohl doch nicht lesen.«

»Musst du auch nicht«, erwiderte Laura, die es eiskalt überlief. »Wir müssen da rein, und zwar jetzt. Die Worte sind in Hellblau geschrieben. Diese Farbe hatten wir bisher noch nicht.«

»Mist. Der hat die nächste Frau in seiner Gewalt«, fluchte Max.

Laura zog entschlossen ihre Dienstwaffe aus dem Halfter. Sie rannten zurück zum Pumpwerk und betraten es durch eine Öffnung in dem völlig verrotteten Eingangstor. Sie konnten nur hoffen, dass sie nicht zu spät kamen. Laura atmete tief ein und verdrängte das kleine ängstliche Mädchen, das in ihrem Inneren hauste. Auf Zehenspitzen schlichen sie durch einen breiten Gang. Vor ihnen lag der Raum, in dem Laura vor Jahren festgehalten wurde. Schon von Weitem erblickten sie das Licht. Sie hielten die Waffen im Anschlag. Laura hielt sich dicht an der Wand. Während Max vorausging, blickte sie sich immer wieder um. Sie bereitete sich innerlich auf den Anblick des Monsters vor. Auf den großen Mann mit den gütigen blauen Augen, die von einem Augenblick zum nächsten zu Eis werden konnten. Sie schlichen an den dicken Röhren vorbei, die sich meterweit über den Boden schlängelten und irgendwann in dem See endeten, durch den sie entkommen konnte. Die Narben unter ihrem Schlüsselbein begannen zu pochen, je weiter sie kamen. Die raue Wand kratzte sie bei jedem Schritt an der Schulter. Die Schaltanlage mit den vielen Hebeln hatte sich nicht verändert. Das Wirrwarr an Rohren dahinter ebenfalls nicht. Max blickte sich zu ihr um.

»Ich gehe zuerst rein. Gib mir Deckung«, flüsterte er, als sie den Raum erreichten, der damals als Gefängnis diente.

Laura nickte und spannte sämtliche Muskeln an. Sie konnte niemanden entdecken. Doch wahrscheinlich lauerte der Täter irgendwo hinter einem der Rohre oder den Apparaturen. Hoffentlich traf die Verstärkung bald ein.

Max machte einen Schritt. Weiter kam er nicht. Der Boden unter ihm tat sich auf und er krachte mit einem Aufschrei in die Tiefe. Laura ging erschrocken in die Knie. Verdammt, sie hatten eine Falltür übersehen.

»Max«, rief sie, die Waffe immer noch im Anschlag. Sie beugte sich vor, um Max besser zu sehen, dabei rutschte ihr das Handy aus der Tasche und fiel in die Grube. Es blieb in halber Höhe auf einem Vorsprung in der Wand liegen. Das Display leuchtete auf, doch sie kam nicht dran. Max lag unten auf dem Boden. Die Grube war sehr tief, fast drei Meter trennten sie voneinander. Es war unmöglich, einfach herauszuklettern.

»Ich glaube, mein Knöchel ist gebrochen. Ich kann

nicht aufstehen. Lauf raus, Laura, und warte auf die Verstärkung. Mir wird so lange schon nichts passieren.«

Laura blickte sich um. Sie würde Max nicht alleinlassen.

»Ich helfe dir«, sagte sie.

»Lauf raus, bitte. Mein Handy ist kaputt und an deins komme ich nicht heran. Ich kann nicht mal die Kollegen informieren. Es ist zu gefährlich.«

Sie ignorierte seinen Protest und flüsterte: »Ich bin gleich zurück.«

Dann schlich sie weiter und suchte nach einem Seil oder einer Leiter. Sie brauchte irgendetwas, womit sie Max rausholen konnte. Laura wandte sich linksherum, dorthin, wo einst ihre Matratze gelegen hatte. Ihr Herzschlag setzte für einen Moment aus.

Ein kleines blondes Mädchen lag dort wie sie selbst damals. Die Kleine hatte die Arme um den schmalen Körper geschlungen und die Beine bis zum Kinn angezogen. An ihrem Knöchel hing eine Kette, mit der sie an die Wand gefesselt war. Sie wirkte zerbrechlich, wie ein Embryo im Mutterleib. Mit wenigen Schritten war Laura bei ihr und fühlte ihren Puls. Das Mädchen lebte noch.

»Ich bin Polizistin und hole dich hier raus«, flüsterte Laura der Kleinen zu.

Das Kind hob geschwächt den Kopf und starrte sie mit großen Augen an. Sein Anblick ließ Lauras Blut zu Eis gefrieren. Sie kannte dieses Gesicht. Das konnte nicht sein. Die Kleine glich einem der Mädchen, die in diesem Pumpwerk gestorben waren, bis aufs Haar. Sie kramte in ihrem Gedächtnis nach dem Namen.

»Mareike?«, fragte sie fassungslos. »Kennst du Mareike Schieffer?«

»Ich bin Luna Schieffer«, flüsterte das Mädchen.

»Weißt du, wo der Mann ist?«

Luna nickte. Sie streckte den Finger aus und deutete auf eine Tür auf der anderen Seite.

»Mama«, hauchte sie kaum hörbar. »Er hat meine Mama.«

Laura richtete sich auf. Dieser verdammte Mistkerl!

»Komm heraus. Ich bin zu Hause!«, rief sie, so laut sie konnte, und stellte sich mitten in den Raum. Er hatte diese Begegnung unter Garantie bis ins letzte Detail vorbereitet. Sie brauchte nicht nach ihm zu suchen, denn sie würde ihn nicht finden. Also ging sie in die Offensive.

Tatsächlich öffnete sich die Tür, auf die Luna gezeigt hatte. Laura war auf der Stelle wieder elf Jahre alt. Eine unbeschreibliche Panik übermannte sie. In ihr krampfte sich alles zusammen. Kälte und Hitze fuhren gleichzeitig durch ihren Körper. Die Wände begannen sich zu drehen. Bloß das Monster drehte sich nicht. Es stand da und starrte sie an. Der große Mann sah noch genauso aus wie damals. Nur seine dunklen Haare hatten einen grauen Schimmer bekommen.

»Endlich bist du wieder zu Hause«, sagte er lächelnd.

Laura hob die Waffe und zielte auf seine Stirn. Er nahm abwehrend die Hände hoch.

»Aber nicht doch«, säuselte er und machte einen Schritt auf sie zu. Sein Grinsen verbreiterte sich. Er öffnete die rechte Hand, in der er einen Sprengstoffzünder hielt.

»Du willst bestimmt nicht, dass Lunas Mutter stirbt, oder?« Er blickte sich zur Tür um, aus der er gekommen war, und sah sie dann so bohrend an, dass ihre Knie sich in Wackelpudding verwandelten.

»Ich habe einen Vorschlag für dich. Tausche dein Leben gegen das dieser beiden Menschen ein und ich lasse sie gehen.« Sein Lächeln gefror zu einer Maske.

Laura brauchte nicht nachzudenken. Sie zog den Autoschlüssel aus der Hosentasche.

»Lassen Sie die Mutter mit ihrer Tochter fahren, dann ergebe ich mich.«

40

Taylor lenkte seinen Wagen die Straße entlang und nagte nervös an der Unterlippe. Er hätte sich so gerne mit Laura ausgesprochen. Jetzt wartete eine neue einsame Nacht auf ihn. Plötzlich klingelte sein Handy. Als er sah, dass es Laura war, hob er sofort ab und hielt am Straßenrand an.

»Laura«, sagte er erfreut und runzelte die Stirn. Aus dem Telefon drang ein Gemisch aus Rauschen und Knattern.

»Laura?«

Sie antwortete nicht. Er presste das Handy ans Ohr und lauschte. Nach einer Weile wiederholte er ihren Namen, aber es kam keine Reaktion. Ein ungutes Gefühl beschlich ihn. Irgendetwas stimmte nicht. Er glaubte, Stimmen zwischen den Knattertönen auszumachen, aber er konnte nichts verstehen. Vielleicht war Laura in Gefahr und brauchte seine Hilfe? Sie rief ihn doch nicht mitten in der Nacht an und hatte dann ganz plötzlich keinen Empfang mehr. Er probierte es bei

Max. Die Mailbox sprang sofort an. Taylor spürte Panik in sich aufsteigen. Womöglich reagierte er schon wieder über. Sollte Laura jedoch etwas passiert sein, würde er sich das sein Leben lang nicht verzeihen.

Er wendete mit quietschenden Reifen. Um diese Uhrzeit gab es nur eine Person, die herausfinden konnte, wo Laura steckte.

41

Laura saß vor dem Tisch und schluckte, als er die Riemen fester zog. Sie war an den Handgelenken auf der Tischplatte fixiert. Sie hielt nach ihrer Pistole Ausschau, die der Mann in sicherer Entfernung auf einen Stuhl gelegt hatte. Alexandra Schieffer und ihre Tochter waren weg. Er hatte sie tatsächlich mit ihrem Dienstwagen davonfahren lassen. Vorher hatte er Laura den Sprengstoffgürtel umgelegt, damit sie in der Zwischenzeit nicht fliehen konnte. Wenigstens hing der Gürtel jetzt über der Lehne bei der Pistole, sodass sie zumindest nicht mehr zerfetzt werden würde. Max lag verletzt in der Fallgrube. Laura hatte große Angst, dass der Mann hingehen und ihn mit ihrer eigenen Waffe erschießen könnte. Doch im Augenblick schien er sich ausschließlich auf sie zu konzentrieren. Laura musste dafür sorgen, dass es auch so blieb. Nur die Zeit konnte ihr helfen. Die Verstärkung musste bereits in der Nähe sein.

»Du hast mein Zuhause zerstört«, zischte das Monster plötzlich und holte eine Kiste mit Nagellackfläschchen hervor. »Ich habe mich jahrelang nicht mehr in dieses Pumpwerk getraut. Außerdem musste ich mich verstecken. Ich habe so oft an dich gedacht. Manchmal war ich versucht, einfach alles zu vergessen und irgendwo ein neues Leben anzufangen. Ich habe sogar fünf Jahre in Thailand verbracht. Aber du bist mir nie aus dem Kopf gegangen.« Er betrachtete sie mit diesem widerlichen Blick, der eine unsägliche Übelkeit in ihr auslöste.

Noch heute wusste sie, wie er roch. Nach einer Mischung aus Schweiß und Zigarettenrauch. Sein ekelhafter Geruch kroch ihr in die Nase, sobald er sich bewegte.

»Du hast es als Einzige geschafft, mir fortzulaufen. Weißt du eigentlich, dass ich dich mehrfach besucht habe damals?« Er grinste selbstgefällig. »Du warst manchmal nur ein kleines Stückchen von mir entfernt. Ich hätte bloß zugreifen müssen, aber für dich wollte ich mir etwas Besonderes einfallen lassen. Ich wollte, dass du von selbst nach Hause kommst.« Er breitete die Arme aus. »Wie gefällt es dir, dein Zuhause?«

»Warum mussten all die Frauen sterben? Svenja Pfeiffer, Jana Lubitz, Carla Moldenhauer und ...«, Laura schluckte heftig, »... und Melli? Wieso?«

Er beugte sich so dicht zu ihr, dass sie seinen Atem riechen musste. Mit dem Finger hob er ihr Kinn an. »Ich habe es für dich getan. Ich wusste, dass du früher oder später bemerkst, wer wirklich hinter den Morden steckt.« Er schüttelte den Kopf und stöhnte, als er wieder von ihr abließ. »Ehrlich gesagt hätte ich gedacht, dass du dich bereits nach den ersten beiden Frauen fragen würdest, warum sie dir so ähnlich sehen. Du warst immer so klug, doch die Arbeit bei der Polizei hat dir nicht gutgetan.« Er breitete überschwenglich die Arme aus und schloss die Augen.

»Nein!«, stieß er aus und riss die Augen wieder auf. »Es ist dieser Kerl. Dieser Amerikaner, der deinen Verstand trübt. Es hat mich sehr geärgert, dass du dich so oft mit ihm triffst. Hast du vergessen, dass du mir gehörst?« Er spuckte auf den Boden und betrachtete sie, als wäre sie die widerlichste Kreatur auf dem Planeten.

»Du hast dich sonst nie lange auf einen Mann eingelassen. Das war gut so. Aber jetzt musste ich eingreifen. Er wird dich nie wieder anrühren!« Abermals verzog er das Gesicht. »Ich habe dich beobachtet, und ich habe mitbekommen, dass du keine Ahnung hattest, auf wessen Konto diese Morde gingen. Ich habe wirklich geglaubt, dass der Groschen bei dir allerspätestens nach deiner Melli fallen würde. Aber nein! Selbst den Zettel hast du ignoriert. Gut, ich gebe zu, dass ich perfekte Spuren zu diesem Stalker Marcus Thalmann ausgelegt habe. Doch dass ausgerechnet du darauf hereinfällst …«

Laura versuchte mit aller Macht, keine Miene zu verziehen. Sie wusste aus der Vergangenheit, wie schnell seine Stimmung umschlagen konnte. Das durfte sie nicht riskieren. Sie musste Zeit gewinnen, wenn sie überleben wollte.

Er kroch wieder näher an sie heran. »Hast du mich bemerkt, als ich an dir vorbeigefahren bin? Du erinnerst dich an deine Begegnung mit Torsten Schlegel, diesem Stümper, oder?«

In Lauras Kopf ratterte es und auf einmal hatte sie Schlegel vor sich. Er trug Cowboystiefel und sie wollte unbedingt einen Abdruck von ihnen haben. Während sie und Max mit ihm sprachen, kam ein Monteur vorbei und Schlegel stieg zu ihm in den weißen Lieferwagen. Die Szene lief plötzlich in Zeitlupe vor ihr ab. Sie sah den dunkelhaarigen Mann am Steuer. Er fuhr ganz langsam an ihr vorüber. Die fetten roten Buchstaben auf der Seite des Wagens sprangen sie direkt an.

»Heizungs- und Sanitärbau Hobrecht«, brachte Laura hervor.

Der Mann grinste. »Gestatten, Andreas Hobrecht. Sehr gut geschlussfolgert.« Er hielt ihre Hand fest und begann, einen Fingernagel von ihr in einem pinken Farbton anzumalen.

»Mir war klar, dass du unsere Vergangenheit verdrängst«, sagte er nach einer Weile. »Deshalb habe ich dir das Foto von Melli und diesem Typen vorbeigebracht und bin dabei extra an euren Kameras vorbeigelaufen. Als das auch nicht funktionierte, musste ich dir eine eindeutige persönliche Botschaft schicken. Findest du es nicht rührend, dass ich deine Sachen über all die Jahre sorgfältig aufbewahrt habe?«

Laura presste die Lippen zusammen. Sie kam sich so dumm vor. Alles, was Hobrecht gesagt hatte, stimmte. Er hatte sie die ganze Zeit auf eine falsche Fährte gelockt.

»Wie sind Sie auf Marcus Thalmann gekommen?«, fragte sie. Das Lächeln verschwand aus Hobrechts Gesicht. Laura musste die Stimmung retten. Voller

Widerwillen fügte sie hinzu: »Ich habe fast jeden Tag an Sie gedacht.«

»Wirklich?« Hobrecht schien hocherfreut. Er nahm sich den nächsten Fingernagel vor. »Wir hätten es zusammen so schön haben können. Du und ich.« Er sah sie einen Augenblick lang verträumt an.

»Marcus Thalmann ist ein wichtiger Auftraggeber von mir. Wie du sicher bemerkt hast, bin ich Unternehmer. Ich kenne mich nicht nur mit Pumpwerken aus. Von irgendetwas muss man ja leben. Seine Begeisterung für Blondinen hat mich ehrlich gesagt erst auf die Idee gebracht, alles ihm in die Schuhe zu schieben. Sobald die Polizei sein Haus durchsucht, wird sie auf die Handys der Opfer stoßen.« Er hielt kurz inne und warf ihr einen langen Blick zu. »Auch auf deines. Schließlich wollen wir nicht, dass sie weiter nach dir suchen. Obwohl ...« Er stützte das Kinn auf den Handballen und musterte sie. »Vielleicht will ich dich auch gar nicht behalten. Du warst nicht besonders treu. Das mochte ich nie an dir. Da ist so viel Eigenleben.« Er tippte Laura auf die Stirn und schürzte die Lippen. »Andererseits ist es gerade das, was mich rasend verrückt nach dir macht. Wir werden sehen.«

Er malte ihre restlichen Nägel an und summte leise vor sich hin. Laura überlegte krampfhaft, was sie tun konnte. Unauffällig schielte sie zu ihrer Pistole.

»Wage es ja nicht, wieder fortzulaufen!«, kreischte Andreas Hobrecht plötzlich. »Ich habe das alles nicht jahrelang geplant, damit du es kaputt machst. Du dummes Miststück!«

Auf einmal war das Monster zurück, vor dem Laura

sich so sehr gefürchtet hatte. Obwohl ihr das Herz bis zum Hals schlug, versuchte sie ruhig zu bleiben. Hilflos sah sie mit an, wie er einen Stacheldraht hervorholte. Sie blickte in seine seelenlosen Augen und ahnte, dass ihr letztes Stündchen geschlagen hatte.

42

Alexandra startete ungläubig den Motor und fuhr davon, so schnell sie konnte. Luna saß neben ihr auf dem Beifahrersitz. Sie konnte kaum glauben, dass der Mann sie einfach hatte gehen lassen. Sie steuerte den Wagen über die schmale Straße, die sie weg von diesem schrecklichen Ort führte. Als der Fremde ihr einen Sprengstoffgürtel umgeschnallt hatte, war ihr fast das Herz stehen geblieben. Alexandra hatte angefangen zu beten. Etwas, was sie seit Jahren nur noch halbherzig getan hatte. Doch in ihrer Todesangst und getrennt von Luna in dem muffigen Raum hatte das Gebet ihr Kraft und Zuversicht gespendet. Diese Polizistin war wie durch ein Wunder aufgetaucht. Vielleicht hatte Gott einen Engel gesandt, um sie und Luna zu retten?

Alexandra verwarf den Gedanken. Diese Frau war aus Fleisch und Blut. Sie hatte die Angst in ihren Augen gesehen, allerdings auch Stärke und Entschlossenheit. Der Mann nannte sie sein Mädchen. Wie widerlich!

Alexandra mochte sich gar nicht vorstellen, was er in diesem Augenblick mit ihr anstellte. Was sie erleiden musste, während sie mit ihrer Tochter in die Freiheit fuhr. Leider steckten sie mitten in der Pampa. Sie befanden sich nicht mal in Berlin. Alexandra kam sich vor wie in einem dunklen Paralleluniversum, wo sie niemanden um Hilfe bitten konnte. Sie hatte kein Handy mehr und aus unerfindlichen Gründen funktionierte das Navigationssystem des Autos nicht. Die Polizistin ging ihr nicht aus dem Kopf. Sie wurde langsamer.

»Mama. Wir dürfen die Polizistin nicht bei dem bösen Mann lassen«, sagte Luna plötzlich.

Alexandra hatte sich immer noch nicht dran gewöhnt, dass sie wieder sprach. Das machte sie so glücklich.

»Wir fahren zur Polizei und die werden sie retten«, erwiderte sie und wusste im selben Moment, dass es falsch war. Der Mann würde die Polizistin töten. Sie hatte es in seinen Augen gesehen. Bis Hilfe eintraf, wäre sie wahrscheinlich tot. Alexandra trat auf die Bremse und betrachtete ihre kleine Tochter, die so mutig war.

»Bitte, Mama. Ich will nicht, dass sie stirbt.«

Alexandra nagte an ihrer Unterlippe. »Ich muss dich in Sicherheit bringen, Kleines. Ich werde dich nicht noch mal verlieren. Wir können diese Frau nicht retten.«

Luna kämpfte mit den Tränen und blickte sie vorwurfsvoll an.

»Luna, Liebes. Ich setze dich auf keinen Fall nochmals dieser Gefahr aus.« Alexandra sprach diese Worte, während sie bereits überlegte, wie sie der Frau helfen konnte.

Luna verschränkte die Arme vor der Brust. »Wir müssen sie retten. Sie hat uns doch auch geholfen.«

Alexandra zögerte. Sollte sie ihr Leben wirklich riskieren? Könnte sie es ertragen, dass diese Frau für sie starb? War sie nicht schon schuld daran, dass ihre kleine Schwester gestorben war? Ihre Gedanken flogen zurück zu der Polizistin. Plötzlich wurde ihr klar, dass diese Frau den Mann kennen musste. Sie hatte Mareikes Namen genannt. Woher kannte sie ihre Schwester? Und warum hatte der Mann gesagt: »Willkommen zu Hause«?

Sie hatte keine Antwort auf diese Fragen, aber sie durfte nicht nur an sich denken. In einiger Entfernung tauchte eine Tankstelle auf. Dort könnte sie Hilfe holen. Alexandra gab Gas und steuerte auf die hellen Lichter zu. Sie stoppte direkt vor dem Tankstellenshop und sprang aus dem Wagen. Luna stieg ebenfalls aus und hielt sich an ihrer Hand fest, als sie mit ihr in den Shop rannte.

»Bitte rufen Sie die Polizei! In einem leer stehenden großen Gebäude ein paar Kilometer von hier entfernt wird eine Polizisten von einem Mann festgehalten.«

Die Frau hinter dem Tresen starrte Alexandra erschrocken an. Sie griff zum Telefon und wählte den Notruf. Sie wiederholte Alexandras Worte und drückte ihr dann den Telefonhörer in die Hand.

»Hallo? Hier spricht Alexandra Schieffer.«

»Können Sie mir bitte die Adresse nennen?«, fragte eine männliche Stimme am anderen Ende der Leitung.

»Die habe ich nicht. Ich bin mit dem Auto der Polizistin zur nächsten Tankstelle gefahren. Das Gebäude ist drei oder vier Kilometer entfernt.«

»Ohne Adresse ist es schwierig«, sagte der Mann. »Ich leite das so weiter und wir suchen nach einem leer stehenden Haus.«

»Es waren sehr viele Rohre in diesem Gebäude, es war kein Wohnhaus und auch keine Villa, sondern irgendetwas Technisches.«

»Danke«, erwiderte der Beamte von der Leitstelle und ließ sich Alexandras persönliche Daten geben.

Als sie auflegte, hatte sie ein merkwürdiges Gefühl. Dieser Mann vom Notruf klang nicht sonderlich engagiert. Der Polizistin blieb ganz bestimmt nicht mehr viel Zeit. Bis Hilfe kam, wäre sie vermutlich längst tot. Alexandra seufzte und schaute Luna an.

»Schätzchen, kannst du hier auf mich warten? Ich fahre noch einmal zurück. Vielleicht kann ich der Polizistin doch irgendwie helfen.«

Luna nickte. »Ich bleibe hier«, erklärte sie tapfer und blickte die Frau an, die hinter dem Tresen stand.

»Natürlich, ich passe auf dich auf«, versprach die Verkäuferin.

Alexandra zögerte. Sollte sie Luna wirklich hier zurücklassen? Andererseits durfte sie diese Polizistin nicht sterben lassen. Schon wegen Mareike nicht. Alexandra konnte ihre Schwester nicht ins Leben zurückholen, aber sie konnte einen weiteren Tod verhindern. Sie musste es zumindest versuchen.

»Ich liebe dich«, flüsterte sie Luna zu, lief zum Auto und sprang hinein.

Im Rückspiegel wurde die Tankstelle immer kleiner und Alexandras Herz mit jedem Meter schwerer. »Lieber Gott im Himmel, bitte lass Luna nichts passieren!«, dachte sie und beschleunigte. Sie brauchte kaum drei Minuten und das riesige Gebäude erhob sich vor ihr wie ein Mahnmal. Alexandra rief sich Mareike ins Gedächtnis. Sie erinnerte sich mit aller Kraft an sie, und plötzlich wusste sie, dass sie das Richtige tat.

43

»Simon, bitte beeile dich«, bat Taylor und tigerte nervös vor der Couch in Simon Fischers Wohnzimmer auf und ab.

»Ich bräuchte eigentlich die Freigabe vom Chef«, sagte Simon und rollte mit den Augen. »Ich kann nicht glauben, dass ich das tue. Der reißt mir den Kopf ab.«

»Jetzt mach schon«, brummte Taylor und knetete die Finger.

»Okay. Ich bin drin.«

Auf dem Bildschirm öffnete sich ein Fenster voller Buchstaben und Zahlen. Simon hackte wild auf seine Tastatur ein. Wenn jemand schnell Lauras Handy orten konnte, dann Simon. Er gehörte zu den Besten und hatte den Server gehackt, der die Netzdaten speicherte. So konnten sie herausfinden, in welchen Mobilfunkzellen sich Lauras Handy eingeloggt hatte. Taylor starrte gebannt auf den Bildschirm und auf die wirren Zahlen- und Buchstabenreihen, die darüber flimmerten. Endlich drückte Simon die Entertaste.

»Laura Kern, oder zumindest ihr Handy, befindet sich in diesem Augenblick genau hier«, verkündete er.

Eine Karte öffnete sich, auf der ein blauer Punkt blinkte. Taylor analysierte den Ort.

»Das ist im Norden, außerhalb von Berlin«, stellte Simon fest.

»Sie ist nicht mehr in der Stadt?«, fragte Taylor überrascht. »Kannst du das bitte mal vergrößern, Simon?«

Der Kartenausschnitt zoomte heran. Taylor erkannte einen See.

»Verdammt!« Laura hatte ihm diesen Ort einmal gezeigt. Sie waren gemeinsam dort gewesen. Er starrte das Pumpwerk an. »Dieser Mistkerl hat sie! O nein.« Taylor raufte sich die Haare und griff nach seiner Jacke. »Wir müssen sofort los. Bis dahin brauchen wir mehr als eine halbe Stunde.«

Simon blickte ihn verwirrt an. »Ruhig, Mann. Wer hat sie?«

Taylor hatte das Gefühl, keine Luft mehr zu bekommen. »Sie ist im Pumpwerk. Den Rest erkläre ich dir unterwegs«, brachte er mühsam hervor.

Er nahm seinen Autoschlüssel und sie stürmten die Treppen hinunter. Nie zuvor in seinem Leben war er so schnell durch die Innenstadt gefahren. Als sie die Stadt verließen, beschleunigte er noch mehr und raste in halsbrecherischem Tempo über die Landstraße. Laura hatte ihm von ihrem schrecklichen Kindheitserlebnis erzählt. Der neue Leichenfund, die Kindersocke, das Knattern aus ihrem Telefon und die Tatsache, dass Max' Handy ausgeschaltet war, konnten nur bedeuten, dass der Täter aus der Vergangenheit wieder zugeschlagen hatte. Und wenn er es wirklich war, hatten sie es mit einem brandgefährlichen Mann zu tun. Mit jemandem, der jahrelang ungestraft frei herumgelaufen war und deshalb höchstwahrscheinlich unter Größenwahn litt.

Simon Fischer saß neben ihm und telefonierte unentwegt. Er hatte den Ernst der Lage nach wenigen Worten begriffen und war dabei, Verstärkung zu organisieren.

»Schlechte Nachrichten«, verkündete er nach einer Weile. »Der Einsatztrupp wurde bereits von Laura und Max gerufen. Die verspäten sich jedoch wegen einer technischen Panne. Die beeilen sich, sind aber erst nach uns an dem Pumpwerk. Inzwischen ging übrigens ein Notruf von einer Tankstelle dort in der Nähe ein. Eine Frau hat gemeldet, dass eine Polizistin in dem Pumpwerk festgehalten wird. Von Max war allerdings keine Rede.«

»Hoffentlich kommen wir nicht zu spät«, stöhnte Taylor und bremste vor dem riesigen Pumpwerk ab. Eine Staubwolke wirbelte in den Scheinwerfern auf. Als sie sich verzog, erblickte Taylor eine blonde Frau, die unschlüssig neben Lauras Dienstwagen stand.

»Laura?«, brüllte er und sprang aus dem Wagen. Er war in zwei, drei Schritten bei ihr. Die Frau drehte sich um und er erstarrte. Es war nicht Laura. Sein Blick fiel auf ihren blutigen Hals. Sofort kam ihm der Stacheldraht in den Sinn.

»Kriminalpolizei Berlin. Mein Name ist Taylor Field. Wer sind Sie?«

»Polizei?«, rief die Frau erfreut. »Endlich. Da drin ist eine Polizistin. Ein grausamer Mann hat sie in seiner

Gewalt. Er hätte uns beinahe umgebracht. Ich wollte ihr helfen, traue mich aber nicht rein. Sie hat mich und meine Tochter gerettet.«

Taylor zählte eins und eins zusammen. Vermutlich war sie die Frau, die den Notruf abgesetzt hatte. Der Täter hatte Laura in seiner Gewalt. Die Frau kannte die Örtlichkeiten. Das musste er nutzen. Seine Zeit in der Spezialeinheit des FBI für besonders schwerwiegende Delikte kam ihm jetzt zugute. Er wusste exakt, was ihn erwartete, und er würde Laura und Max dort rausholen.

»Okay. Wir dürfen keine Zeit verlieren. Sagen Sie mir ganz genau, wie es da drinnen aussieht und wo die Polizistin ist.«

44

Laura hatte keine Ahnung, was sie tun sollte. Sie wusste nur eins: Sie musste weiter Zeit gewinnen, damit dieser Mistkerl sie nicht auf der Stelle erwürgte. Der Stacheldraht lag bereits als Folterinstrument vor ihr auf dem Tisch. Hobrecht war dabei, den Code des Zahlenschlosses einzustellen. Sie sah angstvoll, wie er eine Null und noch eine Null und die Fünf wählte.

»Es müsste aber dreimal null heißen«, erklärte sie mit Bedacht.

Andreas Hobrecht blickte überrascht auf. Die Falten auf seiner Stirn glätteten sich und ein Lächeln erschien auf seinen Lippen.

»Wow. Du hast völlig recht. Du bist nicht die Nummer fünf. Du bist der Anfang dieser Reise.« Er legte das Zahlenschloss ab und betrachtete sie ausgiebig. »Es macht wirklich Spaß, mit dir zu reden. Du bettelst nicht ständig um dein Leben. Du flehst mich nicht an, dich gehen zu lassen. Du sprichst mit mir und jetzt hast du mich sogar vor einem törichten Fehler bewahrt.« Er schwieg und strich sanft über ihre Hand.

»Soll ich mal nach deinem Partner sehen?«, fragte er plötzlich und blitzte sie an. »Er ist ganz schön tief gefallen. Eigentlich hatte ich die Grube für dich vorgesehen. Ich konnte ja nicht ahnen, dass du in Begleitung kommst.«

Laura benötigte den Bruchteil einer Sekunde, ihre Gesichtszüge unter Kontrolle zu bringen. Dann schüttelte sie langsam den Kopf.

»Ich dachte, hier geht es um uns.« Sie lächelte mühsam und hoffte, dass es nicht auffiel. »Wir könnten tanzen«, fügte sie hinzu, weil ihr nichts Besseres in den Sinn kam. Das Letzte, was sie wollte, war, diesem Widerling auch bloß einen Zentimeter zu nahe zu kommen. Aber um Max zu retten, würde sie alles tun. Sie erinnerte sich nur allzu gut daran, wie das Monster damals mit ihr getanzt hatte. Er hatte sie wie eine Stoffpuppe herumgeschwungen und sie so fest an sich gedrückt, dass ihr die Luft weggeblieben war.

Hobrecht zog die Augenbrauen in die Höhe. »Ich fürchte, das wird noch warten müssen. Zuerst brauchen wir einen neuen und sicheren Ort, an dem uns niemand findet. Hier kann ich dich leider auch nicht losbinden. Ich kenne dich. Du bist schon einmal weggelaufen!« Er hob den Zeigefinger und schmunzelte. »Aber dann, kleine Laura, dann tanzen wir. Versprochen.« Er legte den Kopf schief und betrachtete sie.

Laura schluckte nervös. Ihr lief die Zeit davon.

»Ich habe Durst«, flüsterte sie und hoffte, dass er Max in der Zwischenzeit vergessen hatte.

»Entschuldige meine Unachtsamkeit. Ich hole dir gleich etwas zu trinken.«

»Danke«, erwiderte Laura und brachte abermals ein schwaches Lächeln zustande. Ihn anzubetteln wäre das Letzte, was sie tun würde. Sie zwang sich, nicht zu ihrer Pistole zu schauen, und wartete geduldig, bis er außer Sichtweite war. Dann schaute sie sich um. Ihre Hände waren auf der Tischplatte festgeschnallt. Die Füße hingegen frei. Sie ruckelte an dem Holztisch. Er bewegte sich nur ein wenig. An die Waffe würde sie nicht herankommen. Der Boden war wie leer gefegt. Sie neigte sich ein Stück und sah unter den Tisch. Da lag ein Kugelschreiber. Sofort streckte sie ein Bein aus und holte ihn näher heran. Sie schaffte es, den Stift zwischen beide Füße zu klemmen. Sie hob die Beine an, so hoch es ging, doch der Kugelschreiber entglitt ihr. Sie hörte Hobrechts schwere Schritte. Er kam zurück. Hastig setzte Laura sich genauso hin wie zuvor.

»Bitte schön!« Er stellte das Glas vor ihr ab und lächelte.

»Trink!«

Laura wackelte mit den Fingern. »Meine Hände sind gefesselt.«

Hobrecht tippte sich an die Stirn. »Tut mir leid. Daran habe ich gar nicht gedacht. Ich helfe dir.«

Er nahm das Wasserglas und wollte es ihr an die Lippen setzen, als ein Geräusch durch das Gebäude hallte. Ihm fiel das Glas aus der Hand. Es zersplitterte auf dem Boden. Laura sprang auf. Sie schob mit ganzer Kraft den Tisch an und rammte Hobrechts Oberschenkel. Der schrie überrascht auf und taumelte rückwärts.

Laura wuchtete den schweren Tisch herum und trat ihm gegen das Schienbein. Hobrecht ging in die Knie. Sie versuchte nachzutreten, doch so schnell ließ er sich nicht außer Gefecht setzen. Er rappelte sich auf und verpasste ihr einen Faustschlag ins Gesicht.

»Du kleines Miststück«, kreischte Andreas Hobrecht zornig. »Dich mache ich fertig.«

Plötzlich ertönte von draußen lautes Hupen. Es hörte überhaupt nicht mehr auf. Hobrecht nahm Lauras Dienstwaffe und rannte los. Laura blieb schnaufend zurück. Sie zerrte den Tisch in Richtung Tür, um zu sehen, was vor sich ging. Doch Hobrecht kam ihr bereits wieder entgegen.

Laura schob den Tisch auf ihn zu, aber er wich ihr mühelos aus. Er packte sie an den Haaren und knallte ihren Kopf auf die Tischplatte. Laura wurde schwindelig. Blut lief aus ihrer Nase. Trotzdem trat sie mit dem Fuß nach Hobrecht. Der griff wütend nach ihrem Hals und drückte zu.

»Lass sie sofort los!«, brüllte eine tiefe Stimme. Taylor!

Laura bebte innerlich vor Angst und Erleichterung. Taylor richtete seine Waffe auf Hobrecht. Der drehte sich um und fuchtelte mit Lauras Dienstwaffe vor Taylors Nase herum. Zwei Schüsse krachten durch die Luft. Danach geschah alles wie in Zeitlupe. Taylor ging in die Knie. Hobrecht sackte zusammen. Auf seiner Brust breitete sich ein roter Fleck aus. Er blieb zuckend auf dem Boden liegen.

»Taylor!«, schrie Laura und zerrte an ihren Fesseln.

Eine Ewigkeit schien zu vergehen. Dann sah Taylor

auf. Er blickte sie an und erhob sich mühsam. Von seinem Oberarm tropfte Blut. Taylor wankte auf Laura zu und durchtrennte die Riemen an ihren Handgelenken.

»Bist du okay?«, fragte er und nahm sie in die Arme.

»Und du?«, krächzte Laura krank vor Angst.

»Nur ein Streifschuss«, murmelte Taylor und grinste. »Tut nicht mal richtig weh.«

Laura atmete erleichtert auf. »Das war knapp«, gestand sie und wischte sich das Blut unter der Nase ab. »Hast du Max gesehen?«

»Dem geht es gut. Der liegt noch in der Fallgrube.«

Laura schossen die Tränen in die Augen. Sie hatte die ganze Zeit einfach nur funktioniert. Jede Emotion unterdrückt. Dem Monster ihre Angst nicht gezeigt. Sie war bereit gewesen zu sterben, um die Mutter und ihre Tochter zu retten. Jetzt, wo es vorbei war, konnte sie nicht länger an sich halten.

Plötzlich ertönten Schritte. Die Verstärkung war eingetroffen. Schwer bewaffnete Männer mit Schnellschusswaffen fluteten den Raum. Einer von ihnen ging neben Andreas Hobrecht in die Knie.

»Kein Puls mehr«, rief er und nahm ihm Lauras Dienstwaffe aus der Hand.

»Alles in Ordnung?«, fragte der Polizist und Laura nickte.

»Ja. Helfen Sie bitte meinem Partner aus der Fallgrube. Und wir brauchen einen Arzt.« Sie deutete auf Taylors Schussverletzung. Der Mann gab entsprechende Anweisungen über sein Funkgerät weiter.

»Danke. Du hast mir das Leben gerettet«, flüsterte

Laura und wand sich aus Taylors Umarmung, um das Monster noch einmal anzusehen. Um zu begreifen, dass es wirklich gestorben war.

»Lass die Sache nicht zu dicht an dich heran«, sagte Taylor und drückte ihre Hand.

Laura ging in die Knie und starrte in die leblosen kalten Augen des Mannes. Seinetwegen hatte sie sich so viele Jahre lang gequält. Tränen liefen ihr über die Wangen, weil sie noch nicht fassen konnte, dass es endlich vorbei war. Endgültig.

Sie fuhr sich über die Narben unter ihrem Schlüsselbein. Die Berührung verursachte eine tiefe Genugtuung. Die verunstaltete Haut würde für den Rest ihres Lebens an ihr haften, doch dafür hatte sie jetzt die Gewissheit, dass das Monster nie mehr jemanden töten würde. Kein Mädchen und auch keine Frau würde jemals wieder unter seinen abartigen Gelüsten leiden. Sie streckte die Hand aus und tastete nach der Halsschlagader des Serienkillers. Hobrechts Haut war noch warm, aber das Blut hatte aufgehört, in seinen Adern zu pulsieren. Laura ließ die Finger eine Weile auf der Stelle liegen und wartete. Sie musste sichergehen, dass das Leben aus diesem Monster gewichen war. Nach einigen Augenblicken zog sie die Hand zurück.

»Jetzt bist du endlich zu Hause, du Monster. In der Hölle, da, wo du hingehörst«, sagte sie, sprang auf und rannte aus dem Raum.

EPILOG

Laura lag an Taylor geschmiegt und blickte in den Nachthimmel, der nur halb so düster wirkte wie vor ein paar Tagen beim Pumpwerk. Sie hatten es sich auf ihrer Terrasse gemütlich gemacht.

»Danke, dass du dich mit Max vertragen hast«, flüsterte sie und kuschelte sich enger an ihn.

»Mir ist klar geworden, dass ich überreagiert habe. Es tut mir wirklich leid. Max ist ein sehr wichtiger Mensch in deinem Leben, und ich habe nicht das Recht, mich dazwischenzustellen. Das will ich auch gar nicht. Ich weiß, dass du für ihn anders empfindest als für mich.« Taylor lächelte und schob eine Hand unter ihre Bluse.

Ein Prickeln breitete sich auf Lauras Haut aus. Sie konnte sich jedoch noch nicht fallen lassen. Die letzten Tage waren extrem emotional gewesen. Sie hatten Andreas Hobrechts Grundstück und alle seine Besitztümer auf den Kopf gestellt. Dabei fanden sie etliche persönliche Gegenstände von Laura, aber auch von den anderen ermordeten Mädchen und Frauen. Hobrecht hatte alles fein säuberlich geordnet und beschriftet in einem Schrank aufbewahrt. Lauras Schuhe waren darunter gewesen und Mareike Schieffers Strümpfe und Haargummis. Hobrecht hatte in all den Jahren nur wenige Kilometer entfernt von Laura gewohnt. Schon bei der Vorstellung wurde ihr übel. Sie hatte immer geglaubt, sie würde das Böse spüren, wenn es sich näherte. Doch das stimmte nicht. Hobrecht hatte sie oft beobachtet und sie hatte es nicht bemerkt. Er lebte mitten unter ihnen, und niemand aus seinem Umfeld hatte in ihm das Monster gesehen, das er war. Von seinem Vater hatte er die Heizungs- und Sanitärfirma übernommen und nach dessen Tod fortgeführt. Seine Mutter war bereits ein paar Jahre vorher verstorben. Er wohnte ungestört auf einem recht großen und abgeschiedenen Firmenareal im Norden Berlins. Nachdem Laura ihm damals entkommen war, hatte er sich jahrelang nichts zuschulden kommen lassen. Doch irgendwann war es wieder aus ihm herausgebrochen und er hatte weitere Mädchen entführt und ermordet. Aber er hatte schnell gemerkt, dass ihm keines dieser Mädchen genügend Befriedigung verschaffen konnte. Dass Laura ihm entwischt war, hatte ihn nie losgelassen. Also hatte Hobrecht begonnen, seine gesamte Energie darauf auszurichten, Laura mit seiner Mordserie ins Pumpwerk zu locken. Auf seinem Schreibtisch hatten sie ein Tagebuch gefunden, in dem er seine Beobachtungen und die Tagesabläufe seiner Opfer detailliert festgehalten hatte. Er hatte sie jahrelang beobachtet, bis er schließlich bei Jana Lubitz zuschlug. Laura spielte in seinen Fantasien die Hauptrolle und füllte einen Großteil des Buches. Ob er sie schlussendlich umbringen oder einsperren wollte, hatten sie nicht nachvollziehen können. Andreas Hobrecht war tot. Er hatte keine Angehörigen mehr und kein Testament gemacht. Sein Besitz würde an den Staat fallen. Es war egal, was er mit Laura vorgehabt hatte. Sie war jetzt frei und brauchte sich nie wieder zu fragen, wo er war. Laura seufzte erleichtert. Das Einzige, was nicht auf sein Konto ging, war die Wanze, die sie in der Wohnung gefunden hatten. Die stammte von Thalmann, der nach seinem Clubbesuch im Morgengrauen völlig betrunken zu Hause aufgetaucht war. Er würde sich dafür und für die Belästigung seiner Mieterinnen verantworten müssen.

Laura dachte an Alexandra Schieffer und ihre Tochter, die nur knapp mit dem Leben davongekommen waren. Laura würde Alexandra und die kleine tapfere Luna wiedersehen. Sie verband eine gemeinsame Vergangenheit und sie würden zusammen darüber hinwegkommen. Sie hatten großes Glück gehabt. Aus Hobrechts Tagebuch ging hervor, dass er noch drei weitere Mädchen auf dem Gewissen hatte. In widerlichen Einzelheiten hatte er ihre Qualen festgehalten. Laura durfte gar nicht länger daran denken. Es gab nur einen positiven Aspekt an der Sache: Die Familien der getöteten Kinder kannten jetzt endlich die Wahrheit und konnten abschließen.

»Verzeihst du mir, dass ich mich an dem Abend nicht bei dir gemeldet habe? Ich war wirklich in einem Einsatz und hatte es total vergessen. Anna Katharina war undercover mit mir unterwegs. Wir hatten uns in ein Restaurant begeben, weil wir dort auf den Drogenboss warten sollten. Der kam aber nicht«, sagte Taylor und riss Laura aus ihren Gedanken. Er streichelte ihre Haut und in seinen Augen glitzerte es. »Ich bin so froh, dass dir nichts passiert ist«, fügte er leise hinzu und küsste sie auf den Hals.

Laura kicherte. »Erst wenn du mir erzählst, wieso du dieser Anna Katharina zum Frühstück Brötchen bringst und mir nicht«, sagte sie gespielt beleidigt.

Taylor grinste verschmitzt. »Weil ich mit dir nach dem Aufwachen andere Sachen vorhabe als mit ihr«, erwiderte er heiser und warf sich auf sie. Er küsste sie hingebungsvoll und endlich konnte Laura sich fallen lassen. Seine Leidenschaft riss sie mit, und zum ersten Mal seit langer Zeit fühlte sie sich für einen Augenblick vollkommen frei.

Ende

NACHWORT DER AUTORIN

Liebe Leserin, lieber Leser,

ich möchte mich ganz herzlich dafür bedanken, dass Sie meinen Roman gelesen haben. Ich hoffe, Ihnen hat die Lektüre gefallen und Sie hatten ein spannendes Leseerlebnis.

Die Figuren in meinem Buch sind übrigens frei erfunden. Ich möchte nicht ausschließen, dass der eine oder andere Charakterzug Ähnlichkeiten mit denen heute lebender Personen haben könnte, dies ist jedoch keinesfalls beabsichtigt.

Wenn Sie an Neuigkeiten über anstehende Buchprojekte, Veranstaltungen und Gewinnspielen interessiert sind, dann tragen Sie sich in meinen klassischen E-Mail-Newsletter oder auf meiner WhatsApp-Liste ein:

- **Newsletter: www.catherine-shepherd.com**
- **WhatsApp: 0152 0580 0860** (bitte das Wort *Start* an diese Nummer senden)

Sie können mir auch gerne bei Facebook, Instagram und Twitter folgen:

- www.facebook.com/catherine.shepherd.zons
- www.twitter.com/shepherd_tweets
- Instagram: autorin_catherine_shepherd

Natürlich freue ich mich ebenso über Ihr Feedback zum Buch an meine E-Mail-Adresse:

kontakt@catherine-shepherd.com

Zum Abschluss habe ich noch eine persönliche Bitte. Wenn Ihnen dieses Buch gefallen hat, würde ich mich über eine kurze Rezension freuen. Keine Sorge, Sie brauchen keine ›Romane‹ zu schreiben. Einige wenige Sätze reichen völlig aus. Falls außerdem andere Rezensionen zu meinen Büchern Ihren Zuspruch finden, dann dürfen Sie den Rezensenten gerne loben, indem Sie unter der Bewertung auf *Nützlich* klicken.

Sollten Sie bei *Leserkanone*, *LovelyBooks* oder *Goodreads* aktiv sein, ist natürlich auch dort ein kleines Feedback sehr willkommen. Ich bedanke mich recht herzlich und hoffe, dass Sie auch meine anderen Romane lesen werden.

Ihre Catherine Shepherd

WEITERE TITEL VON CATHERINE SHEPHERD

Zons-Thriller Band 1 bis 4

Zons-Thriller Band 5 bis 8

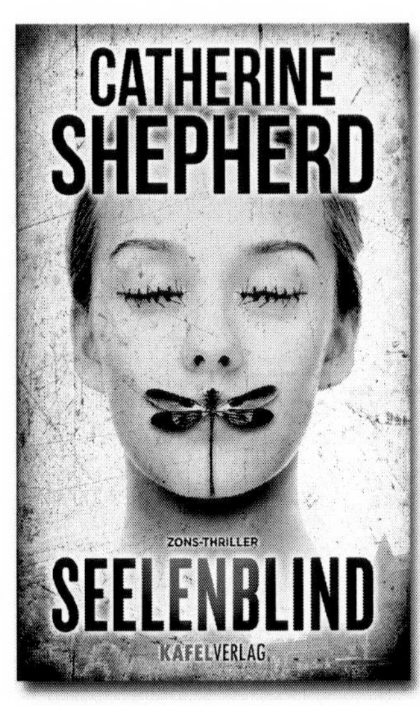

Zons-Thriller Band 9 bis 11

Laura Kern-Thriller Band 1 bis 4

Laura Kern-Thriller Band 5

Julia Schwarz-Thriller

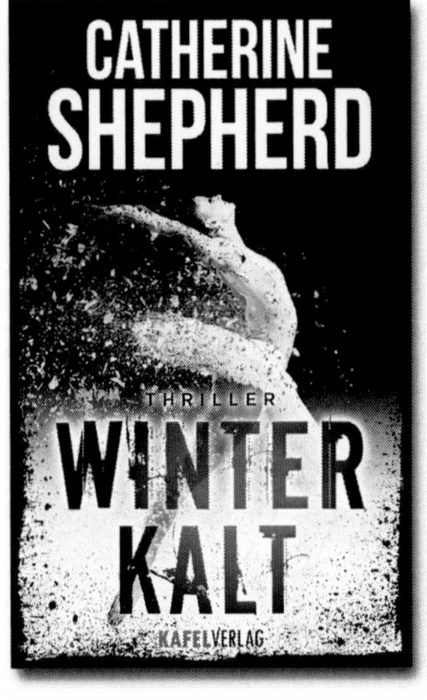

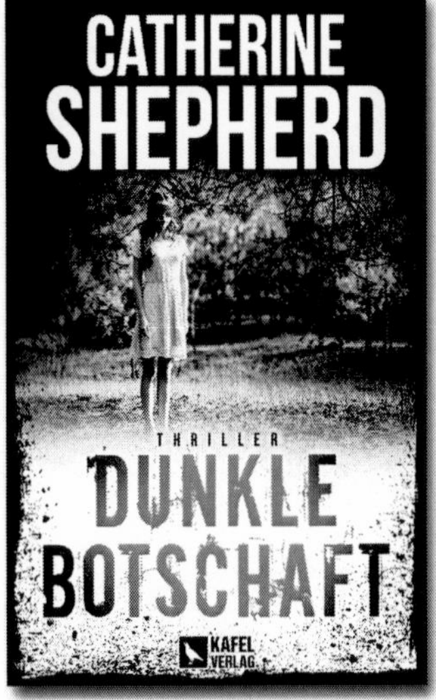

Julia Schwarz-Thriller Band 5

ÜBER DIE AUTORIN

Die Autorin Catherine Shepherd (Künstlername) lebt mit ihrer Familie in Zons und wurde 1972 geboren. Nach Abschluss des Abiturs begann sie ein wirtschaftswissenschaftliches Studium und im Anschluss hieran arbeitete sie jahrelang bei einer großen deutschen Bank. Bereits in der Grundschule fing sie an, eigene Texte zu verfassen, und hat sich nun wieder auf ihre Leidenschaft besonnen.

Ihren ersten Bestseller-Thriller veröffentlichte sie im April 2012. Als E-Book erreichte »Der Puzzlemörder von Zons« schon nach kurzer Zeit die Nr. 1 der deutschen Amazon-Bestsellerliste. Es folgten weitere Kriminalromane, die alle Top-Platzierungen erzielten. Ihr drittes Buch mit dem Titel »Kalter Zwilling« gewann sogar Platz Nr. 2 des Indie-Autoren-Preises 2014 auf der Leipziger Buchmesse. Seitdem hat Catherine Shepherd die Zons-Thriller-Reihe fortgesetzt und zudem zwei weitere Reihen veröffentlicht.

Im November 2015 begann sie mit dem Titel »Krähenmutter« eine neue Reihe um die Berliner Spezialermittlerin Laura Kern (mittlerweile Piper Verlag) und ein Jahr später veröffentlichte sie »Mooresschwärze«, der Auftakt zur dritten Thriller-Reihe mit der Rechtsmedizinerin Julia Schwarz.

Mehr Informationen über Catherine Shepherd und ihre Romane finden sich auf ihrer Website:

www.catherine-shepherd.com

Made in United States
North Haven, CT
12 November 2022

26656804R00200